One Day in December

愛在
十二月某日

JOSIE SILVER

喬西・希維爾 ———著　牛世竣 ———譯

2008

12月21日

蘿莉

人們在冬天搭公共交通工具時，居然不會因為被過量的細菌包圍而暈倒或死亡，還真是個奇蹟。短短十分鐘裡，我一直咳嗽、打噴嚏；如果前面那女人再甩頭皮屑過來，我可能會把喝剩的溫咖啡倒在她身上，現在咖啡裡都漂著她的頭皮屑，誰還敢喝。

我真的太累了，累到很有可能在這不斷顛簸的大巴士頂層睡著。好在，聖誕節的排班都已結束，不然再多排一次酒店裡那可怕的櫃檯班，大腦和身體一定會無法負荷。也許從客人的角度來看，那裡裝飾著漂亮的燈光和美麗花環，但一走到後台就會發現，那是個人人失去靈魂、宛如行屍走肉的地獄。我就快睡著了。我打算明天回到父母老家，直接冬眠到明年。一想到要暫別倫敦，回到平靜的米蘭德鄉村，時間彷彿有一點扭曲，我想起了童年的臥室。童年回憶並不總是快樂的。再怎樣親密的家庭，都有各自的悲劇。坦白講，我們家的悲劇來得早，而且影響至今。但我不會抓著過去不放，因為聖誕節是個充滿希望和愛的節日，這時刻最吸引人的，就是睡覺。除了睡覺外，再來就是不時跟我哥哥戴瑞和他女友安娜爭奪食物，以及狂看各種低俗的聖誕節電影。好比說看一個倒楣蛋站在寒天中，默默地舉著牌子，向死黨的老婆宣示著，自己那顆枯萎的心會永遠愛著她之類的狗血劇情……再怎麼累也還是會想看下去，對吧？感覺上……這不是很浪漫嗎？我不太確定。我是說，就某方面來講，那傢伙除了是個蠢蛋外，同時也是這星球上最糟糕的朋友。

我現在沒那麼擔心這裡的細菌了，如果它真能殺死我的話，我相信目前已經攝入足夠的致死量了。於是我把頭靠在帶有霧氣的窗戶上，看著外面卡姆登大街一閃而過的商店櫥窗，裡面閃爍著明亮的聖誕節燈飾。從皮夾克到俗氣的倫敦伴手禮，應有盡有。現在才下午四點，在倫敦已是黃昏；我覺得今天天色一直很暗。

看到倒影才意識到，我應該把頭上那沒品味的金蔥光環摘下，那是應經理要求戴上的，它讓我看起來像小學生扮演基督誕生圖裡的天使加百列，但想一想也不必這麼麻煩。反正公車上的其他人才不在乎；我旁邊全身濕氣穿著帶風帽厚夾克的男人，佔了一個半的座位，拿著昨天的報紙打瞌睡，他不在乎；後面一群嘻嘻嚷嚷的小學生，不在乎；我前方戴著閃亮亮雪花形狀耳環的頭皮屑女當然也不在乎。我絕對有注意到這飾品有多諷刺，如果我夠尖酸刻薄，會拍拍她肩膀，說大家都注意到她的頭髮一直在對四周發散「雪花」。但我沒那麼討人厭；我也許只想在自己腦中求得方寸淨土。說不定別人也是如此。

天吶，到底有多少站要停？離我公寓還有幾英里遠，但車子已經比運送牛的卡車還擠了。我心裡想著快開車啊，快帶我回去。雖然現在室友莎拉已經回她父母家了；現在回家，那也只是個讓人沮喪的空間。我提醒自己，遲早有一天會離開那裡。

公車顛簸地停在街頭，車上一群人不斷地推擠前進。大家好像在參與一場競賽，比比看這輛小車能塞得下多少人一樣。

有個人在候車亭的折疊椅上。這一定不是他要搭的車，因為他正專心看著一本精裝書。之所以會留意到他，是因為眼前的推擠對他來講好像不存在一樣，有點像電影裡的特效，一個人靜止在這世界上，周邊的世界慢慢失了焦，只留下他。

我看不到他的臉，只有頭頂那黃棕色的頭髮，我覺得他髮型應該稍長、帶有捲度。他身穿羊毛雙排釦外套，還圍著一條圍巾，看起來像是別人織給他的，就只有那圍巾品味格外低俗，配不上他身上其他比較有型的服飾，例如深色緊身牛仔褲和靴子。他全神貫注地閱讀。我低頭瞇眼，想看看他在讀什麼，還用外套袖子把窗戶的霧氣擦掉，想看更清楚一點。

我不知道是因為手臂移動擦拭窗戶的關係，還是那頭皮屑女的雪花耳環反射出光芒，剛好被他眼角瞟到。總之他抬頭了，眨幾下眼睛，注意到這扇車窗，注意到了我。

我們直視對方，無法移開視線。我的嘴唇好像在動，像要說什麼。天吶，不知道為什麼，我想下車。有股不可抗拒的衝動想下去找他。但我並沒有這麼做，因為我知道，這麼擠的車子，光是要在開車前擠過身邊那個穿厚夾克的男子根本不可能。所以我決定留在原地，帶著絕望又熾熱的眼神，向他傳達要他上車的訊息。

他不像電影明星那樣亮眼，也不是典型的俊美，但他帶有一種大學預科生那種邋遢迷糊的氣質，和那種「誰？你是說我？」的傻乎乎魅力，著實讓我著迷。從這裡我看不清楚他眼睛是什麼顏色，應該是綠色？也可能是藍色？

事情就這樣發生了。也許是一廂情願，但我確信他看到我後也有像被雷劈到的感覺；像有一條無形的閃電，莫名地把我跟他連在一起。從他那毫不掩飾的一雙圓眼中，我看出來他也被我電到了。他那大吃一驚的樣子，像是遇到久沒聯絡的老友那樣（而且還是摯友的那種）。一種不敢相信會在這裡看到這麼多年未見的臉孔，會做出的反應。

那表情像說著「你好啊」，而且還夾帶了「喔！我的鱈魚，竟然是妳，真高興在這裡碰到妳」的表情。

他的視線看向擠著上車的隊伍，然後又回到我身上，而我彷彿能看透他心裡的想法，他在想這群擠著上車的人群是不是瘋了，還想著如果我們沒有被這人群阻隔，不知道要跟我說什麼，以及要是自己三步併作兩步上來找我，這樣會不會很蠢。

不，我試著把我心思傳達回去，不，你一點也不蠢，我不會讓你尷尬的！快點給我上車，好嗎！他看了我之後，那平凡的嘴慢慢漾起微笑，像自己也迫不及待。而我也回以一笑，因為我也迫不及待。

快上車吧。他突然決定立即動身，砰地闔上書本，塞進腳踝之間的背包中。看到他起身前進，我屏住呼吸，掌貼車窗玻璃，催促他快點，不顧耳邊已響起車門正要關上的嘶嘶聲和手煞車鬆開後車體的晃動。

不不不，天吶，司機你不能駛離這一站！今天可是充滿愛和奇蹟的聖誕節啊！！公車開動，行駛往車道中間時，我很想大叫。他在外面路上氣喘吁吁地看著整車的人離去。我看出他眼神中的挫敗。也許是因為竟然在聖誕節這天，無可救藥地愛上了一個在巴士站遇見的陌生人。我把額頭靠在玻璃上，淒涼地隔空吻他，直到他消失在視線內，再也不見蹤影。

然後我突然意識到。媽的。我為什麼不從手邊那本朋友該死的書中，撕下一頁，寫些什麼貼在窗戶上？我本來可以這麼做的，可以寫上手機號碼。我也可以打開田形車窗的一格，大喊我的名字和地址之類的。我意識到其實自己可以做的事有很多，但當時我卻什麼都沒想到，因為我根本無法把目光從他身上移開。

就旁觀者而言，剛才那一幕一定值得奧斯卡六十秒默劇影展提名。從今天起，如果有人問我，是否相信一見鍾情，我一定會說相信。就在二〇〇八年十二月二十一日，那耀眼奪目的一分鐘。

2009

今年目標

今年只有兩個目標，不過呢，是兩項既重大，又閃亮亮的目標。

一、在公車站找到我的男孩。

二、在雜誌社找到適合我的第一份正職。

該死，我應該用鉛筆的，這樣日後可以擦掉重寫。理想狀況，是先在雜誌社找一個很酷的職位，然後剛好在咖啡店裡，手上拿著有益健康的午餐時，我的「巴士男孩」不小心撞到我手中的東西，然後抬頭看向我。「哦，是妳，終於找到妳了。」然後我們會直接跳過午飯，去公園散步，食物已經完全失去吸引力，因為我們找到了此生的摯愛。

總之，就是這樣，祝我好運。

3月20日

蘿莉

「是他嗎？我從他身上清楚感受到一種『巴士』的氣息。」

我順著莎拉示意的方向看去，掃視週末夜晚熱鬧的酒吧。我們現在去每個地方都有這樣的習慣；那是從一月開始養成的，每到一個地方，都會在人群中搜尋「巴士男孩」，這代稱是莎拉命名的，一月那時候我們互相分享彼此聖誕節的情況。她們家到紐約過節，聽起來很熱鬧，我則是在愜意的伯明罕市，和一堆食物待在一起。但假期結束後，我們都帶著相當程度的憂鬱和不適應回到了現實中的倫敦。那時候我自哀自憐地把「一見鍾情」的悲傷故事說出來，但我馬上後悔了。並不是因為我不信任莎拉，不能和她分享自己的故事；而是因為從那一刻起，她比我更熱衷積極想找到他。而我對他的痴迷，則是繼續在心底偷偷進行。

「妳是說哪一個？」我對著人海皺眉頭，大多都是陌生的臉。她皺著鼻子，努力想在我仔細確認的視線中，告訴我是哪一個。

「那邊，在中間，在那穿藍色洋裝的女人旁邊。」

我很快鎖定那女人；當她以誇張的後仰動作大笑回應身邊男人時，那頭金直髮非常顯眼。

那男生的身材接近，頭髮也很像，那被深色襯衫裹住的肩膀寬度更是讓我的心跳漏了一拍。

他可能就是巴士男孩，但也可能是任何人，我愈看愈覺得像。

「我不知道。」我說的時候屏住氣息，因為我們離他很近了。我對他外觀描述很多次，莎拉搞不好比我還清楚他的長相。我想再靠近一點，而且我想我已經慢慢往他那裡靠去，但莎拉馬上拽住我的手臂，讓我停了下來，因為眼前的男人低下頭親吻金髮女，這女的馬上變成我在這星球上最不喜歡的人。

天啊！我想那就是他！不！事情不該這樣發展的。我每晚閉上眼都會不斷上演各種和他相遇的場景，但從來沒有……我再重申一次，從來沒有一個場景的結局是這樣的。有時是在酒吧裡和一群男人混在一起；也有的是他獨自一人在咖啡店裡看書，但從來沒有一次是他有女朋友的，而且還以不到一英寸的距離摟著那閃閃發亮的金髮女友接吻。

「媽的。」莎拉咕噥著塞一杯紅酒給我。我繼續看著他們接吻。然後，還在吻。天吶，這些人沒有羞恥心嗎？他手已經摸上她的背了，在一間人滿為患的酒吧裡，這樣的舉動也太超過了吧。「這些人真文明啊，」莎拉抱怨，「看來他不是妳的菜，蘿。」

我垂頭喪氣。沮喪得一口氣把整杯酒倒進喉嚨，然後打了個哆嗦。

「我想走了。」我覺得自己快哭了。

終於，他們吻完了，女方拉直衣服整理一下，男的在她耳邊喃喃說了些什麼，然後直接轉身朝著我們走來。

當下我馬上得出結論。當他跟我擦肩而過時，我整個人差點放鬆地笑出來。

「不是他。」我低聲說：「完全不像了。」

莎拉翻了個白眼，重重吁出一直憋著的氣。「老天，真他媽謝了。那惹人厭的傢伙，妳知道嗎？我差點想伸腳絆倒他。」

她說得對，剛才他悠悠經過時，一副自命不凡的樣子，用手背擦了擦女生留在他唇邊的口紅，得意地咧嘴一笑，往廁所走去。

天吶，我需要再來一杯。已經搜尋那「巴士男孩」三個月了，我最好快點找到，不然我著迷的程度可能要進勒戒所了。

不久後，我們回到德蘭西街，踢掉鞋子，噗一聲倒在沙發上。

「我一直在想，」莎拉倒在沙發另一端，對我說：「我工作地方有個新來的，我想妳搞不好會有興趣。」

「我只要我的巴士男孩。」我故作正經地嘆了口氣。

「但假如找到他後，發現他是個蠢貨呢？」她說。顯然稍早在酒吧裡發生的事啟發了她。

「妳覺得我應該停止找他嗎？」我問，從沙發扶手上抬起頭，盯著她看。她微微揚起手。

「我只是說妳需要一個備案。」

「萬一他是蠢貨的備案？」

她豎起大拇指，大概是因為她懶得抬頭。

「他搞不好是個超級挑剔的A咖巨根男。」她說：「也說不定已經有女友，或是，天吶，蘿，他搞不好已經結婚了。」

我倒抽一口氣，真的。「不行！」我結結巴巴，「他、他單身，很帥，在外面某個地方、在等我找到他。」我感覺這對一個喝醉了的女人很有說服力，「說不定他也在找我。」

莎拉用手臂撐起自己，盯著我，她的紅色波浪頭已經亂掉了，睫毛膏也是那種「夜晚結束後自然掉色」式暈開。

「我只是說我們，不，妳，可能有不切實際的期望，而妳，好吧，我們，需要更加謹慎一點，如此而已。」

我知道莎拉是對的。稍早在酒吧發生的事讓我差點停止心跳。

我們互看一眼，然後她拍拍我的腿。「我們會找到他的。」她說。簡單的小動作，讓我知道她支持我，站在我這邊，在酒後脆弱易感的狀態下，我一度哽咽。

「妳保證？」

她點點頭，在胸前劃了個十字，我吸了一大坨鼻涕，因為我累了，而且很挫折，有時我快不能憶起巴士男孩的臉，害怕自己會忘了他長什麼樣。

莎拉坐起來，用襯衫袖子替我擦眼淚。

「不要哭，蘿，」她低聲說：「我們會繼續找，直到找到他為止。」

我點點頭，回頭盯著帶有紋理的天花板，我們房東曾答應過要粉刷它的。「一定會的，他會跟想像中一樣完美。」

她沉默下來，然後用食指對著她的太陽穴繞啊繞。「他最好是會，不然我就要在他額頭上刻下『傻蛋』兩個字。」

我點點頭，回報她的真心付出。「而且是用一把生鏽的手術刀。」我把那可怕的畫面描繪得更加生動。

「然後會長成毒膿，最後他的頭會掉下來。」她嘟噥著。

我閉上眼，竊笑不已。在找到巴士男孩前，我大部分的愛都屬於莎拉。

10月24日

蘿莉

「我覺得差不多了。」莎拉說，往後一站欣賞我們的成果。我們整個週末都在整修公寓的小客廳；全身都是灰塵和油漆漬。現在快完工了，有一種滿足感，我只希望我在酒店櫃檯的爛工作能有這一半的成就感，那就謝天謝地了。

「希望房東會喜歡。」我說，嚴格來講，我們不能改動屋子裝潢，不知道他會怎麼看待我們對這公寓的付出。

「他應該付錢給我們，」莎拉扠著腰說，她螢光粉的背心外面，穿著裁過的粗藍布工作服，那螢光粉和她的髮色不怎麼協調。「我們剛剛提升了他公寓的價值。再怎麼說，這些木板也比那張破地毯好看吧？」

我笑了，想起我們倆像爆笑短劇那樣，從公寓上層拖著捲起來的地毯下樓梯，到一樓時兩人已汗流浹背，像從礦坑出來的礦工，然後又像海上水手不停罵著粗話，全身都沾上一粒粒的防撞塑膠泡綿。然後我們把地毯直接丟到鄰居的垃圾桶裡，來個高擊掌。我相信鄰居根本不會發現，那垃圾桶從來沒裝滿過。

現在直接露出好看的老橡木地板，明顯看得出過去幾年內，有人花不少工夫修復它們，但之前卻被圖案難看的噁心地毯擋住。我們站在低矮的房間裡，好在白色牆壁和老式大窗讓人感覺採光十分明亮。雖然為了擦乾淨木板使盡全力，手都痛了，但看到這成果仍覺得很值得。雖然採用了紋理天花板，不過這仍是一棟有著迷人建築結構的老房子。我們新買了便宜的毯子，然後從臥室裡拿出布罩，蓋住和房子不相襯的家具，用極少的成本創造出奇蹟。

「波希米亞風。」莎拉宣稱。

「妳頭髮上有油漆。」我指著自己的頭示意相對位置，結果反而把漆沾到自己頭髮上。

「妳也有了。」她笑著說，然後看看手錶。「炸魚薯條？」

莎拉的新陳代謝能力像馬一樣。這是我欣賞她的優點之一，因為這會讓我拚命吃蛋糕時不會內疚。「我也要。」

半個小時，我們在整理得美侖美奐的客廳裡，窩在沙發上吃炸魚薯條，舉杯慶祝。

莎拉說：「我們應該辭職，參加電視冠軍的室內改裝女王賽。」

「我們超殺。」我說：「要叫蘿與莎設計工坊嗎？」

她頓了一下，叉子放在嘴邊。「是莎與莉設計工坊。」

其實「蘿與莎」聽起來更好，我揚起笑。「妳明知道我提的比較好，而且我比妳大，應該排前面。」

這是一個老生常談的笑話；我只比莎拉大幾個月，常以此佔她便宜。我低頭要拿地板上的酒瓶時，她拿著啤酒喝斥。

「小心地板！」

「我有用杯墊。」我驕傲地說。

她低頭看著我所謂的臨時杯墊，那是這個月的超市宣傳單。

我嚥了口口水，突然難過起來。「這是不是表示我們會一起慢慢變老，以後只能養貓作伴？」

她點點頭，「我想是的。」

「也好，」我嘟噥，「我的愛情宣告正式結束。」

莎拉揉了揉炸魚薯條的空紙袋，「妳只能怪自己。」她說。

當然，她指的是巴士男孩。他現在已經近乎是一種神話了，而我也快放棄了。花了十個月這麼長的時間，為了找一個陌生人，最後的希望也還是太渺茫了，因為他不只得要單身，也剛好要喜歡我，還不能是什麼斧頭殺人魔。莎拉說得很直接，我需要前進，她的意思是在我變成修女之前，得找到另一個男人。我知道她說得沒錯，但我的心還沒準備好要放下他。我們閉上眼睛，有種我之前從來沒有過的感覺。

「從妳和他相遇那次到現在，都能環遊世界一周了。」她說：「想想看，妳錯過和多少完美的男人上床的機會。本來在妳老的時候可以有跟義大利的羅伯特和俄羅斯的佛拉德的羅曼史講給妳孫子聽。」

「我不會有小孩，更別提孫子。我會白費一生心力尋找巴士男孩，最後和妳一起養貓。」我說：「還會成立貓道救援中心，女王會授予我們一枚為貓咪服務的獎章。」

莎拉笑了，但她眼神告訴我，該放下巴士男孩的夢想了，真的該放手了。

「我突然想起，我對貓過敏，」她說：「但妳不會跟我計較，對嗎？」

我嘆了口氣，伸手拿啤酒。「那恐怕沒辦法了，莎拉，去找其他人吧，我們無法攜手偕老。」

她笑了，「我下週有個約會。」

我抓著胸口，「妳居然這麼快就忘了我。」

「我在電梯裡遇到的。我用緊急停止的按鈕威脅他，直到他願意約我出去。」

我真的該跟莎拉好好學學，她看到想要的，然後奮力爭取。我真希望我有一百萬倍的勇氣，在當時就衝下那輛公車。但事實是我沒有。該醒了，別再找了，別再每次失敗都邊喝醉邊哭泣。世上還有其他男人。我需要把『如果是莎拉會怎麼做？』當成我人生座右銘，我很確定如果是她的話，不會為此悶悶不樂一整年。

「我們買幅畫掛在那牆上好嗎？」她看著壁爐上方的空白牆壁說。

我點頭，「好啊，有何不可？貓咪的畫可以嗎？」

她笑了，把揉爛的食物紙袋往我頭上丟過來。

12月18日

蘿莉

「妳今晚見到大衛時，不要一下子就決定。他可能不是讓妳一見鍾情的類型，但相信我，他很搞笑而且很善良，蘿莉。妳知道嗎，前幾天開會的時候，他居然讓座給我，妳認識的男人中有多少願意這麼做？」莎拉跪在廚房櫥櫃後面發表意見，同時從櫃子裡拿出滿是灰塵的酒杯。

我仔細想了想，說實話，這感覺像隨機找來的人。「我走出公寓大門後，有個傢伙把自行車挪開讓道給我，這樣算嗎？」

「妳說的是每個禮拜都會擅自打開我們郵箱，還在大廳地板留下烤肉串痕跡的那個人嗎？」

我輕聲笑了笑，把紅酒杯浸入熱的肥皂泡泡水裡。我們即將舉辦一年一度的聖誕晚會。從我們第一年搬到德蘭西街開始，每年都會舉辦。雖然我們會跟自己開玩笑，說既然都已經畢業了，那晚會就不要落入俗套；但其實來的人主要還都是學生，也有稍微熟一點的同事，衝著免費廉價紅酒而來，爭論一些我們不算真正了解的話題。還有，對我而言，那天的主要活動應該就是甩開莎拉配給我，那個叫大衛的完美男人。之前也有過。我最好的朋友在大學時很喜歡幫人湊對，曾介紹幾個男生給我。莎拉第一次介紹的是一個不知道叫馬克還是麥克的人，在冬天穿著運動短褲出現。整個晚餐，他都試圖叫我遠離那些需要在健身房鍛鍊一小時才能消耗掉熱量的食物。拜託，本小姐的構成物質可是布丁好嗎！對我而言，唯一不會被放在菜單上的就是麥克（還是馬克？），管他的。莎拉辯稱，如果在黑漆漆的房間裡瞇著眼，用餘光瞄他，他會很像布萊德・彼特。我得承認，我的確照做了；一般來講我不會第一次和男人約會就上床，但我覺得這算是為了莎拉衝一次。

她第二次介紹的人叫費雪，這個稍微好一點，至少我記得他名字。他無疑是我見過最像蘇格蘭人的蘇格蘭人，他的話我只聽得懂一半。我想他沒提到風笛，但如果他的外套下正好藏了一整套，我也不會意外。他那格子領結讓人不舒服，但這都不是重點。真正讓他出局的，是在約會結束時，他送我回德蘭西街時，用一種接近心肺復甦術的方式吻我。那唾液量完全不適合心肺復甦術。我一回家就衝進浴室，鏡子裡的我看起來像在雨中被大丹犬撲上來狂舔一輪。

也不是說我自己選男人的眼光有多優質。路易斯是例外，那是我在父母老家時期的情人。我好像一直都不怎麼成功。通常約會三、四次甚至是五次後，緊接著的就是不可避免的失敗。我開始懷疑，和像莎拉這種讓男人心醉神迷的女人當朋友，是否算雙面刃；她會讓男人對女人產生不切實際的期望。要不是因為我這麼愛莎拉，搞不好會想把她眼珠子挖出來。

好吧，就當我蠢吧，但我知道這些人都不適合。我很吃羅曼蒂克那套；如果我要舉辦夢幻晚餐派對，諾拉・艾芙倫❶會是我最想邀請的嘉賓，我真的很想知道好男人是不是真的會那樣接

❶ Nora Ephron，美國電影製片人、導演、編劇、小說家、劇作家、記者、作家、傳記作者，以愛情類作品聞名，代表作有《心火》、《當哈利碰上莎莉》、《西雅圖夜未眠》等。

吻，大家懂的。我希望在這一堆青蛙裡，會有一位王子，至少類似款也行。

話說回來，誰知道大衛會是什麼樣的，也許第三次會走好運。但我不會抱什麼期待。當然也許他會是我此生的摯愛，長得醜，不過我會無可救藥迷上他，而愛他的原因不只為了讓自己盡情放鬆享受。這不是我以前會做的事；我和莎拉都有不少改變，大學生活是進入現實社會的緩衝階段，只是莎拉適應得比我還好。她目前在當地電視網擔任初階職務，而我在酒店的接待處工作。雖然我訂下了「今年目標」，但實際情況是，我仍不在心目中理想的工作崗位上。事實就是這樣，大不了我就乾脆回伯明罕算了，但我會擔心，要是我離開倫敦，就再也回不來了。這對莎拉來講沒那麼困難，她合群又容易與人相處，我在人際關係上比較笨拙，所以面試總是不太順利。

但今天晚上不會。因為我已決定喝個大醉，用酒精淹沒社交尷尬，畢竟我們還有「新年」作為藉口，可以忘卻各種愚蠢以及發酒瘋行為。我的意思是，看在老天的分上。這些都是「去年」的事了，邁向未來吧！

也就是在派對這晚，我終於可以見到莎拉的新男友。他們已經在一起好幾週了，但出於各種理由，我至今仍沒見過這性感到不可置信的男人。不過我光是聽莎拉的描述，就可以寫出一本書了。算他倒楣，在和他見面之前我已經知道他有怎樣的床上功夫。莎拉很希望能有他的孩子，等他有一天變成大明星的時候，就跟他結婚，目前為止他正往娛樂圈發展。一想到他在二十四歲時，未來十年就已經被人做好規劃，我真為他感到可憐。但，嘿，他的對象可是莎拉。不管這傢伙有多酷，他仍然是個幸運兒。

莎拉總是聊他聊個不停，現在又開始了。她不斷重複，說他們狂野的性生活遠超過我的想像。

我手上都是肥皂水，索性比出小朋友揮舞魔杖的動作，企圖阻止莎拉繼續講個沒完，結果空氣中出現了很多肥皂泡泡。「好，好，快停下來，看到妳未來老公時，我盡量克制自己不要高潮。」

「話說回來，見到他時別這麼說，好嗎？」她一笑，「什麼未來老公的，我還沒跟他提過，妳知道的，他可能會嚇壞。」

「妳覺得會嗎？」我面無表情地說。

「最好的情況就是，幾年之後他自己那聰明腦袋也有同樣的想法。」她拍拍牛仔褲上的灰塵。

我點點頭。我所認識的莎拉，時機成熟時，她會不費吹灰之力讓對方想結婚，不會真的被動傻等。你知道那些所謂的萬人迷嗎？就是偶爾會有人活力旺盛得像小鳥，散發出某種氣場，吸引人們進入他們的光環裡，知道嗎？莎拉就是這種人。你如果認為，這樣的人只會令人厭煩而且聒噪，那就大錯特錯了。

我第一次認識她，是在大學一年級的時候。那時決定要租大學生的公寓，不住學生宿舍，後來就選了這個地方。這裡是舊式的高大聯排公寓，分成三部分：樓下是兩套較大的公寓，而我們則住在頂端閣樓，就像存放愉悅過往回憶的空間。我一看到就愛上它了，就像戴著玫瑰色眼鏡看它，怎樣都不肯移開視線。大家應該知道《BJ單身日記》那套破舊別緻的小公寓吧？它讓我想到那部片，只是比電影裡更破舊又更精緻。那時我知道還得和另一個陌生人合租。但這些並沒有阻止我在合約書的虛線欄位上簽名，再怎麼想，也好過住在人擠人的學校宿舍。我還記得剛搬來的那天，我把所有東西扛上了三層高樓。一直祈禱到時新室友不會打破我《BJ單身日記》的幻想泡泡。

後來，我看到她在門上釘了一張歡迎紙條，用大大的紅色草寫字寫著：

親愛的新室友：

恭喜喬遷，我出去買些氣泡飲，一起慶祝我們搬新家。

如果可以的話，妳可以選大的房間，我喜歡在狹窄又動彈不得的小地方匍匐前進。

莎親

就這樣，都還沒見到莎拉本人，她就已經擄獲我的芳心。我們在很多方面都不一樣，但有足夠的共同點，所以才能處得這麼好。她有著會讓人心生嫉妒的美貌，長度過肩的波浪紅髮，紅得都要叫消防車來了；身材也是一流，但她對自己外貌卻一點都不驕傲。

通常和像她這樣漂亮的人站一起，會讓我覺得自己像醜小鴨，但莎拉對人說話的方式，會讓對方感覺自己也很不錯。那天她從街角商店買完飲料回來，看到我的第一句話就是：「老天！妳是伊麗莎白．泰勒的翻版嗎！我們得把門鎖好，不然被人發現會引起暴亂。」

當然，她太誇張了。我沒那麼像伊麗莎白．泰勒。我的黑髮藍眼遺傳自我法國血統的外祖母，她二十幾歲時是有名的芭蕾舞者；我們保有她珍貴的表演影片和已經褪色的剪報，我相信這些已足夠證明我沒騙人。但我一點都不覺得自己像巴黎人，我有外祖母的身形，但沒有她優雅的氣質。她整齊的棕色髮髻，到了我身上就變成上過電椅後的鬈髮。再說，我不可能嚴守舞者的飲食紀律，我太愛巧克力餅乾了。要是我儲存脂肪的速度再快一點，整個人就毀了。

莎拉開玩笑地稱我們是婊子與公主。但事實上，她的氣質一點都不婊，而我也遠遠沒半點淑女氣質，更別說公主了。就像我說的，我們可以各退一步娛樂彼此。她就是《末路狂花》裡的塞爾瑪，我則是路易絲；這也是為什麼現在我會倉皇失措的原因，她的心突然被一名我沒見過，也不知道合不合適的男人給拐走了。

「妳認為我們酒夠嗎？」此時她問道，目光銳利地看著廚房平台上排列的酒瓶。那些酒稱不上什麼收藏，只是過去三個月我們一直在囤積的超市特賣便宜紅酒和伏特加，以確保派對能盡興，留下美好回憶。

或者是——茫到完全失憶。

「不會只有家裡這些，客人們也會帶一些來。」我說：「派對會很順利的。」我肚子咕嚕咕嚕叫，提醒我自從早餐後，我們都還沒進食。

「有聽到嗎？」我揉著肚子，「我的腸胃向妳點餐了，要來份『德蘭西特餐』。」

莎拉的三明治是德蘭西街上的神蹟兼傳奇。她也教會我這神聖早餐的三位一體食材：培根、甜菜根、蘑菇。我們花了學生時期最精華的兩年，研發出這道招牌菜，並且以我們的公寓命名：

德蘭西特餐。

她轉著眼珠子，「妳知道嗎，妳其實可以自己做。」

「但比不上妳做的。」

她得意洋洋地打開冰箱，「這倒是。」

我看著她一層層疊起雞肉、藍起司、生菜、美乃滋、蔓越莓，這學問我一直掌握不了。我知道聽起來有點詭異，但這是真心話，我內心是真的很景仰。這也許不是現在學生喜歡的食物，但卻是我在大學時能搭配出來難得的美味，從那之後，我們一直確保冰箱裡有足夠的製作食材。這幾乎是我們的主食，其他還包括冰淇淋和廉價紅酒。

「多虧了蔓越莓。」我咬了一口後說。

「這是量的問題，」她說：「莓子放太多，會變成果醬三明治；起司太多，吃起來會像是發育期屁孩的臭襪子。」

我拿起三明治想又咬一口，但她突然阻止我。「等等，我們需要先喝一杯，進入派對狀態。」

我發出呻吟，一看到她拿出兩只一口杯，我就知道要幹嘛。她把手伸到麥片盒後面的杯架，取出一個髒髒的瓶子。

「高僧夜香。」她說，然後幫我們各倒一杯。也許應該替這屋子裡的古老草藥利口酒正名一下，它真正的名字是「班乃迪克甜酒」。瓶子上的標籤說它是秘密草藥和香料的特殊混合物，我們搬來後不久就喝過，經過討論，認定其中一種秘方絕對是班乃迪克教會裡的僧侶小便。之後在某些時刻，特別是聖誕節，我們都會乾上一杯，這是一種混合了厭惡和快感的儀式。

「乾杯啦！」她揚起笑，邊坐邊把玻璃杯滑到我面前。「聖誕快樂，蘿。」

她對我眨眨眼，一口飲盡，砰地一聲把空杯敲在桌上，臉部肌肉抽搐。

「不管喝了多少年，我還是不習慣。」我低聲說，感覺這酒好像快燒光我上顎的黏膜。

「這可是生命之泉呢。」她笑著，「吃妳的三明治吧，喝完酒的獎勵。」

我們靜靜地吃完三明治，之後她輕敲著空盤子邊緣。

「我在想，既然今天是聖誕，應該加點料，比方說加根香腸。」

我搖搖頭，「妳休想毀了德蘭西特餐。」

「生活中沒有什麼困難是乾臘腸解決不了的，蘿莉。」她揚起眉毛，「沒人說得準，今天可能正是妳的幸運日，說不定妳會喜歡大衛。」

有鑑於莎拉之前介紹過的兩個男人，我不會對此抱有過多期待。

「來吧，」我把盤子丟進水槽裡，「準備準備，他們就快來了。」

莎拉找到我、把我拉出廚房時，我已經喝完三杯白酒，完全茫了。

「他來了，」她輕聲說，大力地握著我的手，差點捏碎我手指。「快來跟他打個招呼，現在，馬上。」

被拉走前，我帶著歉意對大衛笑了笑。我開始知道為什麼莎拉會用農家子弟形容他。他熱情好相處，也一直殷勤斟酒；我剛才考慮要不要實驗性地吻他看看。就某方面來講，他人不錯，有點像《六人行》裡的羅斯，但相比之下我更想去見見莎拉的靈魂伴侶，而非留下來繼續互動，那就意味著到了明天我八成還是會對《六人行》裡的羅斯說抱歉，這是很好的判斷標準。

她拉著我穿越了許多醉意已濃、正在歡笑的朋友們，還有一堆我也不確定是否認識的人，反正最後來到大門口，看到她的男友略顯手足無措地站在那裡。

「蘿莉，」莎拉突然緊張起來，雙目炯炯發光。「這位是傑克。傑克，我旁邊這位是蘿莉，我家蘿莉。」她還特別強調最後一句。

我說了句哈囉，接著看到他的臉，這時我的心差點跳到喉嚨裡。感覺像有人拿著電擊器放在胸口，然後電力開到最強。我突然無法言語。

我認得他。

感覺像上個星期才見過，而且總共只見過一次。這個「上星期」就是在十二個月前，在一輛擁擠的巴士上層，那讓人心碎的一瞥。

「蘿莉。」他喊了我一聲，我快哭了，因為他現在就站在這裡。這聽起來有點瘋狂，去年我一直在許願，希望能再見到他。現在他就在我眼前了。曾在無數人群中搜尋他的臉，在酒吧和咖啡廳裡尋找，最後已經放棄了的巴士男孩。不過就莎拉的說法，其實我仍不停在談論這個人，頻率高到她見到都能認出來了。

事實證明，她認不出來。反而還引介這位她想要一起共度一生的男人給我認識。

綠色。他的眼睛是綠色。栩栩如生的青苔綠在他虹膜邊緣，瞳孔周圍還滲出溫暖的琥珀金。但打動我的不是他眼睛的顏色，而是他低頭看著我的眼神。那一瞬間的吃驚，彷彿認得我一樣。一種讓人暈眩的衝突感。然後隨著心跳慢慢消失，讓我一度懷疑是否是一種錯覺，可能是因為我太過渴望他，誤以為他也跟我一樣的錯覺。

「傑克。」我有些吃力地伸出手，他名叫傑克。「很高興見到你。」

他點點頭，嘴角閃過一絲不安的微笑。「蘿莉。」

我十分內疚地瞥了莎拉，瘋狂內疚，我想她一定感覺得到哪裡不對勁，但她只是像個傻瓜一樣對我們咧嘴微笑。多虧那些廉價的酒，感謝上帝。

他握住手時，我感受到溫暖和力量。那正式又禮貌的方式，好像我們不是在聖誕派對見面，而是在董事會。

我不知道自己該怎麼辦，現在我做什麼都不對。之前答應莎拉的事我做到了：的確沒當場高潮，但心臟跳得肯定也不怎麼正常。到底怎麼會發生這種局面？他不可能是莎拉的男人，他應該是我的。這整年來都應該屬於我的。

「她是不是很棒？」

莎拉的手放在我背上，像是在介紹我，但實際上正推著我去和他擁抱，莎拉渴望我們能成為新的死黨圈。也太慘了。

傑克轉轉視線，緊張地笑了笑，似乎因莎拉的明顯意圖感到不太自在。

「她就跟妳說的一樣棒！」他深表贊同地點頭，好像在欣賞朋友的新車一樣。但他看我的表情帶有某種歉意。他之所以會這樣，是因為記得我？還是因為莎拉表現得像個阿姨？在婚禮上過度熱情的那種。

「蘿莉？」莎拉把注意力放回我身上，「他就像我說的一樣很帥吧？」她得意地笑著，她是該得意沒錯。

我點頭，強笑著吞下痛苦。「他確實帥。」

因為莎拉非常渴望我們能喜歡對方，傑克便斜斜靠近我臉頰，用唇輕觸我的臉頰。「很高興認識妳，」他說。這聲音和此人相貌非常相配；冷靜自信、豐盈、溫柔，全身上下散發出紳士氣質和機智。「她不停在聊妳的事。」

我手指緊緊握著自己那再熟悉不過的紫色項鍊，以此聊慰，然後微微顫抖強顏歡笑。「我覺得自己好像認識你。」我確實認識，感覺好像認識他很久了。我想把臉轉過去，噙住他的唇，喘著粗氣拖著他到我房間，關上門，向他訴說愛意並裸裎相見，共赴巫山，沉浸在那沉穩、清新、溫暖的體香中。

太痛苦了，我恨我自己。我得保持清醒，退離他幾步，並和我那顆卑鄙無恥的內心搏鬥，不讓自己心跳比背後的音樂更大聲。

「我們來一杯吧？」莎拉輕快歡欣地提出建議。

他點點頭，得救了，沒那麼尷尬。

「蘿莉？」莎拉示意要我一起過去。

我往後靠，順著走廊往衛浴間看了一眼，身體微微抖動，假裝我要上廁所。「我等等過去。」我得遠離他、遠離他們、遠離這一切。

在讓人感到安全的浴室裡，我砰一聲關上門，背靠在門板往下滑，雙手抱頭。大口大口吸著空氣，不讓自己哭出來。

天啊、天啊、天啊！我愛莎拉，雖然沒有血緣關係，但她就像我姊妹。現在……我不知道該怎麼若無其事經歷這一切，我們都在一艘船上，不要讓船沉沒。胸口突然燃起一個念頭，希望自己衝出門，不管三七二十一把真相說出，說不定莎拉就會意識到自己為什麼會喜歡上他，那是因為她在潛意識裡認定他就是巴士男孩，那個我日日夜夜不停描繪的形象。天曉得是怎麼回事，是我影響了莎拉，她才會被這男人吸引。這真是個大誤會！然後我們會對這荒謬的情況哈哈大笑！然後呢，她會優雅地退出，他就變成我的新男友，日後仍能若無其事一起相處——最好是！天啊，我甚至不覺得他有認出我來！

沉重如鉛般的挫折，粉碎那脆弱又荒謬的幻想，取而代之的是現實感。我辦不到，我不能這樣。她根本不知道他就是巴士男孩，天啊，她是這麼地幸福。身上散發出的光芒比聖誕節之星還亮。雖然現在是愛與奇蹟的聖誕節，但同時也是真實人生，這不是好萊塢的電影。莎拉是我在世上最好的朋友，不管這件事會用多久時間、怎樣地折磨我至死，我都不會像電影那樣，默默地對傑克．歐馬拉偷舉牌子，告訴他：對我來說他是完美的真命天子，就算我們之間不可能，但我那顆枯槁的心會永遠愛著他。

12月19日

傑克

媽的，她睡著的時候真漂亮。

我感覺自己喉嚨被人鏟進沙子。我想昨天晚上莎拉猛地把頭往後仰時，撞斷了我鼻子。不過不管她做過什麼我都原諒她，因為此刻的她一頭鮮紅長髮披在枕頭上，像極泡在水裡的小美人魚——我這個念頭好像有點變態。

我從床上滑下來，匆忙穿上離我最近的東西：莎拉的浴袍，上面全是鳳梨圖案。我不知道自己的衣服在哪，我需要頭痛藥。回想昨晚派對結束散場時的情景，如果發現有一兩個人直接睡死在客廳地板，我也毫不意外，我寧可讓他們撞見我穿著鳳梨衣也好過看到光屁股。媽的，這衣服有點短，我最好快去快回。

「水。」莎拉朦朧地喚著，我繞過床邊時她伸出手。

「好好。」我悄聲道，抬起她手臂，小心塞回被子裡，她仍閉著雙眼，發出了咕噥聲，好像是在說「謝謝」或是「看在上帝分上誰來救救我」之類的。我在她額頭上吻了一下。

「馬上回來。」我輕聲說，但她已又沉入夢鄉。我不怪她，因為我也打算五分鐘後就爬回床上，繼續接著睡。我又看了她一眼，靜靜走出房間，輕聲關上房門。

「如果你想找撲熱息痛，它們在左邊的櫃子裡。」

我停頓一下，大力吞了一口口水，打開櫃子門，四處翻找，終於找到了那藍色的小盒子。

「被妳發現了。」我轉向蘿莉，擠出笑容。現在真他媽尷尬。我曾經見過她，我是說在昨晚之前。只有一次，在現實的物理世界轉瞬即逝地相遇，在那之後，腦海中也見過幾次，隨機出現在讓人不安的清醒晨夢裡，然後我突然驚醒，難受而且沮喪。我不知道她記不記得我。天啊，最好不要。尤其是穿著可笑鳳梨浴袍站在她面前的此刻。

早上她的頭髮一團亂地盤在頭上，看來她和我一樣需要止痛藥，於是我把盒子遞給她。

莎拉滔滔不絕地聊著她的好姐妹，搞得我腦海裡已經建構出一個蘿莉的形象。莎拉很亮眼，我也就直覺認定會成為她姐妹淘的人，會是籠子裡帶著異國情調的鸚鵡。結果蘿莉並不是，她更像是……我不知道，也許是知更鳥。她內在有一種和平、安靜、低調的感覺，讓人覺得是個好相處的女孩。

「謝謝。」她啵一聲打開藥盒，倒出一兩錠在掌心。

我倒了杯水給她，她微微舉杯，快速用水把藥片沖進喉嚨，還陰森地說了一句：「乾杯。」

「喏，」她數了數還有多少粒後，把藥交給我。「莎拉通常……」

「三錠。」我立刻接話，她點點頭。

「沒錯，三錠。」

我們好像在比誰更懂莎拉一樣。她當然最懂，我和莎拉在一起才一個月左右。喔天啊，這感情來得像場旋風，大部分時候是我在追著她跑。第一次見面是在公司電梯裡；裡面只有我們兩人，但電梯好像卡住不動了。十五分鐘後又正常運作，然後我知道三件事。第一，她可能是本台儲備記者，但我知道她有一天會統治世界。第二，電梯恢復後，我就要帶她去吃午飯。但我得先聲明，雖然是我開口邀約，不過這仍是基於她的要求。第三，我後來確定是她讓電梯停住，在我邀她共進午餐後，電梯立刻就沒事了。這種小小的不擇手段還真讓人興奮。

「她跟我說了很多妳的事。」我裝滿水壺，打開藥盒。

「她有告訴你我的咖啡習慣嗎？」

蘿莉邊說邊從碗櫥裡拿出馬克杯。這該死的視線不由自主，我目不轉睛地看她，雖然穿著睡衣的她並不暴露，但從她的動作仍能看出臀部曲線，還有她海軍藍的腳趾甲。

「呃……」我把注意力集中在尋找茶匙，她向某個抽屜伸手，讓我知道它們放在哪裡。

「瞭解。」我說，和她同時將手伸向抽屜，她猛地抽開手，笑了笑，緩和這個尷尬。

我用茶匙舀出糖粉時，她坐在一張紡錘形靠背的椅子上，單腳壓在臀下盤坐。

「剛才問題的答案是，沒有。莎拉沒跟我說妳都怎麼喝咖啡，但如果要我猜的話……」我轉身靠在櫃檯上研究她，「我覺得妳口味很重，兩杓。」我瞇著眼，她沒有任何表示。「我是說糖。」我單手摸著後頸，「不是嗎，妳會想要，只是妳不會承認。」我他媽的到底在說什麼？感覺我好像在撩她。我沒有，真的沒有。我一點都不希望她覺得我是個花花公子。我是說，我是交過不少女朋友，也有幾段關係相當認真，但和莎拉在一起的感覺很不一樣。更……我也不知道怎麼說，只知道自己不想要輕易結束。

她做了個鬼臉，然後搖搖頭。「兩杓。」

「少來，真的被我說中？」我笑著。

她聳聳肩，「沒開玩笑，是兩杓。如果有什麼特別情緒在的話，會是兩杓半。」

不知道她說的情緒是哪種情緒，為什麼會需要加到兩杓以上的糖？天啊，我得回到床上，頭痛到不行，得把大腦放回枕頭上才可以。

「其實，」蘿莉站起來，「我現在不想喝咖啡。」她邊說邊往門走去，從她疲憊的眼神中我看不出有什麼表情。也許我冒犯到她，我不知道，也說不定她只是累了，也說不定她快吐了。眾所周知，很多女人對我都有這種反應。

蘿莉

「嗯？妳覺得怎樣？」

時間一下到了四點，我癱軟在莎拉身旁，坐在廚房的淺藍色富美家❷桌子旁。終於收拾好了，現在，我們捧著一大杯咖啡，還帶有一絲殘留的宿醉。幾天前搬上樓的聖誕樹都不成形了，好像被一群貓狠狠攻擊過，還有幾只碎掉的酒杯。除此之外幾乎算是恢復原樣了。我聽到傑克大

❷ Formica，一九三一年成立於美國，為美耐板表面飾材之代表品牌。

概在中午左右離開……好吧，我沒辦法表現得很酷，我有點像恐怖電影裡的跟蹤狂，透過房間百葉窗，看著他走在路上慢慢離去。

「不是都很順利嗎？」我故意聽不懂莎拉在問什麼，替自己爭取時間思考。

她翻白眼，好像我是故意找碴。「妳知道我在問什麼，我是問妳覺得傑克怎麼樣？」

開始了。我們的關係出現一個莎拉沒意識到的細微裂縫，我必須想辦法阻止它擴大，不要讓它變成我們都會一頭栽進去的鴻溝。我發現現在是唯一一次機會，唯一一次能坦白的機會；我可能把握住，也或是讓它溜走。但看到莎拉滿心期待地看著我，更不知道這一切是否是我自作多情，我內心默默許下諾言，決定永遠不要說出口。

「他看起來……很好。」我說，故意選一個平淡無奇的詞，來形容這輩子遇到過最讓我興奮的男人。

「很好？」莎拉不屑地笑，「蘿莉，『很好』是用來形容毛茸茸的拖鞋，或是，或是……巧克力閃電泡芙之類的。」

我輕笑，「我正巧很喜歡毛茸茸拖鞋。」

「我也正巧很喜歡巧克力閃電泡芙，但傑克不是巧克力閃電泡芙。他是……」她慢慢地想了想。

我很想補充：舌頭上的雪花，或是老式香檳裡的氣泡，但我卻只說了句「非常好」。我笑著，「聽起來有沒有升級了點？」

「還不夠好。他應該是一個……一個奶油號角❸。」

她賊賊地笑了，眼神中充滿浪漫泡泡，我還沒準備好要聽她聊傑克的優點，於是立刻聳聳肩揮揮手，不讓她抓到機會說下去。「好，好，他……他看起來很風趣很健談，而且也很聽妳的話，妳手指到哪他就轉到哪。」

莎拉用鼻子哼笑一聲，「他是啊，不是嗎？」她彎起小指，我們對著馬克杯點點頭。眼前的她打扮得像十四歲；清爽淡妝，兩條辮子垂在「彩虹小馬」的T恤上。

「他和妳想像中的一樣嗎？」

天啊，莎拉，不要逼我。再這樣，我真的會把心裡話說出來。

「說真的，我不知道我該對他有什麼想像。」這我可沒說謊。

「哦，得了吧，妳腦子裡一定有某種形象在。」

傑克．歐馬拉的形象，在我腦中清晰地浮現了十二個月。「嗯，是啊。我認為他就是完美男人。」

她垂下肩，好像突然發現，內心「想對傑克讚不絕口」的能量被消耗了些。她又陷入一種困滯的狀態。好在我們宿醉都未消，有個好藉口不需要這麼嗨。

「但他很性感，對吧？」

我立刻低頭看著咖啡杯，自己眼神差點流露出內心帶著罪惡感的真心話，當我抬起頭時，發現她正直視著我，從那不確定的神情中，馬上就能發現她想尋求認同，但同時，我也感到對她的

❸ cream horn，亦稱奶油角、奶油喇叭，作法是於烘烤的角狀餡餅皮中填入奶油。

不滿。莎拉通常是屋子裡最亮眼的女人，很習慣成為眾人目光焦點。一般來講這會讓她很早熟，嬌貴，而且自命不凡；但這些現象在她身上都不存在。不過，就算她人很好，也仍是個普通女孩，會打包走想要的男人，這也表示她的男友一般都英俊非凡，因為，能挑到好男人，為什麼不呢？

大部分時候，我都很樂見這情況，在此之前，我們對男人的品味並沒有什麼交集，但現在……我該怎麼回應才好？不管回答什麼都很危險，如果我說「是，他很性感」，我不認為能控制好語氣，不讓自己聽起來迷戀上他；若是回答「不，他不怎樣」，那等於侮辱了莎拉。

「他和妳以前喜歡的類型不同。」我試探地說。

她慢慢地點頭，咬著下唇。「我知道，妳可以直說，我不會生氣的。妳是想說，他沒有妳想像中那麼帥，對吧？」

我聳聳肩，「我想是吧。我不是說他長得不好看或什麼的，只是和妳平常看上的類型不一樣。」我對她使了個眼色，「老天，妳上一個看起來比麥特．戴蒙還麥特．戴蒙。」

她笑了，因為這是真的。我有一次當著他面不小心叫他麥特．戴蒙。這沒關係，因為莎拉決定結束這關係，他們只約了四次會。不管他有多帥都彌補不了他每天都會打三次電話給媽媽的事實。

「我不太會形容，總之，傑克似乎更成熟。」她捧著杯子嘆著氣，「好像別人都還只是男孩，而他是個男人。這聽起來會很可笑嗎？」

我搖搖頭，近乎絕望地笑著。「不，我不覺得可笑。」

「我想是因為他不得不早點長大，」莎拉說：「幾年前他父親走了，好像是癌症。」她停止，回想一下。「他媽媽和弟弟很長一段時間都得依賴他。」

我感到有些心碎，不需多作解釋，那一定很悲慘。

「他看起來挺酷的。」

莎拉聽到後顯得寬慰，「是啊，他就是這樣，他有他的態度，不會隨波逐流。」

「這樣很好。」

她陷入沉思，安靜了幾秒後開口。「他喜歡妳。」

「他是這麼說的嗎？」我努力裝得漠不關心，但又怕被看出正絕望地想抓住最後一根稻草。

我應該成功了，莎拉好像沒感覺到哪裡怪怪的。

「我看得出來。你們倆會成為最好的朋友。」她笑了笑，椅子往後推開，起身。「等著瞧吧，等你們愈來愈熟，妳也會愛上他的。」

她悠悠地離開廚房，經過時親切地晃了晃我的丸子髮髻。我努力強忍想抱住莎拉、向她道歉請求原諒的衝動，只是故意把糖罐拉過來，在咖啡中又加了幾杓。謝天謝地，我就要回老家和家人一起過聖誕，我真的需要一點時間獨處，實在不知道該怎麼繼續裝下去。

2010

今年目標

我去年訂了兩個目標：

一、在雜誌社找到我的第一份適合的正職。我可以很大聲地說，在這方面失敗得非常徹底。有兩家差一點就應徵上了，我還寫了兩篇發表不了的自由撰稿。真要說的話，這些狀況絕對說不上出色，也算不上好，不是嗎？所以我仍在酒店工作，讓人沮喪又覺得害怕，我似乎開始明白為什麼人們會習慣自己的日常生活，放棄夢想。但我沒有放棄，至少目前還沒有。

二、在公車站上找到我的大男孩。就技術上來講，這算是已經達成。但我現在知道，要寫下新年目標時，一定要非常非常具體，這是我受到的教訓。但我怎麼可能知道這得具體到包括「我在這世界上最好的朋友不能比我先找到，而且也不能愛上他」？真是謝了，狗屎宇宙，你個大驢蛋。

那麼，我今年唯一的目標是什麼？

找出如何擺脫失戀狀態的方法。

1月18日

蘿莉

一個月前，我發現莎拉和我不約而同愛上同一個男人，事情非常麻煩。那個悲慘新年目標，真的讓我心碎一地。

在我不知道他是誰之前，事情很簡單；我可以盡情想像，幻想再次在擁擠的巴士上撞到他，或是在咖啡廳裡看到他在喝咖啡，然後他的目光也剛巧看到我，並且記得我，兩人愛情的奇蹟又再次發生。

但現在我知道他是誰了。他是傑克．歐馬拉，莎拉的男人。

整個聖誕節我都在跟自己說，一旦認識他後，事情也會變得容易，他身上一定有一些毛病是我不喜歡的。看到他和莎拉在一起，某程度上會讓我重新把他定位成精神上純友誼的異性朋友，不再是那個令我心碎的人。我拚命把食物塞進嘴裡，然後和戴瑞出去玩，在所有人面前假裝自己沒事。

但自從回到倫敦後，情況更糟了。我不但在騙自己，也在騙莎拉。天知道大家是怎麼成功出軌的；光是一點點比紙還薄的小謊言就讓我渾身不自在。我勸過自己，也仔細審視整件事情，我聽著自己自哀自憐地哭喊著無辜、誤會，但還是得出了一個結論：我是騙子。因為一時不小心，我讓自己成了一個騙子。每天用詐騙者的眼光看著莎拉，跟她說話時，我的舌頭就像蛇一樣分岔。我完全不想承認，但實際上我時常痛苦和嫉妒，這是種醜惡的情感。如果我有宗教信仰，可能會把我多到滿溢的痛苦時間花在懺悔和告解上。有時我會調整心態，尤其是知道自己明明沒有做錯事，而且還在委屈到不行的情況下，謹守當朋友的分寸。但這樣的心態沒有維持太久。喔對了，我還發現自己很有演戲天分；我百分之百確定莎拉完全沒感覺到不對勁，但有很大一部分是因為只要傑克一來，我都找得到藉口出門。

但今天我的好運用完了。莎拉邀請他來家裡吃披薩和看電影。這次邀約的真正目的，是為了讓我更瞭解他。而且今天她在出門前拿咖啡給我時，也直截了當地說了。

「請妳一定要在家，蘿，我真的希望妳能多認識他，這樣我們以後可以一起打發時間。」

我一時想不出像樣的藉口，重點是，我也發現一直避開他不是長期解決之道。然而最讓我煩心的是，就算我內心有百分之九十五感到恐懼，也仍有百分之五的期待，期待能夠拉近和他的距離。

對不起，莎拉，我真的很抱歉。

「外套交給我就好。」

外套交給我就好？我到底在幹嘛？女僕嗎？好險我沒稱呼他「您」。三十秒前，傑克到了，我表現得像個白痴。他笑得很緊張，解開圍巾，抖抖肩，脫下外套，不好意思地遞給我，說起來他只是依我的指示做。我得努力克制才不會把臉埋在那深色海軍藍的羊毛衣料裡。門口的掛衣鉤已經滿了，我仍勉強掛上去，幾乎蓋在我的外套上，一時之間來不及考慮是否應該掛遠一點。我很努力克制了，真的。但他提早了半小時來，而莎拉剛好從廚房外的逃生梯下樓，簡直像電視喜劇演的那樣恰巧。

「莎拉下樓買酒，」我開始東拉西扯，「就在街角，很快就會回來。也許只要五分鐘，除非有人排隊。也或是有其他小事發生。那家店就在轉角處。」

他點點頭，儘管我已經重複說了至少三次，但他依然保持笑容。

「進來、進來，」我帶著滿爆的焦慮感說，對著客廳胡亂揮了揮手。「聖誕假期過得如何？」

他坐在沙發一端，我遲疑片刻，在想自己該坐哪裡？和他一起坐在沙發上？不小心坐在他身上？

「嗯哈，妳懂的。」他有點害羞地笑著，「聖誕節嘛。」他停頓一下，「火雞，還有一堆啤酒。」

我也跟著笑，「聽起來和我的差不多，只是我更喜歡紅酒。」

我在幹嘛？假裝自己很世故？他一定會覺得我是怪人，裝什麼高貴。

拜託！我心裡想著，莎拉，快回來。快回來救我，我還沒準備好和他獨處。我對內心的想法感到震驚——因為我發現，自己很想藉這機會知道他是否記得公車站的事，這問題已經快要脫口而出，就在我喉頭了，下面好像有一群工蟻拚命把它往外推。我努力吞嚥，掌心冒汗。我不知道自己期待得到什麼樣的答案，因為我百分之九十九確定他根本不記得。現實中的傑克，有一個超性感的女友，很可能當巴士在卡姆登大街轉彎時，他就已經忘了。

「那麼，蘿莉，」他明顯是想找個話題。就像我去剪頭髮時，髮型師發現我工作好像很累，然後我就得快點謊稱自己正打算去哪裡度假。「妳是學什麼的？」

「媒體和新聞。」

他看起來不意外，他一定知道我在密德薩斯大學修的課和莎拉一樣。

「我比較是文字取向。」我提了些細節，「如果能通過他們的徵才錄取門檻，我希望能到雜誌社上班，沒打算走幕前。」我忍住少說一句「跟莎拉不一樣」。我相信他已經知道，莎拉的生涯規劃是先到當地新聞台，然後再一路晉升到國家廣播公司。我不時在臉書上看到許多轉貼文，說有的女人天生就自帶光環之類的話，莎拉就是這樣的人，但還多混雜了一些勇敢；沒得到自己想要的東西不會停下。「那你呢？」

他動動一邊肩膀，「我大學修新聞，主要領域是廣播。」

這我已經知道，莎拉把廚房的收音機調到他工作的電台頻道，只有在深夜DJ請假需要代班時，他才會上場，但次數實在屈指可數。不過，每個人都有自己的起點，現在我聽到他的聲線，我知道他遲早會成為正式主持人。我突然有個可怕的預感，莎拉和傑克會在電視台一起主持，成為新一代的金童玉女，就像下一個《今日晨間》[4]的菲爾與霍莉，每天在電視裡對我談笑風生，然後不停贏得「觀眾票選獎」。這預感太真實了，我快喘不過氣，但此時傳來莎拉鑰匙轉動的聲音，我終於又鬆了一口氣。

「親愛的，我回來了。」她大喊，用力把門砰一聲關上，震得客廳的木質舊窗框嘎嘎作響。

「她回來了。」我不必要地補了一句，立刻跳起來。「我去幫她。」

我走到玄關，從她手中接過還沒冰的紅酒。「傑克剛到，妳去打招呼，我把酒拿去冰。」

我退到廚房，希望自己也能爬進冰箱裡。我把酒硬塞到一袋冷凍莓果下面，那莓果是準備用來做果昔的，這是在我們哪天覺得快要因營養失調而死時的應急方案。

我開了一瓶冰箱裡原來就有的紅酒，拿了兩個適合的杯子倒了兩杯。一杯是我的，另一杯是莎拉的。發現我不用開口問，就知道傑克喜歡喝什麼，他是所謂的啤酒掛。我不必開口就已經懂他，這是一種全新、如針尖般微小罪惡的親密感，讓我感到一絲絲溫暖。這是一種奇怪的感覺，我獨自感受著。帶著罪惡感打開冰箱，我幫傑克拿了罐啤酒並打開，然後關上冰箱門，手裡拿著自己的紅酒背靠在冰箱上。我們的罪惡感就是這樣被打造出來的，像一層薄薄的紗，藉著偶然的交談，一點一點縫合出希望和美夢，慢慢壯大，薄到毫無重量，卻又像鋼鐵般堅硬，保護我們不受傷害並感到溫暖。我們？我在跟誰開玩笑？

我喝了一口酒，清醒一下，改變思緒，往更安全的方向去想。我強迫自己去想莎拉和傑克特大號床上的被子，莎拉和傑克華麗的家，莎拉和傑克的完美生活，莎拉和傑克的……這是我目前在開發的技能，每當我覺得自己有不恰當的念頭時，就會用一種病態但積極的態度來面對，不能說很有效，但我正在努力。

「快來吧，蘿，我笑到快岔氣了！」莎拉的聲音清晰，帶著無顧慮的笑聲補充。「不用幫傑克倒紅酒了，他這個人俗到無法體會我們的廉價紅酒。」

❹《This Morning》是英國自一九八八年起開始播放至今的長壽晨間節目，內容包含生活資訊、娛樂新聞、美容、園藝等。

我很想說，我看得出來他不是紅酒掛的，但我沒說出口。只是用腋下夾住啤酒瓶，重新替自己斟滿紅酒，回到客廳加入他們。

「披薩加鳳梨就像是……呃，像是火腿加卡士達醬，根本就不搭。」莎拉做出催吐的手勢，翻了個白眼。

傑克撿起被莎拉不屑地彈到紙盒角落的鳳梨，「我還吃過香蕉披薩呢，相信我，味道不錯。」他把被挑出來的鳳梨放在自己的披薩上，對著我咧嘴一笑。「妳可以投下決定性的一票，鳳梨披薩讚，還是鳳梨披薩爛？」

我覺得自己要背叛莎拉了，因為我不能說謊，莎拉早就知道我的選擇。

「讚啊，當然是讚。」

莎拉哼著鼻子，早知道我就不要說真話。她說：「我開始覺得，介紹你們兩個認識是個壞主意，聯合起來對付我。」

「傑蘿隊！」傑克笑著對我眨眨眼，莎拉狠打了他一拳，讓他發出哀號，揉揉自己，彷彿她打斷了他的手臂。

「輕一點，我這手拿著飲料。」

「他在分化我們的莎蘿隊。」她也對我眨眼，我點點頭，就算我真的喜歡鳳梨披薩，但我更想對莎拉表現忠誠。

「抱歉，傑克，」我說：「我們是紅酒掛的姐妹，這個比鳳梨披薩聯盟更牢固。」我得說，好在有紅酒，才能度過這一關。

莎拉用一種「反敗為勝」的眼神看他，隔著扶手椅和沙發中間的巨大鴻溝，給了我一個高擊掌，這扶手椅和沙發風格並不協調。莎拉蜷縮成一團，雙腳插在傑克屁股下，長長的紅髮盤繞在頭頂的村婦髮型，好像她隨時會偷溜到後面，幫羊群擠奶一樣。

我在衣著上故意不要看起來太做作。我希望給人一種「只有一點點在意社交，所以稍微簡單整理」的形象。身上的衣服是可以隨時出門上街的那種，而不是前天晚上熬夜看電視的打扮。牛仔褲，淺灰色鬆軟針織衫，一點唇膏和眼線。這種簡單打扮居然花了五分鐘以上，我當然一點都不以此為榮。不過，這也是有理由的，我沒有什麼粗麻破衣的服飾，再說，穿得太隨便也會讓莎拉失望。此外，早些時候她把自己銀色雛菊髮夾夾在我瀏海上，因為我一直看著它，她知道我很想要。所以我在想，她看到我稍做打扮，應該也會覺得開心。

「我們要看哪部電影？」我身體向前傾，從茶几上拿了一片披薩。

「暮光之城！」莎拉說，而同一時間的傑克則喊出：「鋼鐵人！」

我來回看著他們，感覺又要投下決定票了。

「記住妳是哪一隊的，蘿。」莎拉嘴角抽搐。說真的，我沒辦法裝，雖然我沒看過《暮光之城》的書或電影，但我也知道它是在講一段注定失敗的三角戀。

傑克一臉痛苦的，對著我猛眨眼，好像七歲的小孩可憐巴巴地想要錢去買冰淇淋。天啊，他真可愛，我很想說鋼鐵人，也很想說吻我吧。

「——暮光之城。」

傑克

暮光狗屁之城？

今晚是最不自在的夜晚，我們在看世上有史以來最痛苦的電影，裡面一個喜怒無常的女孩夾在兩個有超能力的男人之間，然後她不知道要選誰。莎拉靠在我身上，我吻了吻她額頭，讓自己眼睛盯在螢幕上，免得自己會不時瞥一眼在扶手椅上的蘿莉。除非她找我說話，不然我盡量不去看她。

我不想尷尬，但蘿莉的確影響著我。這是我的錯，她也許覺得我是個遲鈍的怪人，我平常的閒談技巧在她身上完全失效。我希望自己只把她當成是「莎拉的朋友」，而不是那個我僅僅只見過一面但卻時常想起的女孩。整個聖誕節我的腦中不斷憶起蘿莉在廚房穿著睡衣，用奇怪的表情看著我的畫面。喔對了，聖誕假期簡直慘不忍睹，老媽一直很傷心，而我也不知道如何是好，索性一直喝酒。天啊，我真是個蠢貨，我只好這樣跟自己說，那是因為我有一顆雄性本能大腦，好巧不巧裡面儲存了她漂亮的臉蛋。希望她跟我不一樣，這樣就不會記得那時我在公車站，像個呆子一樣的尷尬瞬間。目前為止，我很成功避開和她碰面的機會，但莎拉昨天直接挑明，問我是不是討厭蘿莉，為什麼每次要邀我去她家時我都拒絕。媽的，我該怎麼回答？對不起，莎拉，我仍在努力把妳最好的朋友，從「性幻想對象」轉變成柏拉圖式的「我戀人的好閨密」？咦？有這種說法嗎？如果沒有，那現在有了，因為如果我和莎拉分手，蘿莉當然也就和我不再有任何往來必要了。一想到這裡我就心煩意亂。

我指的當然是失去莎拉這個念頭讓我心煩意亂。

2月14日

蘿莉

情人節又叫「聖瓦倫丁節」，這傢伙到底是誰？為什麼他成了羅曼蒂克的專家？我敢賭，他的全名一定是「聖‧自大‧混蛋‧3P‧瓦倫丁」，住在到處都是燭光的小島上，那裡一切事物都是成雙成對的，包括口腔炎的膿包。

知道為什麼二月十四日是所有日子中我最不喜歡的日子嗎？就算莎拉今年是什麼「愛與氣球團體」的白金付費會員也一樣。我感到羞愧，因為我內心一直期待她終於厭倦傑克什麼的，但事實恰恰相反。她已經寫了三張情人卡給他，而且還正想要寫新的，告訴傑克他讓她多麼開心，或是他性感到難以置信。每次她寫好後給我看，我心就像縮得乾掉的梅子，需要好幾個小時才會重新吸水飽滿。

謝天謝地，他們要去這城市裡一家義大利餐廳，不用說，一定會來份心形牛排，然後幫對方舔掉臉上的巧克力慕斯，但至少這一整晚我可以獨佔客廳，《BJ單身日記》遠遠不夠，我已經計畫好，還得同時加上躺在沙發上狂吃冰淇淋和喝紅酒。

「蘿，妳現在有空嗎？」

我闔上筆記型電腦，摘下眼鏡，拿起咖啡走去找莎拉；剛才正在寫求職信，而戴眼鏡不是為了看更清楚，而是為了讓自己專心。我拿著馬克杯進到莎拉房間。「什麼事？」

她穿著牛仔褲跟胸罩，扠腰站著。「我在想要穿什麼好。」她停下來，然後拿起可口可樂紅的雪紡上衣，那是她為了在聖誕節和長輩共進晚餐而買的，這件真是美到令人驚豔又端莊。然後她把紅上衣跟黑色迷你裙一起放在床上。「這樣搭怎樣？」

她看向我，我點點頭，她這樣穿一定非常漂亮。

「還是這件？」她又從衣櫃裡拿出殺手級黑色洋裝，貼在身上比來比去。

我來回看著不同的兩套，「兩套我都喜歡。」

她嘆了口氣，「我也是。哪一件更有『火辣辣情人節』的感覺？」

「傑克看過紅色那件嗎？」

她搖搖頭，「沒有。」

「那就是了，沒有什麼比烈焰紅唇更適合情人節了。」

她決定好衣著後，把其他衣服掛回衣櫃。「妳今晚一個人沒問題嗎？」

我翻了個白眼，「很有問題。不如也帶我去吧。」我靠在門框上，喝了一大口熱咖啡。「帶個電燈炮一點也不奇怪，對吧？」

「傑克搞不好很樂意，」她笑著說：「這會讓他看起來像萬人迷。」

「妳知道嗎，我還是下次再跟好了。今晚我和『班』和『傑利』❺有雙重約會，一定很『甜

---

❺ Ben & Jerry's Homemade Holdings Inc.，簡稱 Ben & Jerry's，班傑利自製控股公司。是一家生產冰淇淋和果汁雪糕的公司。

蜜』。」我離開時眨眨眼，「而且是他們獨家口味『硬度愛經』[6]。天啊，絕對會很刺激。」

我剛好知道，在這世界上所有冰淇淋中，莎拉最喜歡的就是B&J家的「硬度愛經」。

「真是嫉妒死我了。」她在我後面喊道，解開髮帶準備洗澡。

我也嫉妒死了，我心想。然後重重坐回扶手椅，再度打開電腦。

我不管電視節目負責人是誰，他們的眉心都該中彈。只要多花點腦袋就應該想得出來，會在情人節窩在家看電視的人都是單身的，而且可能很痛苦。所以我無法理解為什麼這些人會覺得《手札情緣》會是適合播放的影片。湖面上浪漫划船，萊恩．葛斯林全身濕淋淋在鬼吼鬼叫，沉浸在愛河中。老天，居然還有天鵝。給我點時間，我應該去拿點鹽巴撒一下傷口，是吧？謝天謝地，他們很聰明把《空中監獄》放進了節目單中；我需要一劑足量的「穿著髒背心的尼可拉斯．凱吉」，把我從這糟糕的狀態中救出來。

我聽到莎拉鑰匙轉動門鎖的聲音；萊恩．葛斯林的電影看到三分之二；冰淇淋還有半桶，夏多內白酒還有四分之三瓶。現在才十點半；我以為我的一人派對會持續到半夜，所以說真的，我覺得被打斷了。

我盤腿坐在沙發一角，手裡拿著酒杯，帶著期待地望向門口。

他們是不是吵架了，她才會留他一人吃提拉米蘇？我盡量不抱希望，所以只是說：「自己拿杯子，莎，要是妳動作夠快的話還有酒。」

她搖搖晃晃地出現在門口，好吧，不只她。我的一人派對就要變成「三人行」了。我在胡思亂想什麼，不如想想我現在的打扮吧，真希望自己現在不是穿著黑色瑜伽褲和薄荷綠的背心。會這樣穿，是因為本來打算做「戴維納運動操」，但我知道自己根本不可能真的動起來。換個角度想，這總比我穿著那件法蘭絨的格子睡衣好，那是我媽給我的，因為她怕我在這裡太冷。

「你們也太早回來了吧。」我說著，伸展一下背脊，讓自己看起來像正在靜坐的瑜伽大師，只是手上還抓著一杯酒。

「都是免費香檳害的。」莎拉說，應該是吧，這是我從她咕噥聲中聽出來最可能的字句。她笑著靠在傑克身上；我想傑克環著她的腰，這就是她之所以還能站著的原因。

「正確來說是很多很多的免費香檳。」傑克補充，從他訕然微笑可知，莎拉顯然喝多了，但他沒有。我和他四目相接，注視彼此一會兒。

「額（我），豪（好），內（累）……」莎拉咕噥著，眼睛誇張地狂眨，有根假睫毛掉到臉頰上，通常是我才會這樣。幾個月前我試戴假睫毛試兩次都失敗，莎拉覺得很有趣，因為我看起來像變裝皇后。

「我知道。」傑克笑著在她額頭上吻了一下，「來吧，我們去床上。」

她假裝驚恐，「婚前不可以！傑克．歐馬拉。你以為我是哪種女孩？」

「喝得很醉的那一種。」他扛起又開始搖搖晃晃的莎拉。

「沒禮貌。」莎拉喃喃，但毫無反抗，傑克手勾在她膝蓋後，一把抱起她。靠，學著點萊

❻ Karamel Sutra® Core，此款冰淇淋取名時將焦糖 Caramel 諧音為印度愛經 Kāmasūtra。

恩．葛斯林。這男人根本就不需要泡在湖裡就能贏得美女芳心。

澄清一下，我說的是莎拉的心，不是我的。

「她睡死了。」

時間沒多久，我抬頭看到傑克又出現在客廳走道。萊恩．葛斯林已經在和他的女人求愛，對著日落方向划船，看到下一部是尼可拉斯．凱吉的英雄片，傑克的眼睛亮了起來，露出燦爛的笑容。

「有史以來最棒的動作片。」

他說得對，《空中監獄》是我最喜歡看的電影；現實生活一有什麼大麻煩，我都會看凱吉在片中飾演的卡麥倫．坡，他不管再怎麼困難的情況，都會想辦法戰勝克服。而我自己的麻煩也絕對比不上他的，在賭城大道迫降一架載著都是殺人和強姦犯的飛機。

「每個人都需要一個英雄。」我說。而傑克直接在沙發另一端躺下，和我分享同一張沙發，這讓我有點不安。

「果然是女生會說的話。」他轉著綠金色的眼珠嘀咕著。

「滾開，」我回擊，「我是在練習日後漫長傑出寫作生涯的名言錦句。」

「那需求量應該很大，」他笑著說：「再來一句。」

我對著酒杯笑，一定是酒的關係，現在身體很放鬆。「我得先有個情境。」

他在思考各種可能，希望他不要直接選「情人節」。

「我的狗死了，來幾句讓我振作的話。」

「嗯，好。」我停一下，看看四周想想該怎麼開頭。「很遺憾得知你的狗狗已離你而去，希望牠開心遊玩時的模樣永留你心。」停一下，真被自己的智慧感動。「也永遠記得牠有多愛被你摸頭，很遺憾你的寶貝狗狗還是死了。」我後面說得很快，我們都笑了。

「我想我寧可多來幾罐啤酒，也不想再聽到這狗屁句子。」

喔，我這才想起自己沒有招待客人，感覺很無禮。但是想想看，嘿！這也要怪他。我也沒想到他會又從莎拉房間裡出來。我才剛從冰箱裡拿出吃剩的冰淇淋，打算再戰一輪，沒想到一回到沙發上，他就出現了。

「冰箱裡還有啤酒，請自取。」

我看著他離開房間，穿著深色牛仔褲和墨藍色襯衫，四肢修長。看得出來，早先他抱莎拉時花了不少力氣，不知什麼時候他領帶已經鬆開。回來時，他手上抓著已打開的啤酒，另一手還喜孜孜地拿著一根湯匙。

「我們還沒吃到甜點就走了。」

我低頭看著冰淇淋桶，我一個人吃了三分之二，不知道他會不會嚇到。

我直接把冰淇淋桶遞給他。他問道：「什麼口味？」

「硬度愛經。」我怎麼不直接說是焦糖就好？

「是嗎？」他覺得好笑，抬頭看我。「我需要把腿放腦袋後面才能吃嗎？」

如果我在和他調情，我可能會建議他做個瑜伽的下犬式之類，但並不是，於是我翻了白眼嘆口氣，一副「人家可是成熟大人」的樣子。

「除非你覺得那動作能幫助消化。」

「可能吧，不過絕對會毀了我的牛仔褲。」

「那你最好不要。」我看向電視，「這是我最喜歡的片段之一。」

我們一起看著尼可拉斯．凱吉為了保護飛機上的女警，男子氣概爆棚，飛機上滿是囚犯。傑克在吃冰淇淋，我懷裡抱著最後一瓶紅酒。很慶幸自己只是微醺放鬆，不至於酩酊大醉。學生生涯留下的後遺症之一就是，我的酒量差不多和英式橄欖球球員一樣。莎拉也是，通常啦。

「莎拉一定是喝不少免費香檳才會這樣。」我想到不久前她搖搖晃晃的樣子。

「我不太喜歡那東西，所以我的她也喝掉了，」他說：「但服務生不停幫我們斟酒，她索性一次喝兩杯，免得我拒絕時覺得尷尬。」

我笑了，「她也太善良了。」

「明天早上她的頭一定會很痛。」

我們再度陷入沉默。我開始找話題填滿這些空白，不然的話，我怕會做出什麼衝動的事，例如問他記不記得公車站什麼的。我真的、真的希望自己有一天不用再這樣天人交戰，希望這事不再對我重要，甚至不再和我有關。目前尚在努力。

「她很喜歡你。」我脫口而出。

他慢慢喝了一大口啤酒，「我也很喜歡她。」他斜著看我，「妳是打算警告，要是我讓她傷心，妳就會跑過來戳瞎我的眼睛嗎？」

「別以為我辦不到。」我比了個誇張的空手道手刀動作，我只是在虛張聲勢，一點把握都沒有。事實上，我非常喜歡他們，現在這才是我所有的煩惱根源。

我對莎拉的忠心不會動搖；我知道界線在哪，絕對不會越界，只是這條線有時候感覺像僅僅用粉筆畫在草地上，就像學校運動會那樣，很容易擦掉再重畫，而且從來不會畫在同一個地方。比方說像今晚，它慢慢在往前移，到了明天早上，我會再努力把它推回去。

「我確實注意到妳深藏不露的忍者技能了。」

我點點頭。

「不過在我身上派不上用場，」他繼續，「我很喜歡莎拉，不會讓她傷心。」

我再度點頭，替莎拉高興，傑克是這麼善良；也替自己感到悲傷，可惜他是莎拉的；還對這世界感到憤怒，命運太卑鄙了，打從一開始就讓我落在這種處境。

「很好，看來我們都有共識了。」

「妳說話像個黑手黨的女頭目。」他向前傾，把空啤酒瓶滑到桌上。「一個黑手黨的女忍者。蘿莉，妳是個危險的女人。」

我心想，的確，特別是當我還有半瓶酒，以及有半顆愛你的心的時候。我現在真的該上床睡覺了——必須要在我擦去內心界線、衝向傑克之前。

傑克

蘿莉，妳是個危險的女人。

我在說什麼鬼話？聽起來像是低俗無聊的電視電影[7]裡的搭訕台詞，我本來想表達我們是朋友之類的。你這個傑克蠢蛋，我用以前學校的外號罵自己，我一直視它為一種榮譽的象徵。我學校的個人評價常常出現類似的文句，只是表達得更文雅些：要是傑克把他裝傻的能力，用在學習上面，那他會有很大的成就。

我很想證明他們錯了；每次考試到了迫在眉睫的時候，我的成績剛剛好能上第一志願。說真的，這很幸運，我有著過目不忘的記憶，像攝影一樣，所以教科書的內容只要看過一次，就一直在我腦中。有了這點，再加上對任何人都能瞎扯淡的能力，我算是混得不錯。但不知道什麼原因，我社交技巧似乎沒辦法發揮在蘿莉身上。

「那麼，蘿莉，妳還有哪些方面是我需要瞭解的？除了如果我讓妳最好的朋友傷心，妳會把我打得遍體鱗傷以外。」

這個問題似乎讓她嚇了一跳，這也難怪。我上次提出這問題，是在人生中唯一一次嘗試快速（而且相當糟糕）約會的時候。那我現在是在幹嘛？跟她相親？

「嗯……」她笑了，像音樂盒發出的聲音一樣輕柔。「其實也沒什麼。」

我試著讓對話回到正軌，給了她一個再想想的眼神。「不是吧，隨便什麼都可以。莎拉希望我們能成為朋友。不然這樣，告訴我三件妳最尷尬的事，然後我也分享我的糗事。」

她瞇起眼，下巴微抬。「可以我說一件，你說一件嗎？不要一次說完三件。」

「沒問題，只要妳先就行了。」

我告訴自己，之所以會這樣提議，是由於莎拉非常希望我和蘿莉能成為朋友。但老實說，這只是部分原因，另外的理由是，我自己真的也想多瞭解她一點，她很吸引人，也許是因為此時此刻，在沙發上的我覺得很舒服自在，有她相伴讓我很放鬆。也可能是因為她有點醉了，或是我也醉了，但我認為要和她成為好朋友沒什麼問題。這很正常，不是嗎？我知道仍會有人不相信，男女之間有「柏拉圖式純友誼」存在。

總之，我和蘿莉會互吐真心話，然後成為最好的朋友。各位先生女士，請一起見證我偉大的柏拉圖純友誼計畫。

她邊思考邊用指尖敲著玻璃，我真的很想知道她會說些什麼。她低頭看看剩下的酒，接著帶著笑意抬眼。

「好吧，那是在我十四還是十五歲的時候——」她停了一下，手按在發紅雙頰上搖頭。「我真不敢相信會跟你說這些。」

那輕快的咯咯笑聲再次響起，她睫毛垂下，我得彎下腰才能看到她的雙眼。

「說吧，快點說來聽聽。」我哄著她說。

她無奈地嘆了口氣，「我當時和我最好的朋友艾拉娜在一起，想在學校舞會裝酷。印象中我

❼是指直接在電視上播放、未於戲院上映的低成本電影，通常由電視台自行製作或電影公司製作後再賣給電視台。

們可能還帶了包香菸在身上，雖然我們都不抽。」

我點點頭，等她繼續。

「當然了，故事裡總有個男孩，我真的很喜歡他。應該說，學校裡有一半的人都喜歡他，但很奇蹟的是，他似乎也很喜歡我。」

我很想插嘴，這一點都不奇蹟，連驚喜都算不上，但我忍住了。

「總之，後來他終於邀我跳舞，我立刻答應。一切都進行得很順利，直到我一抬頭，他又剛好正低頭看我，然後被我的頭狠狠撞到，鼻子斷了。」她瞪大眼睛看我，爆出大笑。「血流得到處都是，後來不得不叫救護車。」

「不會吧，」我慢慢地搖頭，「妳真是個糟糕的約會對象，蘿莉。」

「我根本沒有和他約會，」她抗議道：「雖然我很想，但從那件事後就再也沒機會了，不過這倒是不意外。」她用指節敲敲腦袋，聳肩。「大家都說我這裡和鐵一樣硬。」

「好吧，我現在知道妳是頭蓋骨異常堅硬的忍者黑手黨。我大概能領會莎拉對妳的看法了。」

她一臉正經，「我認為自己必須讓她感到安全。」

「那當然。妳真的該考慮收點保護費，妳的學貸保證馬上還清。」

蘿莉把酒杯放在桌上，盤腿靠後，面向著我，她的深色頭髮往耳後捋。我小時候，每年都會去康瓦耳度假，媽媽很喜歡買那些民間傳說的精靈周邊商品，像坐在毒蕈上的小精靈之類。蘿莉荷花般的坐姿和捋平長髮後突顯尖尖下巴的樣子，讓我想起那些小精靈。有一種懷念的感覺，彷彿和她已熟識多年，雖然現實中並非如此。

「換你了。」她揚起笑。

「我沒有任何故事能比得上妳，」我說：「我的意思是，我可從來沒有用頭撞過女人。」

「你這算什麼男人？」

她開玩笑般裝出失望的神情，不過我還是認真考慮她的問題。

「我希望能算得上是好男人？」

她在喉嚨裡悶笑，「希望是。」

我知道她的意思，為了莎拉，我最好是。

「那這個怎麼樣……」我突然換了個話題。

「那是我六歲時的生日派對。妳想像一下，一個小孩子被埋在兒童遊戲球的池子裡，他非常害怕，所以他父親就衝到遊樂區滑過滑梯，攀爬過網子找兒子。我在三呎深的球池下面哭得很大聲，結果還吐了，大家非清理現場不可。」當時吐出來的巧克力噴到一個小朋友的漂亮衣服上，他父母看到後，那驚嚇的神情我至今仍歷歷在目。「好玩的是，此後我的派對受邀率直線滑落。」

「嗯，那真的很慘。」她認真回應，感覺不到她有取笑的意味。

我聳聳肩，「我是男人，堅強是我的本色。」

她又用指節輕敲自己的頭骨，「你忘了你現在在和誰說話。」

我莊重地點頭，「鐵頭女。」

「沒錯。」

我們沉默下來，消化剛才對彼此產生的新印象。就我而言，我知道她和男人相處會有點不自在，說不定會有攻擊行為。對她來講，她知道我很容易被嚇到，說不定會吐在她身上。她從我手中接過已經空了的冰淇淋桶和湯匙，側身把它滑到咖啡桌上。雖然我已經盡量克制，但我的男性本能仍捕捉到她的動作，能看到她手臂下乳房的線條、後背腰下的曲線。為什麼女人總是如此？這樣真的很不好。我想和蘿莉當柏拉圖好友，但大腦卻在記錄儲存她每一個舉動，這樣我腦中就會有一幅她的圖像，入睡後，大腦會不時去欣賞。我不想這樣。醒著的時候，我不會這樣去想蘿莉，但一旦我睡著，大腦根本不理會我留給它的提醒字條。

睡夢中的她肌膚如牛乳般潔白，眼眸是勿忘草的淡藍色，睫毛真他媽的長，彷彿夏日灌木叢濃密。現在又新增了她背部的曲線、她酒後微醺的姿態，還有她思考時輕咬下唇的樣子。在這種情況下，我攝影般的記憶力不再是優勢，而是扯後腿。當然，蘿莉不是我唯一的夢中情人，只是她比其他夢中情人更為出色。我不是說我一天到晚都在想女人。不行，我得住手，我現在搞得自己像躲在衣櫃裡偷看的變態。

「好吧，我想現在又輪到我了。」她說。我點點頭，好在她這時候打亂了我的思緒。

「妳現在得來個比頭槌更精采的故事。」

「我一開始把強度拉太高了。」她同意我的說法，再度咬唇，努力回想有沒有適合的。

我給她一點暗示，看能不能幫到她。

「有沒有什麼像是在風很大的日子，沒穿內褲出門的糗事？」她微笑搖搖頭。「有沒有不小心在做飯時下毒？還是不小心吻了妳姊妹的男朋友？」

她神情變得更加柔和，好像喚醒了什麼塵封的記憶，臉上閃過一些我看不懂的情緒。天吶，我一定是說錯什麼了，因為她現在拚命眨眼，眼裡有些……淚水。

「天啊，媽的，對不起。」她咕噥，奮力用手臂擦著眼睛。

「不，不，我才對不起。」我急忙說，仍不確定我到底說錯了什麼。我想握住她的手，手掌輕觸她的膝蓋，想表示我的歉意，但我手足無措。

她搖搖頭，「這完全不是你的錯。」

我等她恢復，「要談談嗎？」

她往下看，重複捏著手背皮膚；這是一種心理上的應對機制，利用身體疼痛來減輕情緒上的不安。我那煩人的屁孩弟弟奧比，也基於同樣的理由彈著手腕上的橡皮筋。

「我妹妹在她六歲時死了，那時我剛滿八歲。」

該死。我收回對我弟的描述。他比我小四歲，他是個皇家級的屁孩，但我打從心裡愛他。我甚至不敢想，要是這世上沒有他會怎樣。

「天啊，蘿莉。」

這次我沒多想，當一滴淚水從她臉上滾落，我便伸出拇指擦去。然後她開始哭，我撫摸她的頭髮，像個母親那樣安撫她。

我們沉默了幾分鐘，她哽咽地說：「對不起，我不該失控。」用手掌根擦擦眼，「突然情緒就上來，好久沒有這樣了，一定是因為那些酒。」

我點點頭，放下手，對自己的白目和遲鈍感到厭惡。

「別人問起我家人的時候，我都只說有個哥哥。這讓我覺得很對不起她，可是比起說出過去，這樣更輕鬆些。」她平靜了點，呼吸微微顫抖。

我不知道在這種情況下說什麼才好，只好什麼都試試，而且，我覺得好像有點能體會她的心情。「她叫什麼名字？」

蘿莉表情溢出溫暖，她的脆弱刺痛了我。尖銳、強烈的渴望，苦澀又甜蜜，彷彿那是她長久以來都缺失的部分。她重重嘆了口氣，轉身靠在我旁邊的沙發上，雙手環抱彎起的膝蓋。當她再次開口時，聲音更低也更平穩，像是在葬禮上排練過的台詞一樣。

「金妮有先天性心臟病，但她很聰明，天啊，真的很聰明。在我身邊跟前跟後，她是我最好的朋友。」她停頓一會，好像知道接下來的內容會帶來巨大情緒衝擊，預先做了心理準備。「她死於肺炎，發作後沒多久就離世。我想我們所有人都沒辦法忘記她，我可憐的爸媽……」她的語氣慢慢趨緩，似乎找不到合適的詞語。白髮人不該送黑髮人。她不再揑自己；我認為世界上沒有一種心理應對機制能應付得了這種事。

電視上的尼可拉斯．凱吉一身肌肉，動作敏捷地騎著機車到處亂跑。電視前的小客廳裡，我摟住蘿莉肩膀，她緊緊靠著我。蘿莉的身體隨著呼吸而顫抖，她閉著眼，頭靠在我肩上。我不知道她什麼時候睡著的，但我很高興她睡了，她正需要好好睡一覺。我沒有移動，雖然應該要這麼做，夠聰明的話應該要離開沙發，回房就寢。但我沒有，只是在她睡著時，坐著陪她。這讓我感覺……我甚至不知道這是什麼感覺。大概是平靜吧。

我絕對沒有把臉埋在她頭髮裡。

2月15日

蘿莉

當我醒來時，馬上就意識到好像得想起些什麼，但大腦模模糊糊，像被一條毛毯包住。都是因為酒，我昏昏欲睡，然後又突然睜開眼，發現這不是我的床，我仍在沙發上。但頭底下枕著枕頭，身上蓋著羽絨被子。我瞇著眼看手錶看了一會兒，剛過早上六點，於是我閉上眼躺回去。努力回想昨晚發生了什麼事，先從最簡單的開始。

冰淇淋、紅酒、萊恩．葛斯林在划船。天鵝。一定有天鵝。然後，我的天，莎拉喝掛了！我等下一定要看看她是不是還好，好在傑克有送她回家——傑克，喔天啊！傑克。

我的精神狀態瞬間陷入恐慌，我一定說了或做了什麼可怕又不忠的事，莎拉會因此恨我。傑克跟我聊天，我們笑著看電影，然後……我想起來了。金妮。在我內心深處的柔軟繭中游移滑動，我緊閉雙眼，讓自己回想起甜美的妹妹，纖細的手指，脆弱近半透明的指甲，世界上唯一一個和我有一樣眼睛的人。我必須非常費力才能把她童稚的聲音從我的記憶中抹去。興奮的笑聲、在陽光照耀下呈金色的發光直髮。這些破碎的回憶，像褪色的照片一樣。我不讓自己在日常生活中太常想起金妮，後來甚至真的完全不允許自己想起她。我花了很長的時間才接受她已不在的事實，不再因死神帶走的是她，而亂發脾氣。

我現在已經完全想起昨晚的事。我沒有對傑克做出任何違反道德的事，至少在今天早上，我不覺得有任何傳統意義上的背叛；我沒有讓他看我的胸部或說出什麼真愛告白。但我仍沒辦法真的安心。我的確越過了一條線，儘管那條線細得看不太到，只是我仍能清楚感覺到，有東西纏繞著我的腳踝，像釣魚線一樣，隨時會讓我絆倒，讓我變成一個騙子。我跟他太親近了，光是一瓶便宜紅酒就能讓我鬆懈；會因為不小心對某句話做出錯誤判斷，讓我像一座廢棄的沙堡，在晚潮沖刷而來時立刻崩解。

6月5日

蘿莉

「生日快樂，老女人！」

莎拉對著我大吹特吹派對吹吹卷，把我吵醒。我掙扎著用手肘撐起身子時，她突然高聲唱起生日快樂歌。

「謝謝！」我意興闌珊地拍了幾下手，「我可以繼續睡了嗎？現在才星期六早上八點。」

她皺著眉頭，「開什麼玩笑對吧？要是現在睡覺，就會錯過妳的金光閃閃大生日。」

她的聲音聽起來像她最喜歡的一位迪士尼人物。「我上次確認過了，我們不是廉價電視劇裡的美國青少年。」我咕噥著。

「別說傻話了，現在就起床吧，我幫妳安排了一個大計畫。」

我倒回枕頭上，「我已經有一個計畫了，第一步就是一直睡到中午。」

「妳的計畫可以明天再執行。」她對著旁邊的杯子點了一下頭，「我幫妳泡了咖啡。十分鐘後要是還不起來，我等一下回來真的會很粗魯地弄醒妳。」

「妳好過分！」我抱怨著，用手臂擋住眼睛。「我二十三歲了，妳才二十二，我已經大到可以當妳媽了，快去整理房間、做作業。」

她邊離開邊吹著吹卷，發出嘟嘟聲和笑聲，我把頭埋在枕頭下。我愛那個女孩。

我剛好花了九分半的時間起來。客廳出現兩個衣物袋，莎拉一看到我，立刻跳起來。比起莎拉，我對那兩個衣物袋的戒心更高，上面五彩繽紛花花綠綠，還有化裝舞會服裝租借公司的商標。

「呃……莎？」我這才發現她說她有計畫，原來是認真的。

「妳看到後會樂死。」她說，緊攥雙拳，興奮得像要參加學校郊遊的小朋友。

我慢慢放下咖啡，「我現在可以看看裡面的東西嗎？」

「可以，但妳得先保證，接下來幾個小時內，妳會完全照我說的去做，不能問問題。」

「妳聽起來像個間諜，你和傑克最近是不是又看了很多詹姆斯·龐德的電影？」

她把其中一個衣物袋推給我，但我一伸手後她又緊緊握住。「妳先答應我。」

我笑著搖搖頭，覺得很有趣。「好，快放手，我答應。」

交到我手上時，她還輕拍了一下手，然後揮舞雙手催促，要我快打開。我伸長手，讓袋子不要太靠近自己，稍微搖晃一下，接著才把中間的拉鍊往下拉個幾吋，偷看一眼。

「粉紅色的……」我說，她拚命點頭。

我拉開全部拉鍊，抖開塑膠套，出現一件顯眼的棉花糖粉色的緞面飛行夾克，還有黑色緞面內搭褲。

「妳是想要我在生日這天打扮成『粉紅淑女』[8]嗎？」

她咧嘴一笑，突然拿出自己的衣服。「不是只有妳。」

「了解，所以我們都會是粉紅淑女。」我慢慢地說，但有點不解。「我是說，我有點喜歡這個生日主題，但我們換好裝後要幹嘛？我們如果要去『城堡酒吧』的話，會顯得超級格格不入。」

「我們沒有要去酒吧。」莎拉眼神閃著期待的光芒。

「我能問一下要去哪裡嗎？」

她笑了，「當然可以，但我不會回答。」

「我怎麼沒料到妳會這麼回應？」

她拉開夾克拉鍊，手伸進袖子。「妳看過那部電影，對嗎？」

「一兩次吧。」我翻個白眼，在這地球上，所有人都看過《火爆浪子》至少十幾次，因為它每次都在新年重播，然後你又懶得起身去找遙控器。

我有點懷疑地舉起那件緞面內搭褲，腰圍才六英寸（約十五公分）。「希望這件是鬆緊彈性的。」

「當然有，今天早上六點左右我就試過了。」

聽她這麼說，我才意識到她很努力在準備生日驚喜；此時內心某一部分的罪惡感深深刺痛著我。我決定，不管她今天安排什麼，我都會百分之百配合。

「那就來個粉紅淑女嘍。」我笑著說。

❽粉紅淑女是美國七〇年代青春歌舞電影《火爆浪子》中，一個高中女生團體的名稱。

她看著手錶，「我們得在十一點出門，妳快洗個澡。我已經洗好了，等妳出來後我幫妳畫個簡單的眼線。」

現在是中午，我們坐上從滑鐵盧出發的列車。以這樣的裝扮出門，我們確實得到了恰如其分的注目，完全在意料之內。我們是今天這裡唯二的粉紅淑女，有著最棒的妝容和髮型。莎拉綁了個高馬尾，完全不受控地自主搖擺，而我的頭髮整理成了連奧莉維亞．紐頓．強[9]都會羨慕嫉妒的泡麵捲。莎拉準備超齊全：包括口裡嚼著的口香糖、時髦黑的領巾、插在頭髮上的白色邊框太陽眼鏡，還有火車上喝的罐裝琴酒，這可以讓我們調適心情，得以去任何地方。

「我們要不要用個假名？」

莎拉認真考慮我的問題，「妳想用什麼？」

「嗯……有點難想。我覺得要有點俗氣，美國五〇年代的風格……叫盧拉梅怎樣？」

她看著我想了一會，「這名字不錯。如果妳是盧拉梅，那我一定就是莎拉貝爾。」

「很高興認識妳。」

「我也很高興認識妳，盧拉梅。」

我們優雅地靠著對方的頭，然後叮噹一聲碰撞我們的琴酒罐，大飲一口來鞏固盧拉梅和莎拉貝爾的新友誼。

「妳能不能告訴我等等要去哪裡？」

「相信我，小女孩，妳會喜歡的。」她試圖用一種非常可怕又深沉的美國南部嗓音拉長語調說。

「妳聽起來像是超有男子氣概的約翰．韋恩，而不是莎拉貝爾，」我笑著說：「我可能會迷上妳。」

莎拉把喝完的琴酒罐塞在前座的椅背袋子裡，「我是我的性能量，我沒法控制。」車內的電子音預告即將抵達巴恩斯站，她抬眼看了一眼。「來吧，我們要在這一站下車。」

走出車站時，我發現我們不是唯一打扮得像來重拍《火爆浪子》的臨時演員。陽光明媚的星期六午餐時間；圓蓬裙、五〇年代泰迪男孩[10]打扮的人們，穿插在其他購物者當中。一路上還看到幾個人同樣身著粉色緞面衣，這告訴我到時絕對會有一堆粉紅淑女。

「莎拉！」

傑克的聲音傳來，我的心怦地一跳。我最近一直盡最大努力避免和他以及莎拉一起出現，好在他們兩人忙著上班，我覺得他們也很高興沒有電燈泡在場。我真心覺得最近愈來愈少想到他，也許是我的精神控制正在發揮作用。

然後我注意到傑克旁邊的人，比利，他是傑克的朋友，我們在幾次聚會上見過面。老天，千萬不要給我來聯誼那一套。男孩們向我們走來，當我和莎拉對著雷鳥[11]黑色菸管褲和緊身黑色T恤尖叫時，他們不好意思地笑了。傑克和比利甚至捲起袖子來突顯二頭肌，還有那些鬈髮，他們絕對用光了一整罐髮蠟。

---

9 奧莉維亞．紐頓．強是知名鄉村歌手，曾榮獲四項葛萊美獎，她在《火爆浪子》裡飾演女主角珊迪，奠定其巨星地位。

10 熱衷於搖滾和R&B的英國青少年次文化風格。

11 雷鳥是美國電影《火爆浪子》中高中男生團體的名稱。因當時年輕人喜歡的車種是福特雷鳥，故用雷鳥當成團體名。

不管我們等下要去哪，很明顯會是四個人一起行動。我沒有很介意，只是有點意外，何況莎拉和我已經度過了這幾年來最棒的早上。

「哇喔！這不正是我們舞會的約會對象嗎！」莎拉笑著在傑克唇上吻了一下，留下紅紅的唇印。傑克的鏡面飛行員墨鏡遮擋著他的雙眼；他看起來比較像詹姆士．狄恩而非約翰．屈伏塔。

「比利，你看起來……很酷。」我說，他順勢展現了一下肌肉。他那身材就像每天至少花兩個小時在健身房精心訓練，讓人佩服但同時又覺得他是不是只有四肢發達。

「大力水手算不了什麼。」他拿出嘴裡為了耍帥而吃的棒棒糖，在我臉頰上輕啄一下。「生日快樂。」

我發現莎拉在看，對著她翻了個白眼。她非常擅長把我跟不適合的男人配成一對。比利喜歡的類型大概是那種好身材的金髮乖乖女。很好奇傑克是用什麼條件說服他來的。

「小姐們，可以走了嗎？」傑克對著莎拉彎起手肘，遲疑片刻後，比利也做出同樣的動作。

「當然可以。」莎拉咧嘴一笑，胳膊穿過傑克的手肘。「蘿莉還不知道我們要去哪，所以不要說溜嘴。」

我笑了，有點不自在地抓住比利的手臂。「我覺得我好像知道。」

「喔，才不咧。」擠在人群中的莎拉回頭看我說，眼睛閃耀著。「但妳遲早會知道。」

我不敢相信眼前的一切。

「這到底是哪裡？」我心醉神迷地說。我們正在全穿著《火爆浪子》服裝的Z字形隊伍中，大家都很興奮，吵吵鬧鬧地。揚聲器裡傳來一本正經美國校園廣播的聲音，叫我們不能在大廳奔跑，排隊時摟摟抱抱會被留校查看。我們到入口時，有一個巨型拱門招牌，散發出罌粟花紅光芒的老式燈泡圍著《火爆浪子》裡的學校「萊德高中」字樣。

「喜歡嗎？」

莎拉現在沒有摟著傑克，而是抱著我手臂，她半笑半吐舌，屏住呼吸等著我對生日驚喜做出評論。

「喜歡？」我咧嘴一笑，看著前方眼花繚亂的一切。「我不知道這怎麼回事，但我愛死它了！」

巴恩斯綠地通常是遛狗人和週日板球比賽者的地盤，現在放眼望去全成了五〇年代的美國復古神奇仙境。

服務生腳下穿著四輪溜冰鞋，在露天棚子裡遞送漂浮可樂，閃亮亮的銀色活動餐車圍在活動場地的邊緣。

四處都有人躺在野餐毯上，女生穿著褶邊洋裝，戴太陽眼鏡，用手肘撐著身體後仰，邊曬太陽邊吹泡泡糖。

場裡四處都聽得到音樂；一支現場演奏的銅管樂隊在棚子裡的木板舞池邊，為精力充沛、忙著舞動的情侶們演奏五〇年代的搖滾樂。其他地方還架起了高高的揚聲器，播放出《火爆浪子》原聲帶裡的熟悉歌曲。

我甚至瞥見一個快閃式的美容小站，裡面的服務人員穿著粉紅工作服和假髮，幫前來的女孩刷上粉色指甲或睫毛。

櫻桃紅的碰碰車上傳來驚呼和推擠聲，還有一個巨大、閃閃發亮的摩天輪，是這場地裡的主角，冰淇淋粉紅和白色相間的座椅在微風中輕輕擺動。

這是我所經驗過，最大、最瘋狂的生日驚喜。我感覺自己的心像羽毛一樣輕，就像綁在氦氣氣球上一樣。

傑克

這地方真是太不可思議了。

我不知道莎拉怎麼想到的；大部分人只是替壽星買個蛋糕，或帶他們出去喝酒慶祝生日。

但莎拉不是一般人。

她規劃了狂歡活動，不知不覺就把我和比利拉進來當她們的雷鳥護衛隊。

我不太會為女人這麼做；我發了點牢騷，還差點退出。因為說真的，一開始覺得會是場災難，但現在我覺得有點酷。

她原本說是一場秘密電影[12]活動。

我本來真的以為是字面上的意思，想說會是露天電影區，然後來個幾輛漢堡餐車，加上一個巨大銀幕。但天啊，這裡是怎麼回事？！

我們根本身在電影中，不是單純觀眾。而且在這整場電影裡，我們身邊還有兩位最漂亮的粉紅淑女。

莎拉……老天。她做事真是徹底。她現在就在前方不遠處；穿著曲線畢露的黑色緊身褲，腿看起來比平常長了一倍。我總覺得自己得苦苦追趕莎拉，真是一刻也不能鬆懈。但最近她衝得太快了，有時差點找不到她，這讓我有一點不安，每次好不容易追上她時，都有這樣的感覺。

蘿莉也很酷；我看過雜誌寫過一篇文章，說同樣的衣服穿在不同人身上就會有完全不一樣的效果。莎拉的高跟鞋和馬尾，表示出她無疑是班上最受歡迎的女孩。而蘿莉的Converse鞋，還有頭上蓬鬆的鬈髮，低調又可愛。如果我們真的是高中生，莎拉會把我驚豔個半死；而蘿莉則像是我死黨的妹妹。我甚至不知道哪一個比較漂亮，我只是覺得各有各的美。

「你覺得怎樣？我和壽星來個鹹濕熱吻？」比利在我身邊說：「我想我會在那上面碰碰運氣。」他對著摩天輪點點頭。

我往蘿莉方向眨眨眼，激起想保護她的念頭。比利是那種不擇手段想要表現的人。真不知道為什麼我要找他來，大概是因為他是我朋友中唯一一個自戀到可以花一整天打扮自己的人。

「比利，廣播說了不要摟摟抱抱，你也聽到規則了。」

「這裡是所高中耶，規則就是用來打破的，我的朋友。」比利向我眨眨眼。我正要開口，莎

⓬ Secret Cinema，「秘密電影」，一家位於倫敦的娛樂活動公司，專門舉辦各式影片的深度體驗活動，讓參加者得以扮演知名影片中的角色或和角色互動。

拉就轉過來指著場地另一邊，打斷我的話。

「你們兩個快來，我想坐碰碰車。」

我有點後悔今天找比利來。目前為止他已經秀了三次自己有多強。整個活動中沒有人辦得到，應該說能做到一次的人都沒有。比利現在像個F1賽車手般，一手摟著蘿莉，一手熟練操作他們的碰碰車。

我也學他，摟著莎拉，然後回頭往他們的車身一撞，把他們撞得團團轉，還發出了火花嘶嘶聲。

莎拉在我和比利耳邊尖聲大笑，比利直直對著我們衝來，把我們撞到場邊的輪胎護墊上。離開時，他還在蘿莉身後偷偷對我比了個中指。

不知道如果是約翰．屈伏塔[13]會怎麼做？

誰又會是珊卓拉．狄[14]？

不是莎拉，她太時髦了；一整個「法蘭琪」[15]。

我可不是說蘿莉是珊迪，而我是丹尼，如果我和她是男女主角，那會很不對勁。

也許比利更像丹尼，他有大力水手般的肌肉，也比較爭強好勝。

我看著他在碰碰車熄火時，扶著蘿莉下車。比利緊牽著她，像在跳舞般拉著她繞了一圈，讓蘿莉跌向他懷裡，粉色緞面和黑色鬈髮同時晃動著。

我希望她不要被比利耍著玩。

我的意思是，無論如何都是蘿莉自己的事，比利有點屁孩，所有都是為了嬉戲玩樂，也許這正是蘿莉喜歡的。媽的。要是比利想和我們一起回卡姆登大街那裡怎麼辦?哈!蘿莉口袋裡的手機響了,這通電話來得正是時候,朋友。

蘿莉

這會是我這輩子最愛的一天。

在粉紅淑女的雞尾酒盛宴中我有點微醺。我笑到肚子兩側發痛,比利比我想像中更有趣,所有人都像傻子一樣狂歡。連天公都很作美,能沐浴在慵懶的英國夏日溫暖。這樣的溫暖讓我臉上都長雀斑了。

我以為這活動在白天時已經夠精采了,沒想到到了晚上又更絢麗。雷鳥舞台上有一場表演;一隊穿著黑色皮衣,身體柔軟的男舞者在美式肌肉車[16]上舞動,對著鉻黃色的麥克風唱歌,在引擎蓋上跳舞。在遊樂場五光十色的燈光下,四處都有人在跳舞,大家都期待著十點要播放電影。

[13]《火爆浪子》裡的男主角丹尼,由好萊塢知名影星約翰.屈伏塔飾演。

[14]《火爆浪子》裡的女主角,又叫珊迪,奧莉維亞.紐頓.強飾。

[15] 亦為《火爆浪子》裡的角色。

[16] 肌肉車(muscle car)是汽車的一個類別,特指一類高性能的轎跑車。英文韋伯斯特大字典對肌肉車的定義為:由美國製造的,裝備高性能引擎的雙門運動型轎車。

莎拉好像剛剛才發現她天生的搖滾舞蹈天賦（這是理所當然的），而傑克笑著往後退，說自己笨手笨腳，然後哄騙比利上去當她舞伴，參加大師級舞蹈賽。

我和傑克站在人群邊看著他們，閃閃發光的亮粉飛舞在莎拉身邊；她的馬尾和瓜子下巴顯得格外可人。天啊，看不出來比利的臀部扭得像蛇一樣靈活。我不知道是不是因為雞尾酒的關係，但他看起來比早上見面時更有魅力。之前排隊在等碰碰車時，他給我看了他弟弟羅賓的照片。他媽四十多歲意外懷孕，比利不介意自己從獨生子突然變成了老大哥；他自豪地向我展示羅賓的照片，裡面有比利親手做的生日蛋糕，在弟弟吹蠟燭時拍下的。雖然不是什麼傑作，但如果任何女孩想知道比利日後能不能當個好爸爸，只需要和他聊聊羅賓的事，就知道這個人鐵漢柔情。我看著他和莎拉站在場上，兩人神情十分專注，肯定都用盡全力在表現，我真對其他參賽者感到可憐。

「莎拉很愛這些。」我邊說邊用紅白相間的吸管喝檸檬水，雞尾酒已經喝太多了，休息一下。

「我希望他們能贏。」傑克笑著說，我懂他的意思，莎拉開心，大家開心。

我手機又在震動，今天是媽第二次打電話給我了。我已經和她說過我今天整天都在外面，但她大概是因為戴瑞和我都不在身邊的關係，她才這麼按捺不住。我雖然想回電，但我更不想打斷這一刻。

我往摩天輪看去，它好像變得更大了。我說：「希望電影開始之前還有時間能坐那個。」

傑克皺眉，看看錶。「時間剛剛好。」

我點頭，「而且他們也剛好比賽結束。」

「他們會贏的。」

他說得對，我毫不懷疑，莎拉的舞鞋會見證這一切到最後。

他停頓一下，往其他地方張望，然後又回頭看我。

「如果妳願意的話，我現在就能帶妳去。」他有點尷尬地笑，「就當作我給妳的生日禮物吧，因為我忘了買了。」

他說要帶我去，好像我需要有人護送似的，真是老派的想法。但這種老派作風在這樣的背景下十分得體。我踮起腳尖想引起莎拉注意，跟她說我們十點後會回來，但她正全神貫注在聽大師級舞蹈賽的主持人說話。我再次回頭看了眼美麗的摩天輪。

「我很樂意，傑克，謝謝。」

一位穿著白色斜紋綿的服務員，把萊德高中毛衣當作披風，用袖子在領口打了個結。他幫忙固定好橫跨在我們膝蓋上的鉻鐵條，一邊挑眉，一邊搖晃鐵條，確認是否牢靠安全。

「老兄，你最好抱緊你的女孩，上面高得有點可怕。」

我敢說，他對每一對上坐的情侶都這樣說，不過我們仍極力澄清。

「呃……我們不是……」我結結巴巴，傑克也同時說道：「她不是……我們只是朋友。」

毛衣男一臉了然於胸，眨眨眼。「真可惜，你們看起來很登對。」

摩天輪微微移動傾斜，讓下一個排隊的人登上座位。我閉上眼一秒鐘。因為我不知道等一下該說什麼。

「別跟我說妳是膽小鬼，蘿莉。」

「不，先生！」我笑了，手抓在橫桿上，盡可能往搖晃的、鋪有覆盆莓色襯墊的座椅深處坐好，我雙腳踩在鍍鉻材質的腳踏處。「怕高的人不會是你吧？」

他斜靠在卡座一角，側身看我一眼，雙臂搭在椅背上方，手掌往上翻，好像我問了個極蠢的問題一樣。

「妳覺得我看起來像會怕的人嗎？」

《火爆浪子》裡的主角丹尼．祖科比你強多了。我看到他的手指在我肩膀旁的座椅不斷敲打，他並不像外表那樣放鬆。不知道他在緊張什麼；是因為莎拉沒一起來坐？還是只是因為害怕摩天輪？抑或是怕和我一起坐摩天輪？我吁了口氣，正打算開口問他，耳邊傳來讓我心醉神迷的熟悉音樂——《火爆浪子》裡〈無可救藥愛上你〉的前奏。此時摩天輪開始往上轉動。

我暫時放下問題。畢竟今天是我生日，我喜歡摩天輪，加上又和傑克在一起。我控制不了，每見他一次，對他的好感就更多一些。這不是壞事，我是認真的，真心不騙，我真的這樣覺得。這很好，因為他和莎拉真是絕配，我愛莎拉如同姊妹一樣。

就整體來講，我覺得這樣的狀況沒什麼不好。恰如其分。如果並非如此，是我先遇到他，那也許他現在會摟著我，我們登上摩天輪頂端時，他會像個傻瓜一樣吻我。也許我們會愛得痴狂，也很可能會是一對糟糕的戀人，對我們所有人來說最好的結果，就是眼前的一切。現在，他出現在我生命中，我替他感到高興，這樣就夠了。

「哇喔。」一座位上升更高時，我輕聲驚嘆，被眼前的景色感動。巴恩斯綠地四處都是彩旗裝飾和燈光；銀色餐車的霓虹燈、舞棚裡迪斯可閃爍的五彩光芒，棧橋上的燭光，還看到早來的人在大銀幕附近的草地上佔據了好位置。再往更高的地方上升，還能看到綠地外的街景，奶油色的路燈照著倫敦西南方細長的街道。

傑克說：「有星星。」我們快要到頂了，他把頭往上抬。我跟著他一起凝望星空，在升到最高的幾秒裡，這世界上只有我們兩個人。

當我轉身看著他時，他平靜沉穩地說道：「生日快樂，蘿莉。」

我點點頭，想要微笑，但我發現自己辦不到，嘴在顫抖，好像快哭出來了。

「謝謝你，傑克。」我說：「很高興能和你……」我停一下，澄清，「和你們一起度過這段時光……」

「我也是。」

我們的車廂在頂上被風吹得搖搖晃晃，我尖叫著用手抓住橫桿。傑克輕笑，用手臂摟住我，身體一側感到溫暖壓來。

「沒事，我抓住妳了。」

他的指尖緊緊抓住我肩膀，時間很短，很窩心。然後他往後一靠，再次把手放回椅背上。

我挪向椅子後面，胃也慢慢在倒轉，我很慚愧地說，這和巴恩斯綠地的景色無關，而是因為和傑克．歐馬拉獨處在美麗的摩天輪裡。復古粉色和薄荷綠的燈泡，照亮了輪子在轉動時的輻條，隨著輪子改變方向，傑克臉上的陰影也在舞動。

奧莉維亞．紐頓．強的歌聲表現出她無可救藥地想獻出自己的心。讓我感同身受。

我緊握頸上的垂飾，手指滑過熟悉的扁平紫色寶石，來讓自己安心。今天早上我崩潰了五分鐘，因為我的項鍊不見；後來莎拉發現它卡在我臥室地板的裂縫，我那時還哭了。在我所擁有的一切當中，這是最珍貴的。金妮和我都有一個。我知道這樣子很傻，但當戴上它的時候，會感覺自己跟她的聯繫更強了。

該死，又一通媽媽的未接來電。我覺得自己是世界上最糟的女兒，我打開她剛剛傳來的訊息，打算明天一大早再回電給她。

蘿莉，親愛的，我很抱歉傳這樣的訊息給妳，尤其今天還是妳生日，但我希望妳能盡快知道。爸爸住院了。親愛的，他心臟病發作，請盡快回電。愛妳，媽，親親。

我生命中最美好的一天，就這樣，成了最糟糕的一天。

12月12日

蘿莉

我覺得自己顯得格外醜惡。過去幾個禮拜，接二連三的聖誕派對的訂房，讓我忙得人仰馬翻，腳痛得像跑了一場馬拉松。我累壞了。爸爸康復速度比醫生預期的更慢，他身體接連出狀況。本來健壯又無憂無慮的父親，變得虛弱、臉色蒼白，媽也是，因為她擔心得要死。他們一直是充滿魅力又迷人的一對；爸爸比媽媽大十歲，但看不出來；除了現在。不過現在也不能這麼說，因為爸爸去年滿六十歲，可是現在看起來像七十歲；每次我看到他，就巴不得把他綁到飛機上，飛到陽光明媚的地方，然後好好餵飽他。這不是因為媽媽疏於照顧，而是他們的生活就只是不斷回赴醫學專科的約診，然後執行飲食限制。這樣的生活，對他們而言都是耗損。我現在只要一有機會就會回家，但媽才是真正面對壓力的人。

聖誕節的時候，每個地方都像在侮辱我的眼球；過去幾個小時裡我都在買東西，已經快要克制不住想宰了魯道夫[17]的衝動，殺了瑪麗亞．凱莉，用鐵絲勒死下一個推擠我的人。我現在在

[17] 紅鼻子馴鹿魯道夫是一隻虛構的馴鹿。牠有一個發光的紅鼻子，常被稱為「聖誕老人的第九隻馴鹿」，是在平安夜為聖誕老人拉雪橇的帶頭馴鹿。

HMV[18]無止無休地排隊，手裡拿著DVD套裝禮盒，我甚至不知道戴瑞會不會看，而且我幾乎站到快睡著了。說真的，以一家唱片行來講，他們除了想到播放諾迪．霍爾德[19]在鬼叫「聖誕節到了！」之外，就沒有別的選擇嗎？「諾迪」，這到底是哪門子的名字？我在想，他是不是生下來就有一點招風耳，然後他媽應該精疲力盡到缺氧了，想不出其他更好的名字。

「蘿莉！」

聽到有人叫我的名字，我轉動身體，發現傑克在這蜿蜒的隊伍裡，舉手揮舞。我微微一笑，看到那熟悉的面孔，鬆了口氣，然後翻了個白眼以表達自己被困在隊伍裡的感受。我低頭看著DVD套組，其實戴瑞應該更希望收到一瓶傑克丹尼威士忌，於是我轉身擠出隊伍往後面走，惹惱了其他排隊的人。傑克悠悠在唱片排行榜單前等著，身穿冬天大外套和圍巾，讓我想起他在公車站時的樣子，不由得嘆了口氣。幾年的時間過去，我幾乎不怎麼去回想那一天的事了；我一直用更正面的想法來取代不應該的念頭，這樣的努力似乎有了回報。人們總說人的頭腦喜歡重複固定思維，我發現這點是事實。現在傑克是我最好朋友的男朋友，也是我的朋友；在我生活中有一個適當的位置，也為了回饋自己，我允許自己享受有他的陪伴，也很喜歡他。真的非常喜歡。他很風趣，也極為關心莎拉。在我生日那天他成了我的救星，我在巴恩斯綠地被擊個粉碎時，他負責撐起了一切。一眨眼的工夫我們已經上了計程車。回到德蘭西街之前，回老家的車票就已經訂好了。有時候就是需要有人告訴妳該怎麼做，而那天傑克就是那樣的人。

「看來妳也被聖誕節購物的行銷術語影響了。」他將剛剛隨手拿起的CD放回貨架上，走到我身邊，一起離開。「而且，妳比我被影響得還嚴重。」他看著我，「我來提吧。」

我讓他接過沉重的購物袋；袋子提把將我的手掌勒出紅印，我舒展一下痠痛的手指。回到牛津街時，寒風正自北方直直吹來，幾天前的殘雪在街道上留下灰色的泥濘。傑克從口袋掏出一頂羊毛帽，戴在頭上，渾身抖了一下。

「有很多東西要買嗎？」我問。

他聳聳肩，「主要是想找莎拉的禮物。有什麼好主意嗎？」我們和熙熙攘攘的人群混在一起，他側身看著我。「拜託，快跟我說有。」

我開始苦思，她的禮物的確不難買，但從傑克手上收到的禮物應該是特別私人的。「手鐲還是項鍊？」

我們經過高街[20]，在一間珠寶店停下來看了看，櫥窗裡並沒有能讓我們真正喊出「這很莎拉」的東西。

我只是站在門口，皺著鼻子嘆了口氣，不知道是否該進去。「這程度好像有點太……誇張了。」

傑克點點頭，瞇著眼看了下手錶。

「妳趕時間嗎？」

---

[18] 英國連鎖唱片行。

[19] 英國音樂家和演員。他是英國樂團Slade的主唱和節奏吉他手。

[20] 高街是英國和大英國協國家通俗常見的街道名字，通常代表的是一條歷史悠久的街道。它轉喻代表市鎮中心的商業聚焦地點，但卻不同於「中心」，是以分布在帶狀聚落的商店，形成的更廣泛社區概念。

「還好。」我說，現在沒有很想回去。

「很好。」他揚起笑，勾住我的手臂。「跟我來，我知道要去哪。」

傑克

和蘿莉一起購物比我一個人輕鬆多了。我們從牛津街拐到切斯特古物商場；我依稀記得那裡有家不錯的店，希望它還在。

「哇，」蘿莉輕呼一聲，當我們走進鋪設赤陶磚片的建築時，她那紫羅蘭色的眼睛睜得大大的。我還是小孩時來過這裡，那時是幫我父親找給媽媽的生日禮物。那是一段生動的回憶，應該是特別值得紀念的一次生日；我們後來找到一款細細的銀手鐲，上面鑲有琥珀，我父親請人把我們一家人的名字刻在內側。父親在世時，在聖誕節或是特殊日子，母親會戴上它。在父親的葬禮上也戴著，之後再也沒看她戴過。

很高興這些年來商場沒什麼大變化，依然是阿拉丁的古物寶穴。

「這地方太棒了！我甚至不知道這裡有這樣的地方。」

「真正的倫敦。」我把帽子塞進上衣口袋，撥撥貼在頭上的髮絲。「有沒有想從哪裡開始逛？」

她眼神閃閃發光，開心笑著，想把這裡盡收眼底。「我不知道，都想看看。」

「慢慢看，我們可以在這裡待到聖誕節當天。」

我跟著她在不同小店間穿梭，她撫摸著雕刻豹頭，對著上鎖櫥櫃裡的頂級鑽石驚呼不已。到了下一間店，她又因人造寶石和珠寶首飾而興奮。一家賣復古帽的老闆看了她一眼，拿出一頂報童常戴的哈里斯牌石楠紫色花呢貝克帽讓她試一試，蘿莉害羞地笑了；這老傢伙看來很瞭解自己的帽子，因為蘿莉不規則的鬈髮搭上那頂帽子後，讓她立刻變成六〇年代街上的流浪少女。蘿莉的頭髮只有百分之六十被帽子蓋住，她現在就像《孤雛淚》裡的街頭孩子。薰衣草紫色的花呢布帽簷襯托出她眼睛的顏色，也突顯了她的黑眼圈。我這時才驚覺她是這麼累，這不只是一個「很累的早晨」，而像是「這輩子最累的幾個月」的那種疲備，這種焦慮的眼神看來已經有一段時間了。我現在才發現自己一直沒有問她過得好不好。

她透過鍍金的手鏡用各種角度審視自己，然後摘下帽子。店主殷勤舉著鏡子，蘿莉把標籤翻過來看了看價格，然後把帽子還回去，遺憾地搖搖頭。可惜，她戴起來很好看。

「來看看這家怎麼樣？」過一會她問道。我們剛才還在考慮一幅小小的水彩畫，還有一條二〇年代的綠松石項鍊，但我們一進到這家香水店，立刻知道要找的東西就在這裡。蘿莉就像進到糖果店的小女孩，對著金色塗層的異國香味瓶子發出「喔！」和「啊！」的輕呼，露出陽光般的笑容。

「傑克，這裡。」她把我叫到身邊，要我看看她剛從架子後方找到的東西。

我的視線越過她肩後看去，感謝我的幸運星，好險沒買剛才的綠松石項鍊。這個蘿莉掌中的金色鏡粉盒完全屬於莎拉，世上其他女人都不該擁有，我看過不少《稀世珍寶開運鑑定團》之類節目的經驗，我想這應該是裝飾藝術風格，如同蘿莉掌心大小，盒蓋上鑲嵌著琺瑯彩釉美人魚。人魚圖案很像莎拉，赤褐色的頭髮像瀑布一樣從肩上垂下，腰身曲線玲瓏。蘿莉眼中散發光彩，把鏡粉盒遞給我。

「搞定。」

很高興這只鏡粉盒是如此貴重。它配得上莎拉，這禮物就好像在說：我在意妳的一切，妳對我很重要。

「可以結案。」我說，希望不會貴到要負債才買得起，我翻開後面標籤，鬆了口氣，還好，不至於連酒錢都得拿來湊。「我是不是應該慶幸剛好遇到妳？」

老闆娘在包裝時，我們便四處看看。老闆娘花了點時間，找出一個天鵝絨的袋子，還有紙襯和絲帶。我猜她大概瞄了我一眼後，暗自得出結論，要是讓我自己包裝的話，我一定會用錫箔紙之類的東西亂弄。我才不會那樣，但她猜得八九不離十。再說，我很樂意不用自己用膠帶貼來貼去。

我和蘿莉再次回到街上時還不到四點，但天幾乎已經黑了。

「要不要來杯啤酒慶祝？我欠妳一杯，妳幫了我不少。」我說，她看起來需要好好坐下來，聊聊天。「天知道要是沒有妳，莎拉最後會收到什麼。說不定只會有加油站賣的花和情趣商店裡的破內褲什麼的。」蘿莉聞言笑了，拉起袖子看了下手錶，好像她還有行程的樣子。

「好吧。」她說，我有些意外，我想她應該有點趕時間。

「太好了。我知道附近有間不錯的酒吧，不是時髦流行、需要等座位的那種。」冷風帶著雪花吹來，我低下頭抵禦，把手放在她背後，支撐她沿著一條小街走下去。

蘿莉

我們一走進酒吧的彩色玻璃門，我就很慶幸沒有拒絕邀請。店裡面聞起來有煤炭和蜂蠟的氣味，深綠色皮質卡式雅座，椅背上還有釦釘，看起來又隱密又舒服，很適合長時間坐在這裡輕鬆喝酒。有個老人在這裡打盹消磨時間，傑克羅素㹴是他唯一的夥伴。這是一家樸實無華，在世界盡頭的酒吧，幾十年來沒有什麼變化，淺紅色的方形地磚和黃銅色飾杆圍繞著豐富的酒類庫藏。

「紅酒？」傑克問，我點點頭，感激地從他手裡接過我的袋子。「妳先去壁爐旁找個座位，我去拿喝的。」

我選了最靠近火爐的雅座，然後把袋子放在桌子底下，脫掉濕漉漉的冬衣，掛在卡式座位後面的欄杆上，到時它就會暖和不少。這讓我想到以前小時候，爸爸會在衣架後面安裝暖氣，冬天早上上學時，我們就有暖和的外套可穿。

「為小姐上酒。」傑克裝模作樣地開玩笑，端來的酒彷彿深色紅寶石，還有一品脫的啤酒。他學我把外套掛在他座位後面的欄柱，像是標記著這個地方已被我們兩人佔據。

「在溫暖的火堆旁來一杯，這真是冬季裡最棒的事。」他在爐火前輕快地搓揉雙手，往卡式座的深處滑過去，還不忘拉著啤酒一起。「天啊，我需要這個。」他大喝一口，感激地咂了咂嘴。

紅酒入口，又溫暖又辛辣，有胡椒和醇厚的黑醋栗味。

「今天謝謝妳，幫了大忙，」他說：「如果沒有妳，我永遠也找不到這麼完美的東西。」

我笑了，因為我知道莎拉會很珍惜這只小小的鏡粉盒。「一定會讓她很難忘。」

「當然，我會宣稱是我自己好不容易找到的。」

「我會幫你嚴守秘密。」我又喝了一點，感覺酒精開始發揮作用。

「莎拉有跟你聯絡嗎？」

「今天沒有。」傑克搖搖頭，「她昨天有打來，電話那頭像在開舞會，幾乎聽不見她的聲音。」

她昨天也有從酒吧裡打給我，可能在打給傑克之後。幾天前她回父母家，慶祝妹妹十八歲生日。

「她讓艾莉講電話，聽得出來她已經喝得爛醉了。」他笑著說，手邊的啤酒已經喝了半杯。「妳見過她妹嗎？根本是一個模子印出來的。兩個小麻煩。」

我看了爐火一會兒，點點頭。「我知道，她爸媽以前帶她們的時候一定很辛苦。」

傑克停止動作，清了清嗓子。「對不起，蘿莉，我不是故意的……嗯，妳知道。」他沒有直接提起金妮，但我知道這是他道歉的原因，我萬分後悔告訴他金妮的事。這也正是我不想和人談起的原因：人們覺得自己必須表示同情，然後說些沒用的陳腔濫調。我不是在批評什麼，這只是生活上會碰到的狗屁現實。

「聖誕節要回去看你媽嗎？」我把話題轉到更安全的地方，他很明顯地放鬆下來。

「那也是在上完平安夜最後一班之後了。」他聳聳肩，「做個收尾，一點一點結束，妳知道的。」

幾杯酒之後，我終於放鬆了。我都忘了和傑克一起坐著聊天的感覺有多好。

「你覺得自己會一直在廣播業嗎？」

「當然了，我很喜歡。」他眼中充滿火花，「再說了，那裡不會有人在意你有沒有整理頭髮，或是T恤是不是從昨天穿到現在。」

我輕輕地笑了，雖然傑克想讓人覺得他很浪蕩自由，但我知道他有他的野心。他沒和莎拉在一起時，都在錄節目或是在工作，大部分是負責製作，偶爾會代深夜DJ的班，算是磨練。我相信，幾年後他的聲音會出現在我早上吃玉米片時的廣播裡聽到，或這聲音會伴著我入眠，我發現轉個念頭來看，這樣還挺安慰的。另一方面來講，我自己想要進軍雜誌界的計畫卻沒有任何進展。這幾個月來，工作的優先性被我調降不少。

我們喝了更多的酒，我感覺酒和爐火讓我的臉頰有點發熱。

「這裡真不錯。」我說，手撐著下巴看他。「火，酒。這正是我需要的，謝謝你帶我來。」

他點點頭，「還好嗎。蘿？這不是客套。我的意思是，我知道這幾個月妳不怎麼輕鬆。」

拜託不要這麼敏銳，你會讓我崩潰。叫我「蘿」也不會有什麼幫助；只有莎拉會這麼叫我，但她並不知道這世界上還有一個會用「蘿」叫我的人，那是金妮。她還在喃喃學語的時候，沒辦法發出完整的「蘿莉」，所以只發了一個單音，之後就一直那樣叫我。「我沒事。」我聳聳肩，但我其實很糟。「大多時候是，應該吧。」我凝視著爐火，壓抑喉嚨裡的哽咽。「感覺就像有人把我們全家的支柱抽走了。我爸是我們家的基石，一直以來都是。」

「妳爸好點了嗎？」

我抿著嘴，其實我們也不知道。

「一點點吧。」我說：「心臟的狀況算是已經好轉，但回頭想想，又好像這只是前兆，還可能會發生其他狀況。他吃了那麼多藥，沮喪難安，而我那可憐的老媽則要扛起一切，真的是所有一切。預約掛號、飲食控制、專家諮詢，更別說要面對所有支出和家務。幾乎沒完沒了。」我吞下一大口酒。你知道，一個突發狀況如何變成人生的轉捩點嗎？我說的不是那種預料內的狀況，像是離開老家、找新的工作，或是在夏天的午後和男友跑去結婚。我指的是那種完全不在預期的突發事件：半夜一通電話，突發事故，意外，沒有任何回報的風險承擔。我二十三歲的生日就是基於這連串突發事件，成為了轉捩點。打造出堅強堡壘，努力不懈的父母，突然受無常世道襲擊，變得脆弱，隨時需要我伸出援手。我的世界大亂；每次電話一響，我都緊張得要命，恐懼在我腸子裡翻騰。如果要用一種感覺來總結，我會用「正在被人追殺」來形容——被十字準心盯上，子彈將要飛來，我奔跑著不時回頭看，準備好承受衝擊。我現在更常夢見我妹：在小學體育比賽中，金妮在父親的肩上替我加油。他們過馬路時兩人雙手緊握，車水馬龍的街道，到了我們以前小時候常去的公園裡，金妮在爸爸的肩上睡著，金色頭髮蓋住她嬌弱的半邊臉。

「你知道嗎？我只希望我爸能恢復以前強壯的身體。」我恨自己不爭氣地在喉嚨裡哽咽，傑克一定聽出來了。

「喔，蘿莉，」他低而緩地出聲安慰，然後繞過座位，摟住我。「小可憐，妳最近真的累壞了。」

我連反對那句話的力氣都沒有，我承認，自己真的是累壞了。但沒特別去記自己到底有多累，因為非得堅持下去，不是嗎？但就在這家酒吧裡，感覺與世隔絕，覺得自己像被鏟子打到臉，看似整齊的外表下，自己已經崩潰。

「生活有時真的很糟，」他說，溫暖的手臂摟著我的肩。「但總會好起來的。」

「你真的這麼覺得？也許聽起來很蠢，但我真的覺得什麼事都做不好，像是在這裡的生活，也沒有好的工作。說不定我應該回家，和父母待在一起，幫幫我媽。」

「別這樣，蘿莉，妳雖然在低潮，但還沒有出局。妳爸媽會沒事的，他們會希望妳能追逐自己的夢想。而且我知道，妳一定會成功。」

「真的嗎？」

「拜託，看看妳，聰明又風趣；才不會永遠待在飯店櫃檯後。我看過妳寫的一些自由撰搞的文章，記得嗎？我敢說，妳很快就會有所突破。」

我很謝謝他的讚美，但我知道這背後真正的含意：因為莎拉把文章塞到他眼皮底下，所以他才會看過我那少少幾篇文章。每次我有文章要發表時，莎拉比我媽還要激動，但其實篇數少得可憐。

傑克認真地觀察我，好像有什麼重要的話想說。

「我這輩子從來沒碰過像妳這樣……我不知道怎麼形容……暖心，大概是吧，雖然描述得有點不太精準。」他對找不到適合的用詞有點生氣，「妳有自己的風格，蘿莉，跟妳在一起感覺很好。」

我很驚訝，不再自怨自艾，抬起頭來。「你是說真的嗎？」

「是的。」他微笑的弧度慢慢加深，「當然是真的，從我們第一次見面就是這樣。」

我屏住呼吸，試著不讓腦中浮現的字句脫口而出，但它們卻像指縫中的流水，完全不受控制。「你說的第一次見面，是更早之前的那次嗎？」

哦幹！哦幹！哦幹！

傑克

哦幹！哦幹！哦幹！她記得。

「妳是說……聖誕節的時候？」

我們坐得更近了，幾乎是腿貼著腿，近距離觀察，看得出來她這幾個月所累積的疲勞。黑眼圈、緊縮的肩，還有總是咬牙強自忍耐的神情。她看起來很需要洗個熱水澡，喝點雞湯，然後睡上一整個禮拜。

「在公車站？」她喘著氣，臉頰因酒而紅潤，眼睛比夏天時更靈動有神。「你還記得嗎？」

我皺著眉頭，裝作聽不懂。我唯一能確定的，就是承認自己保留公車站那幾分鐘的記憶真他媽的是個精神上的大錯誤。我們的關係建立在「我是她超級好閨密的男朋友」上。我靜靜地等，看她在我面前慢慢轉為失落。閃閃發光的雙眼開始模糊，我知道她想把剛才說的話吞回去。如果辦得到，我會想幫她倒帶，而不是用謊言傷害她。

「是在派對上。」我溫和地說。

「不，在更之前，」她繼續逼我，「幾個月前、一年前，我看過你在公車站等公車。」

喔，蘿莉，為什麼妳總是想走困難的路？相信我，非不得已不要這樣，那會輕鬆很多。我假裝無知，模仿休．葛蘭那不知所措的無辜表情。

「我想，妳可能是醉了。蘿。我們第一次見面是在聖誕派對。」

她盯著我的視線，沉默，沒有動搖。她就在我面前，我親眼看著她慢慢到了極限，最後舉白旗投降。過了十秒，也可能是十五秒左右，但感覺好像過了很久很久，我覺得我是世界上最雞巴的人。媽的，她好像正忍著淚水。我真是十足的混蛋。我是不是該承認自己記得？這樣會不會比較好？對當下的蘿莉來講可能會有幫助，但到了下週、下個月或是明年呢？我不覺得會是好事。

「對不起。」她說，加深我是壞人的罪惡感。「別理我。」

「我永遠不會不理妳。」我已經喝了三品脫的酒，正努力在維持謊言。

她眨了好幾次眼，睫毛上滿是淚水。「也許你不理我比較好。」

我看著她，很認真地，今天我不想再對她撒謊了。她很脆弱，我們都喝了酒。

「說不定真的會比較好，」我承認，「但我不想這麼做，我太喜歡和妳在一起了。」天啊，這還用說嗎？我不該說出口，尤其是在這個不適當的邊界上，這樣很自私。

「我也是，太喜歡和你在一起了。」她小聲說，一滴淒涼的淚珠滑落臉頰。

「不，」我低聲說，聽到語句刺進自己耳中。「別哭。」

雖然我對她說謊，但只有鐵面冷血的混蛋，才會在一個女孩哭成這樣時還不去安慰。我不是那種混蛋，於是便用指尖擦去她的淚水，另一手仍摟著她肩膀。

「沒關係，真的沒關係。」我對著她額際說。為什麼明明在冬天，她都有辦法聞起來像夏日的野花？我指尖下的皮膚嬌嫩無比，雖然我每一片靈魂都知道我應該把手放下，但我仍捧著她的臉，拇指滑過她的下顎。我們保持這姿勢一會兒，直到她輕輕抬頭看我，她的唇突然離我很近。

我覺得她屏住呼吸，我想我也是。天啊，在如此近的距離看，她那張小嘴太美了，如此豐滿，如此顫抖。我能從她的鼻息聞到酒香。我覺得她往前靠了些，我發誓我和她的雙唇間形成真空。這真是太痛苦，太折磨了。

「我不能吻妳，蘿莉。我不能。」

蘿莉

我喝太多了，而且我還是世界上最卑鄙的人，但就算現在這家酒吧失火，我也離不開傑克。我們被困在小小的時空膠囊裡，處在世界盡頭、出人意料的角落，只有他豐厚的雙唇、善良的眼睛和溫暖又舒適的手。如果這是電視劇，我會大叫「住手」，因為我知道，不管當下看起來多麼美好，但之後一定會一塌糊塗。何況這不是戲劇，是現實生活，現實中人們會犯錯。我抬起頭，要是他吻我，我沒有半點力量阻止自己回應。在我看來，他就像那天在公車站看到的一樣，有那麼一瞬間，我像是又回到了二〇〇八年，公車上的那女孩。爸爸沒有生病，傑克也不是莎拉的男朋友，金蔥彩帶還戴在我頭上。我幾乎能聽到時光倒流的聲音，在耳邊呼嘯而過，像老式錄音機或黑膠唱片被倒轉的聲音。天啊，我無法阻止這一切。

「我不能吻妳，蘿莉。我不能。」

他的話像冰雹一樣打在我心上。老天，該死，我到底在幹什麼？我到底是哪種下流人渣？不行，我得離開，離他愈遠愈好。

「老天。」我低喃，驚慌地用顫抖的手指按住嘴唇。在我意識到自己要幹什麼之前，我已經抓起包包起身，往酒吧出口跑去。直到冷風襲來，才發現自己沒穿外套，而店外冰天雪地。

「蘿莉！蘿莉！等等。」

他上氣不接下氣，抓住我的袖子，我的外套被他抱在手裡。「拜託，等我一下，可以嗎？」

我推開他，推得太用力，以致禮品袋子翻倒，袋裡的東西掉落在無人的巷道上。他幫我把東西裝回袋裡，再把外套披在我發抖的肩上，然後抱住我，直到我重新感到溫暖。我感受到外套因爐火而非常溫暖，不知為何我又哭了，只能閉上雙眼。我不是一個愛哭的人，但今天我淚腺似乎失控，就要爆炸。

「蘿莉，」他略帶生硬地低語，眼睛在路燈下閃爍光芒。「我最不想做的事就是傷害妳。」

「我真是個大傻瓜，」我喃喃地說：「我甚至不知道為什麼我要哭。」

傑克嘆了口氣，有點不悅，但仍體貼。「因為妳累了，妳一直身處煩惱之中，也感覺自己像個不停對抗逆流的泳將。」

他摩擦著我的背，用身體替我擋住積雪，在我耳邊低聲又堅定地說著。我背靠著牆，已放棄抵抗，他的話太過溫暖，而且還緊緊抱著我。我在無邊苦海游得太累，總是覺得潮水會把我拖入深海，但傑克臂彎讓我覺得，他好像從救生艇一側伸出手，帶我到了安全的地方。我悲慘地明白，對他的感覺在此生不會有消逝的一天。

「我想要你吻我，傑克，」我淒涼地說。他不是不知道我要什麼，也沒必要惺惺作態。「我不喜歡自己這樣。」

他撫摸我的頭髮，托起我的下巴，與我四目相對。「如果我告訴妳一件事，妳能保證永遠不告訴別人，就算是妳養的金魚也一樣？」

我嚥了口口水，看著他的雙眼，點點頭，他用雙手捧著我的臉，不管他等下要說什麼，我想我這輩子都會牢記心中。

「我在酒吧裡就想吻妳，蘿莉，現在更想。妳是我一生遇到最可愛的人。」他看看四周，街道沒有人煙，然後回頭望著我。「妳美麗善良，跟妳相處真的很開心。妳那夏日灌木樹籬般的瞳孔看著我時……他媽的只有聖人才忍得了不吻妳。」

然後他用全身重量，把我壓在牆上，也因為他不是「他媽的聖人」，他吻了我。傑克．歐馬拉低下頭，在雪中吻了我，他雙唇顫抖，炙熱又堅定，我哭著回吻，張開嘴讓他的舌頭滑進口中，接受他喉嚨裡發出的，如受傷動物般的低沉深吼。我頭髮的每個毛囊、身體裡的每個細胞、靜脈裡的血液都感受到他的安慰。他的呼吸和我一樣急促，而且這遠比想像中的還要美好——相信我，我曾經讓我的想像力在傑克・歐馬拉身上肆意馳騁過。

他抱著我的臉，他小心翼翼地捧著我的臉，把手伸進我頭髮裡，當我微微後仰時，他輕輕托住。

這是我們唯一一次的吻，他知道，我也知道，正因如此，才令人痛苦、感傷、撩人，一思及此，我又泛起淚水。

我緊緊抓住他的大衣衣領，淚水讓我們的吻嚐起來帶有鹹味，我睜開眼睛看著他，我想把這個吻的記憶，保留到我死去的那一天。他閉著雙眼，白雪濕潤他的睫毛，刷過我的臉頰，他完全專注在這一生一次的吻。

一輛汽車因惡劣的天氣，極緩地駛過我們身邊，引擎聲打破了魔咒，我們終於停了下來。呼吸幾乎在冰冷的空氣中結晶，它是以如此尖銳、痛苦的方式離開我們的身體。

「就讓我們在這件事上善待彼此吧。」他說，聲音聽起來更篤定。「我們都知道不該這樣，但這並不意味著什麼，也不需要做出任何改變。」

聽到如此輕描淡寫的說法，我幾乎笑了。當我把目光從他身上移開時，我的嘆息被渴望、自我厭惡，以及「再也不會有人能這樣吻我」的痛苦撕裂。

「如果我們不是在這種情況下相遇……」我說，過了一會兒，看向他，他點點頭。

「當然，毫不猶豫，奮不顧身。」

這時，剛好一輛計程車沿著街道慢慢駛來，他舉手招車。這是個正確的決定。

「不能告訴任何人。」他輕聲提醒，打開車門，把我的包包放進去。

「就連金魚也不能說。」我進到車裡時低語。我沒有輕描淡寫地微笑，事實上它一點都不好笑。

他遞給司機一張便條。「請安全送她到家。」他說。當他關上車門時，注視著我好一會兒。我想起上次他消失在夜色中的情景，那時我還不認識他，也無法做出什麼。但今晚不一樣，我知道他是誰，他吻起來的滋味，有一瞬間我想打開車門，阻止歷史重演。

但我沒有，當然不可能。就算外面的風雪看似童話畫面，但這不是《納尼亞傳奇》，這裡是倫敦，現實生活裡，人們心會痛、會受傷、會碎裂，但不知道為什麼仍會持續跳動。我看著他身影後退，計程車小心翼翼地開走，他雙手深深地插進口袋，看著我，在風中縮起肩。車子轉彎，我頭靠在冰冷的玻璃上，我的心和道德感重重壓在胸口。

我希望，這輩子從來沒見過傑克．歐馬拉。

2011

今年目標

我甚至不確定自己是否應該把它寫下，怕被人發現，或是被金魚發現。

一、我決定再也不吻我最好朋友的男朋友。而且，我也絕不讓任何對他的非分之想進入腦袋裡。

二、我要把所有關於傑克・歐馬拉的不純潔想法，都裝進大木箱裡，然後用亮黃色、上面寫著「有毒物」的封條封起來，然後扔進我大腦深處的深處。

1月1日

傑克

「新年快樂，小美人魚。」

我擁莎拉入懷時，她笑了。

「對不起。」我對著她的頭髮輕語。心裡默默下定決心，今年絕不再親吻莎拉以外的任何人。

「對不起什麼？」她拉開我，保持一個手臂的距離，眼睛微微瞇上。

該死。「因為我昨晚吃太多大蒜。我都不知道妳怎麼有辦法靠近我，我連打哈欠都聞得到那味道。」

她有點困惑，又覺得好笑。好在我們都沒有喝個爛醉，不然我的口無遮攔會惹來一堆麻煩。說真的，真相一直想往外衝，我就像一個滿是漏洞的汽油桶，隨時會發生火災。

蘿莉

新年快樂，蘿！愛妳喲！

我躺在床上，指尖逐字滑過莎拉寄來的訊息。新年剛開始不到兩個小時，然而我吻傑克是去年的事，不是今年，所以今年是新的開始。

我也愛妳，莎，希望妳別喝太多！新年快樂！親親。

按下「寄出」後我關掉手機，躺在黑暗中看天花板。我很感激上大學後，父母沒有匆匆把我房間改造成書房或備用房間；這裡和當初我離開時差不多，有種讓人安心的熟悉感。我不太會在牆上貼海報，但小時候的書整齊排列在書桌前的架上，參加學校舞會時穿的丁香紫色洋裝也還在衣櫃裡。這些東西的重要性對現在的我來說，難以估計。回到這裡，就像踏進一個時空膠囊，或像進入了自己的時空穿梭器。不知道我會回溯到哪一個時間點？我知道答案。我會回到二〇〇八年十二月，讓自己錯過那班巴士。這樣就不會在莎拉介紹我們認識之前，見過傑克．歐馬拉了，如此一來，所有事都不會有問題。我會完全安心於和傑克建立柏拉圖式的友誼，不會躺在這裡，感覺自己比伊甸園裡的蛇更卑鄙。在那一吻之前，我一直心神不安，時時在檢視自己的行為是否合宜。我不斷掙扎對他的感覺，在那一吻後，覺得自己根本是個爛朋友，但現在，我會謹守分寸。

我現在的所作所為可以說是恬不知恥，沒有任何藉口。自從在倫敦那天下午後，我沒再見過莎拉和傑克。我知道他要我發誓守住秘密，但他沒有權力要我這麼做。我不是怪他，我們都承擔同樣的責任。我不知道如果跟莎拉坦白，是否在道德上更高尚些，抑或只是會讓我感覺好一點，但卻造成她不舒服。我非常清楚，如果真這麼做，一定會失去她。她也可能會和傑克分手；最後三輸。我並不擔心傑克食髓知味，變成一直背著莎拉在亂搞；若真是如此，我一定會告訴莎拉，毫無疑問。也許我是在替自己開脫，只是，這件事感覺更私人一點，短短幾分鐘的瘋狂，實則帶給我們兩人沉重的良心負擔。

我絕不會告訴莎拉。我向自己承諾，我對傑克．歐馬拉的感情將永遠保持沉默，這樣的承諾遠比以往更為重要。

1月28日

傑克

莎拉已經睡了，蘿莉在飯店工作到很晚。現在是凌晨兩點半，我在她們家廚房的桌旁喝著純伏特加。

我一直不是個酒鬼，但突然我發現喝酒的優點。自從我吻了蘿莉後，已經持續好幾個星期了。這幾個星期我一直想假裝什麼事都沒發生，但看來很失敗。事實上，我每天看到莎拉，都在想著「今天是否應該要坦白」。幹。他。媽。的。每。一。天。我一直反覆思考，想找出我到底從哪一個時間點開始對她不忠。是我邀請蘿莉一起喝一杯的時候嗎？是當她哭泣，我抱住她的時候？還是更早，在莎拉第一次介紹我們見面時，我就下定決心不提自己見過她的時候？嚴格來講，也不算見過，但也不算完全陌生。現在我更可以確定這一點了。要是我跟自己說，蘿莉不記得公車站那天的事，會好辦很多，可惜現在我知道那不是事實。我知道她記得我，也因為整整十二個月她都記得，我明白這意味著其他事。或許她只是和我一樣，擁有不知算是祝福還是詛咒的驚人記憶力，但我不確定是否如此。我把所有和她相處的時間點都拆開來檢查，每一句能記得的對話，看看我是否漏了些什麼潛在的情緒。我不覺得她之所以記得，是因為暗戀我什麼的。媽的老天，我不是自大狂，我只是在想，自己可能忽略了什麼。

我的意思是，那只是一個吻。我又沒和什麼人上床，不是嗎？但不知為何，吻了蘿莉，反而比我在花花公子總部鬼混還要糟，因為那裡的女孩們第二天就會把我忘得一乾二淨。蘿莉不是陌生人，我之所以吻她，並不是出於那種愚蠢、空洞的本能色慾。也不是為了讓她恢復尊嚴、不是因為她很脆弱，需要我幫她打氣。我沒那麼高尚。只因在那街燈下，頭髮上沾著雪花的蘿莉，看起來真他媽的空靈脫俗，我才吻了她。吻她的另一個理由，是因為我騙了她，說沒在公車站見過她，我覺得自己像個混蛋。也因為我想知道，她那柔軟脆弱的雙唇壓在我唇上是什麼感覺而吻，那確實讓我驚豔，像搭上特快車。現在我得到答案了，但我寧可沒做過。因為這樣驚人的體驗不可能忘得了。

「就讓我們在這件事上善待彼此吧。」我後來對她這麼說：「我們都知道不該這樣，但這並不意味著什麼。」

這是我說過最糟的話，但不這麼說的話，我還能說什麼？是要跟她說她吻得我心動不已天搖地動？還是承認我在公車站看過她？

我一口氣乾了杯裡剩下的酒，又重新斟滿。這樣下去不行，我得和蘿莉談談。

蘿莉

我知道我不能永遠避著傑克。天知道我多想這麼做，但我生活複雜又一團混亂，才結束晚班，一回來就發現他坐在黑暗中的廚房桌旁。

「莎拉呢？」我說，懶得打招呼，因為我累癱了，連瞎扯淡的力氣都沒有。

「睡了。」他雙手捧著玻璃杯，裡面不知道是水還是伏特加，我不確定。

「你不也該去睡了？」我抬頭看著廚房時鐘，凌晨三點一個人喝酒，這不是什麼適合獨飲的時間。

「睡不著。」

我不太相信。自從……那次後，這是我第三次見到他。那件事我甚至都不敢回想，現在是從那時至今，我跟傑克第一次獨處。我想是因為從那天以後，我們都選擇保持距離。他用手摩擦下巴的鬍碴好幾次，看起來有點緊張。要是我也有鬍碴，可能也會這麼做。

我倒了杯水，「我先去休息了。」

當我經過他身邊時，他抓住我的手腕。「蘿莉，我得和妳談談。」

我想告訴他這沒用，但他眼神中的憂鬱軟化我的決心，我一身疲倦地坐在桌旁，看著他皺巴巴的T恤和一臉倦容。

「所以你這麼晚沒睡，是在等我？」

他沒有否認，要是他說謊，只會讓我受傷。

「我覺得自己是世界上最大的混蛋，蘿。我不知道怎麼辦。」

我捣著自己的玻璃杯，不知道要怎麼幫他。是要說些什麼安慰的話？能想到的，都是些陳腐平庸，沒有真實感的話。話說回來，他為什麼要來問我的意見？是因為他覺得我更擅長說謊，想要來請益？自那天以後，和他的對話在腦海中反覆出現。傑克不記得公車站的事。在莎拉介紹我們認識之前，他已經不記得我了。

這很讓人沮喪，畢竟我用了幾個月甚至整年的時間才釐清那時的事；但這也能算是一種解脫，因為他已經蓋章結案，我現在只要放下就行了。這正是我在努力做的方向。

「這是一個可怕的錯誤，傑克，」我盯著手，低聲說：「如果這麼說你會比較好過的話，其實我犯的錯比你多。」

「去他媽的，」他說，聲音尖銳，大聲到讓我警示地看了走道一眼。「不准這樣說妳自己，我才是真正不忠的人。」

「莎拉是我最好的朋友，」我直截了當地說：「她跟我就像親姊妹，不管你覺得自己有多不忠，相信我，我和你一樣覺得糟糕。」我嚥了一口口水，「這件事沒有比較級。我們都錯了。」

他靜下來，啜了口飲料。從他那裡飄來的氣味，我猜杯裡的不是水。

「蘿莉，關於之前的事，妳知道我最痛恨的部分是什麼嗎？」

我不想聽他說出口，要是他痛恨的部分和我一樣，那麼承認它的存在只會讓我們更痛苦。

「我恨自己忘不了，」他說：「但那不代表任何事，不是嗎？」很高興他說下一句的時候只是盯著飲料，沒有抬頭看我；那語氣空洞太過情緒化。「那天的事……對妳來說是不是有點什麼？」

他那沉默但又充滿爆炸性的問句就懸在空中，我連吞嚥唾液都十分困難。我沒辦法看他，因為他會看到我臉上已經寫滿答案。我知道自己必須做點什麼。反正已經對莎拉說了兩年的謊，再對傑克說謊應該沒那麼難。應該是這樣，不是嗎？但真的太難。我非常痛苦。

「聽著，」我說，終於望向他充滿煩惱又美麗的眼睛。「我很難過，情緒非常低落，你是這麼善良又可愛，因為這就是你。我們是朋友，不是嗎？」我把滿含痛苦的淚水往肚裡吞，他手抵著嘴點點頭。「我們是真的、真的很要好的朋友，只是喝太多了，然後那天又是聖誕，我們犯蠢地把友誼的界線弄模糊了。但我們知道這樣不對，也都停下了，現在已經告一段落，也沒有辦法重來。我不知道讓這件事把莎拉撕成碎片，能有什麼好處？你說你很難過，天知道這件事是我這輩子最難過的事了，它永遠永遠不會再發生了。我不會對你有非分之想，我也百分百確定你對我沒有奇怪幻想。如果我們告訴莎拉，只是為了減輕罪惡感。你覺得為了減輕罪惡感是個對莎拉坦白的好理由嗎？」

我說話的時候，他一直緩緩搖頭，手還摀著嘴，好像覺得反胃似的。

「絕對不是。」

我點點頭。「去睡吧，傑克，上床，然後睡覺。然後我們早上醒來，這輩子都不會再提起那件事，照樣過日子。不會告訴莎拉，我們之間也絕口不提，」我深吸一口氣，「連金魚也不能講。」

他目光從我身上移開，撫摸著已經亂糟糟的頭髮。我一直在愧疚中掙扎，反而沒停下來思考傑克是怎麼看待這件事；看來他處理得也不太好，然後我差點對他生氣，因為他居然還要我來教他怎麼承擔自己的內疚。

他離開後，我在桌子旁坐了很久很久。我煮了杯咖啡，放到涼。從黑暗廚房的窗戶望出去，看著德蘭西街上家家戶戶的屋頂。我回想起以前莎拉和傑克在大廳睡死的模樣；想起老家的父母；想起我哥和他新婚妻子安娜在春天舉辦的婚禮。

大家都成雙對成對，只有我孤零零的。也許我真的該買條金魚了。

5月3日

蘿莉

「時間過得好快。」

莎拉和我懶洋洋地在沙發上挨著對方，腳蹺在被刮出痕跡的咖啡桌上，手裡拿著酒杯。行李已經都打包好，隨時可以離開，德蘭西街這裡已經可以空出來，給下一個幸運的住戶。

「五年了。」我嘆了口氣，「妳說得對，好快，都不知道時間怎麼過去的。」

莎拉大飲一口酒，皺了眉頭。「我不想離開這裡，我希望我們能永遠待在一起。」

我們靜靜地坐著，看著客廳，眼前彷彿浮現那些場景——學生派對、酒醉的夜晚、互說秘密、深夜笑聲。我們都知道都過去了；生命的這一階段已經結束。莎拉在城市的另一頭找到一份更好的新工作，在一家初創的有線電視台；那距離要通勤根本不可能。我覺得這是我重新整理、振作的時機。我一個人負擔不了這裡的房租，我在工作上也不會一下子有什麼進展。擔任飯店櫃檯只是暫時的，出版業又處處碰壁。我打算回老家看看家人，待個幾星期，然後去泰國住一段時間。我知道。這聽起來很不錯對吧？一個人旅行讓我有點怕，但我爸卻突然燃起熱忱，說什麼人就是要去冒險一下，要很有種地完全掌握自己人生。我媽聽到他用「有種」來形容時，反應不是很好。而這些都是因為聖誕節時爸媽給我和戴瑞一筆錢。平常不會這樣，但他們說是因為爸爸的心臟病，讓他們看事情有了新的體悟。他們哭了，我和老哥也哭了，彼此都同意用這份禮金做點特別的事。戴瑞和安娜打算替他們的新居買一張新婚大床，我則飛去泰國，重新冒險，很有種地完全掌握人生。我希望能把莎拉裝進手提箱裡；她不在身邊，我一點都不知道怎麼生活。但至少我可以暫時擺脫時不時偽裝、作戲帶來的罪惡感。

「妳是我最好的朋友。」我說。

「滾開，」她的語句糊成一團，開始哭。「就跟妳說不要講這種話。」

「我也有叫妳不要大哭啊，」我用袖子一邊擦眼睛，「看看妳現在在幹嘛。」

我們兩人緊緊握著手。

「我們永遠都是朋友，對吧？」她小小聲問，透著幾絲脆弱。「不管妳是不是去泰國參加什麼嬉皮社團或是做些什麼其他事，都不會變？」

「那當然。」我握緊她的手，「那如果妳變成電視知名主播，也不會為了妳的名人朋友不理我？」

她笑了，假裝思考了一秒。

她去一家新成立的電視台應徵幕後工作，結果被問到願不願意接替外景記者，原來的記者懷孕了。

他們絕對只看了她一眼，就發現我所看到的：明星氣質。

「這個嘛……我想亞曼達・霍登[21]在我心中還是會有一席之地。」

我捶了一下她手臂，她嘆口氣，假裝失望。

「好吧，我不會不理妳，就算對方是亞曼達・霍登。」莎拉停頓一下，「我們曾經一起笑過，不是嗎？」她靠在我身上，這麼說著。

我閉上濕潤的睫毛，和她頭靠頭。「我們是啊。」

「妳知道我心中跟妳有關，最美好的記憶是什麼嗎？」

我沒有回答，因為淚水從臉頰滑下，喉嚨發疼。

「那其實是一種不斷重複出現的記憶，」她說：「我喜歡妳在我宿醉時照顧我的方式，從來沒有人會在我嘔吐時，拉著我頭髮往後仰。」

我哭著笑出來，「妳頭髮多到不像話，那可不容易。」

「還有妳把我早上的咖啡煮得恰到好處。」她說：「別人都不知道我要什麼，連我媽都不懂。」

「莎拉，妳的咖啡要加四次糖，基本上那已經不算咖啡了。」

「我知道，但妳做到了。妳問我要不要咖啡，然後做出我喜歡的，四次糖。」

我嘆口氣，「妳幫我煮咖啡的次數更多，而且三明治絕對做得比我多。」

「妳每次都忘了放蛋黃醬。妳明知道那很關鍵。」她低下頭，「沒有我，妳在這麼大的世界要怎麼辦。蘿？」

「又不是再也見不到面，」我邊說邊擦臉，「再怎麼說，我還能在電視上看到妳。我會等著他們要妳從消防桿上滑下來的那一天。」

「但妳去到世界的另一頭，我就看不到妳了。」

我摟住她的肩膀，「我又不是永遠待在那裡。」

「妳最好別給我這樣，」她哼了一聲，「不要和什麼瑜伽和尚同居，然後生了一打泰國小孩什麼的，好嗎？我希望妳在聖誕節前回到倫敦。」

「和尚應該不能生小孩。」我咯咯笑，「我只會去幾個月，到時候一定會趕回來過新年。」

「妳保證？」她像小女孩一樣，用小指勾著我的小指，她的淚水讓我再度心酸，因為她讓我想起多年前另一個小女孩。

「莎拉，我保證一定會回來，絕不食言。」

㉑ Amanda Louise Holden，英國女演員，媒體名人，在《英國達人秀》（Britain’s Got Talent）電視選秀比賽中擔任評委。

9月20日

蘿莉

「妳確定該帶的都帶了？防蟲劑？驅蚊噴霧？」

我點點頭，在機場正準備和爸媽告別。我抱緊媽媽，她身上的香水味和手鐲敲擊的叮叮聲是這麼地熟悉親切；一想到要離家這麼遠，我忍不住哽咽。

「手電筒？」爸爸很務實地問。

「有帶。」我回答。他張開雙臂抱住了我們。

「好了，妳們真是小傻瓜，道別要開心點，這可是去冒險。」

離開他們的懷抱，爸爸幫我把背包揹上，我擦了擦眼睛，破涕為笑。「確實是！」

「那就出發吧，」他吻了我臉頰，「一路順風。」

我也俯身親吻媽媽，然後退開深吸一口氣，嘴唇顫抖著。「我要走了。」

他們站在一起，爸摟著媽的肩膀，點點頭。如果不是我一個人去的話，就不會那麼痛苦。我站在大門口回頭，趁還看得到他們之前，最後揮揮手。當我在出境區前，向他們最後一次揮手時，覺得自己就像個十四歲的孩子，媽媽回我一個飛吻，爸爸也舉起手回應，然後，我轉身，毅然決然走向出境區。泰國，我來了。

10月12日

蘿莉

「薩瓦迪卡。」

我舉手向正咧嘴笑著的納庫打招呼，他是日出海灘一家咖啡店的老闆，當我在搖搖晃晃的座位坐下時，他對我豎起大拇指。我的每天日子感覺有點像住在熱鬧的佛寺裡，我知道這聽起來有點怪，但這就是我的感覺，一個在快樂、吵雜的混亂中，又同時能感受到寧靜的地方。任何人都不會覺得泰國無聊；我過得有點迷糊，平常沒鍛鍊到的肌肉都開始運動到了。到達曼谷後，我往北走，想先拍點文化之旅的照片；我怕自己要是直接往南，很可能會永遠賴在海灘吊床上。

我欣賞夠景色後，現在讓自己盡可能慵懶地休息。在泰國南方，我見識到遺世獨立無比寬闊的海灘。我找了間廉價的海灘小屋當成駐足地；裡面只有一個房間，但夠了，還有座陽台可以在上面看書，也能俯瞰海灘。來這裡之前，沒意識到自己原來這麼需要從現實中抽離。第一次踏上這片土地時，我和一小群旅行者徒步穿過叢林，然後我差不多哭了一個禮拜。雖然跋涉的確很累人，但我不是因為辛苦而哭。那是一種發洩，如釋重負的哭泣，邊走邊讓熱燙、帶有鹹味的淚水，把心裡的沉重卸到土地上。來這裡之前的幾個星期，我和媽媽在家附近的電影院看了《享受吧！一個人的旅行》，雖然我沒有任何找到真愛的機會，但卻獲得某種小小的頓悟。我覺得自己像正在康復的住院病人，學習怎麼原諒自己犯的錯，接受自己仍是自己，仍然是個好人，不管和傑克之間發生了什麼，也仍是莎拉真正的朋友。也許有一天，我會有屬於我的幸福。

「咖啡，勞勞？」

我因為納庫叫我時的發音而笑，他蜿蜒地穿過溫暖鬆散的沙地來到我桌邊。抵達麗貝島後的四個早晨，我都耗在這家店裡，島上的人像擁有悠閒的魔法，不斷讓魔力從我皮膚滲入到骨子裡。好像這麼多年來，我終於學會停下腳步了。

納庫把一個白色小杯子放在我面前，我說：「摳昆卡（泰語：謝謝）。」我仍不是很確定要怎麼表現適合泰國風俗的舉止。但他還是對我報以微笑，也許是我盡力試著用他的母語表達的關係。

「勞勞，妳今天的計畫是什麼？」

他每天早上都問我同樣的問題，而我每次的回答也都一樣：「我今天沒有計畫。」

麗貝島不適合有著遠大計畫的人。島上一切都讓人放鬆。他笑著離開，去招呼其他剛來的客人。

「這麼美麗的日子，沒有計畫？」

我轉向那清晰英國腔的來源，另一邊的小桌旁出現一個男子。納庫注意到他，舉起手打招呼。那人對著沙灘伸直雙腿，笑容輕鬆自若。泰國的太陽把我皮膚曬成蜂蜜色，但這傢伙顯然比我更愛這裡的陽光，他的是栗子色。帶著藍色光澤的深髮在他深棕色眼眸旁隨風拍動。

我微笑地微微聳肩，「除了漂在海面上看書外，沒有任何計畫。」

「這是個很好的計畫，」他說：「妳在看什麼書？別跟我說是《海灘》[22]！」

「那是本好書。」我開著玩笑。不是說那本書不好，但任何一個有自覺的旅行者都不會選那本書。「我看的是《大亨小傳》。」我沒有多說明，其實我讀的書都是小屋上個租客留下來的東西。如果他誤以為我學識不錯，會把費茲傑羅的小說帶著環遊世界，那也不壞。

「小木屋如何？」

我轉轉眼珠，笑了。「差勁。」

「妳可以撒謊，我會相信妳的。」

「說謊讓我全身不自在。」

他盯著我看，良久。我之前回答時聽起來可能很像腦海中滿是《大亨小傳》。

「我是奧斯卡，」他說，正式向我伸出手，越過桌子。「我今天的計畫就是和妳一起過。」

「妳看起來像一隻海星。」

奧斯卡悠閒地用橡皮艇的槳輕觸我，我眼睛在陽光下半瞇著，讓他用槳抵著我的背，讓我在海中慢慢開始旋轉。一片湛藍包圍著我，我換個姿勢，他便用槳把海水舀到我的腹部，水溫如同沐浴時一般，讓人充滿幸福。

[22]《海灘》（*The Beach*）是英國作家亞力克斯．嘉蘭（Alex Garland）於一九九六年撰寫的小說。故事以泰國為背景，講述了一個年輕背包客的故事。

如他所言，我真的和他一起耗了整天。我通常不會對一個聽起來很自信的人太親近，但我內心某些東西決定來些不一樣的做法。他待在泰國時間比我長幾個月，和他一起旅行的朋友回英國，他則決定在麗貝島多待一陣子，這至少解釋了為什麼他會曬得和當地人一樣黑。

「妳吃過海星嗎？街上有賣，插在竹籤上，像賣棒棒糖一樣。」

我嚇得睜大眼，後來發現他在大笑。

「最好是。」

他懶洋洋地倚在船上，下巴抵在前肘，側著頭看我，手指輕滑過水面。我輕輕對他潑了點海水，沾濕他筆直的鼻梁。他長得非常好看，就像古希臘裡的神祇一樣。身上散發出自信和富裕的氣質，有點浪蕩感，又不失文雅。我懂、我懂，這年頭沒有人這樣形容對吧？只有我，每天都在吊床上暢飲當地啤酒，狂讀《大亨小傳》，我想，到了不同的地方，會讓自己也完全變成另一個人。

「今天有幸與妳共進晚餐嗎？」

我躺回水裡，閉上眼漂浮著。「同意的前提是不吃海星。」

「這點我可以承諾保證。」

我往前捲起身，游向艇邊，濕濕的手握著船緣。他的臉離我只有幾英寸。

「我們之間不要談什麼承諾。」我說。

他困惑地看著我，就像今早在咖啡店初見時的神情一樣，然後彎腰，用他溫暖、帶有海鹽味的唇輕拂我的。「我喜歡妳，海星，妳很有趣。」

10月13日

蘿莉

奧斯卡．歐格韋－布萊克，真是個冗長又難唸的名字，不是嗎？我不認為在一般情況下，我們會有交集，尤其是身處倫敦時。但在泰國，沒有什麼需要遵循的人際守則。他跟我說他是個銀行家，不是什麼卑鄙小人。我則跟他說，我希望有天能在雜誌出版業找到立足點。我承認，第一次見面根本還不了解他時，就已經暗自對他做出評價。不過，難以掩蓋的奢華財氣背後，這個人很風趣，會自嘲，他看著我時眼中的善良溫柔，讓我覺得很溫暖。

「妳不會成為寫那些可怕八卦專欄的作家吧？」

我倒抽一口氣，假裝生氣，接著再發出嘆息；晚飯後我們十指相扣沿著涼爽的沙灘散步，我覺得有點飄飄然。「你覺得我看起來像在意名人穿搭美醜的人嗎？」

他看了看我身上短版黑色丹寧布背心，還有我後頸的比基尼檸檬黃拴釦。

「嗯……不像。」他笑著說。

「沒禮貌，你自己也沒穿得多正式。」我揚起眉毛，看著他撕破的短褲和人字拖。

我們笑著來到我的小屋，我在露天平台上踢掉鞋子。「啤酒？」

他點點頭，把他的鞋子跟我的並排放，然後撲倒在我的巨型懶骨頭沙發上，雙手放在腦後。

「別拘束，當自己家。」我說，把冰鎮啤酒放在他旁邊。

「妳確定？」他側過身子，用一隻手臂支撐著看我問。

「為什麼這麼問？如果這是你自己家，你會想做什麼？」

他伸手把T恤從頭頂脫掉，只穿一條短褲，他在月光下的皮膚呈現椰子殼的顏色。「我會讓自己更舒適點。」

我停了一下，在想是否要吐槽，這哪門子的台詞。但我沒有，而是像他一樣，脫下背心。有何不可？奧斯卡有我所沒有的一切：自在、簡單。

「我也會。」

他伸出手臂讓我坐在他身邊，坐下去發現他的身體好溫暖，充滿活力。此刻我感到就像黎明時分在小屋上空盤旋的粉紅色小鳥一樣自由。

從窗戶外看到長尾船細長的剪影，正繫在岸邊等待明晨來臨。頭頂漆黑的天空中點綴著無數顆鑽石般的星星。

「我不記得上次這麼心平氣和是什麼時候了。」

奧斯卡回應我前先喝了一大口酒，然後把瓶子放在地上。

「我怎麼感覺好像被污辱了，我本來希望妳感覺很興奮。」

我輕輕對著他胸膛笑，然後抬頭看他。「我想我可以。」

他一隻手放在我後腦，另一隻空著的手慢慢滑過我的後頸，勾起比基尼的繫帶。他手一鬆，帶子跟著滑落。當他從我肩胛骨後方脫去比基尼時，雙眼沒有離開過我。

「現在我倒是非常興奮。」他說，指尖沿著我鎖骨往下，直到我短褲的釦子。

看著我裸露的乳房，他使勁嚥了口水。

微風吹拂屋子角落的風鈴，伴隨著他輕柔的移動發出叮叮聲，我乳頭感受到他吸吮的炙熱，他同時將我深深壓進沙發中。天啊。刺痛、螺旋式的慾望像章魚一樣湧現，在我體內蔓延，慾望的觸手如鞭笞般快速移動到四肢，又沉積在我腹部，並衝到我胸口，我手伸進他濃密髮絲中，將他抱得更緊。我從沒想過會對傑克以外的人有這樣感覺，但在此處此刻，跟奧斯卡在一起，我感到自由、解放。

他碰到我短褲的釦子，在進一步動作前抬頭看我，徵求同意，有這樣的舉動讓我很寬慰，他是如此貼心；雖然他也已呼吸急促，眼神中渴求我不要阻止他，我知道他是個紳士，對我而言這就夠了。

「你有保險套嗎？」我摸著他的頭髮低問，希望他能說有。

他移動著，我們胸貼著胸，他的吻是如此從容又細膩，我雙手摟住他肩，讓他和我密不可分。

「我想是有。」他屏住呼吸，然後顫抖地笑了。「希望沒過期。」他手伸到後面口袋，又吻了我幾下，把錢包放在沙發旁的地板，輕輕打開拿出一個銀箔小包，查看一下後，把它壓在我掌心，讓我保管。

他坐起來，這一次沒有停頓，直接把我短褲釦子解開。他的動作毫不猶疑，手指滑過我臀部，直到我只剩下黃色比基尼小褲。

他分開我的大腿，跪在其中，又張開我雙臂，輕輕地把我固定在適合的位置。「妳知道妳現在像什麼嗎？」

我抬起頭看他，不知道他要說什麼。

「一隻他媽超性感的海星。」

我閉上眼笑了笑，但接著開始呻吟喘息，因為他正埋在我兩腿間，我能感覺到他嘴裡的熱息正在比基尼布料上移動。他褪去所有衣物，我只想要他繼續。有那麼一秒，我們用眼神交流著：我告訴他，我知道他正在逃避回到倫敦後的都市生活，充滿責任和壓力；他告訴我，他可以掩蓋住我內心的裂痕，讓我再次感受美好。我們承諾彼此的就是，不會做出任何承諾。最後，他與我疊合，而我忘卻了一切，只剩下眼前。

之後，當我醒來，看到他坐在我小屋的台階上，看著粉紫色的黎明。

我圍著大象圖案的披巾，坐在他旁邊，他側身看我。

「嫁給我吧，海星。」

我輕輕笑了，起身準備咖啡。

11月29日

蘿莉

我幾個禮拜前就計畫要回家，但目前我仍然在泰國，也仍和奧斯卡在一起。

奧斯卡、奧斯卡、奧斯卡。誰知道呢？我認為我們都在逃離生活，不想準備也不願意回到我們本來的世界。誰說自己必須永遠屬於某個地方？為什麼我就得屬於英格蘭？那裡的一切都是灰色、混亂和困難。如果不是對我愛的人和愛我的人做出承諾，我會一直待在這海灘上，生十幾個小孩，就像莎拉說的，只是不是跟泰國和尚。媽媽跟我說，英國那裡雨一直下個不停，就像過聖誕節時不受歡迎的親戚，甩都甩不掉；但在這裡，雨來得又快又猛，然後一眨眼就消失，被太陽推到一邊。十二個月前，傑克在倫敦後街吻我的那一天，是我感受過最冷的一天。現在在麗貝島這裡和奧斯卡一起，則是我人生最溫暖的時候。我的血液是溫暖的、骨頭是溫暖的、皮膚是溫暖的。

我們不時會仰躺在沙灘上，或是在吊床上看書，在床上睡著時會側身傾聽海浪輕拍岸邊的聲音，我想像我們是漂流後被沖到荒島的人，吃著抓來的魚，享受汗水淋漓的性愛。偶爾蔚藍天空傳來飛機引擎隆隆聲，我們會躲在樹蔭下，而不是跑到沙灘寫下「SOS」。

12月12日

佳節愉快。來自南半球的祝福！

希望妳沒把胸部凍僵，哈哈！

澳洲根本是天堂。傑克已經完全融入當地，我想買一頂澳洲有名的木栓帽給他，然後改叫他「鱷魚先生」。他甚至還去拜訪墨爾本當地的電台，說真的，如果他們給他份工作，我想他再也不會回來了。除了那件事，哈！那就是他非常怕蛇。我一直不知道這件事，直到上星期我們陽台上出現一條很小的蛇，他尖叫得像鬼一樣。最後我是用白蘭地把他從椅子上給哄下來。好險有我美救英雄。

奧斯卡，好好照顧我女人，真想早點見見你！

蘿莉，希望我們大家能盡快聚一聚，我好想妳。

愛妳愛妳，吻妳吻妳。莎拉X

P.S. 傑克向妳問好。

2012

今年目標

一、不管怎樣，我今年得回倫敦，在出版業找到我夢寐以求的工作。我的雄心壯志被擱置太久，一半是因為待在泰國，一半是因為奧斯卡。另一個擱置的因素，是打算在老家好好陪爸媽……有很多理由，很多解釋，但都是藉口；我一直在逃避傑克。

我已經決定不能再這麼下去了。我非常想念莎拉，也想念倫敦那吵吵鬧鬧的生活。我打算在工作的飯店遞交辭呈；我目前為止的履歷都是一些醫院基本臨時工和飯店接待，為了在我人生起飛前多存點錢。好了，我已經等得夠久了。我要重新整裝，好好給自己的人生一點震撼教育。

二、還有就是奧斯卡。奧斯卡．歐格韋－布萊克。那個在泰國海灘上遇見我、第二天日出時開玩笑地和我求婚的男人。從那之後，他還求婚過很多次，大多是在做完愛或喝了酒的情況下，這已經是我們日常生活中的笑話，至少我認為那是玩笑話。

我不知道我今年對奧斯卡的目標是什麼。應該只是盡可能的留住他，留住我對他的感覺。現在，我們都得回到現實生活裡了。

三、哦，對了，我決定再試著學戴假睫毛。畢竟對像我這樣的女人來說，在人生中只把自己的眼睛黏上一次，那可遠遠不夠。

1月3日

蘿莉

「我好緊張。」我喃喃道，拉直羊毛大衣衣領，和他牽著手走在人行道上。我還別上胸針。我知道，現在誰會戴這個？任何三十歲以下，心智正常的人都不會。但我極度想要營造出良好印象。「這會不會太誇張？」我摸著雛菊造型的小珠寶胸針，抬頭看向奧斯卡，他只是笑了笑。

「妳太搞笑了。我們是去見我母親，蘿莉，不是女王。」

但我沒辦法。在泰國一切都很簡單：脫去一切，回到人與人的基本，所擁有的包袱只有背包裝得下的行李。但回到日常生活後，我們之間的外顯差異更為明顯。我又回到了恐懼社交的狀態，尤其是今天，再說，奧斯卡遠比我想像的更加「上流」。

「到了。」他說，帶著我走到一扇黑色大門前，那是一處雅致的聯棟別墅。「不要那麼緊張，妳看起來很棒。」

等待應門時，我不斷嚥口水，希望奧斯卡母親會喜歡我在路上買的那束冬季白玫瑰。喔天啊，她會不會對花過敏？奧斯卡一定會說我想太多。我緊張地微微踏步，動來動去，然後，大門終於打開。

「奧斯卡，親愛的。」

露西爾．歐格韋－布萊克也許不是真的皇室成員，但她筆直的後背和白皙的皮膚，加上完美吹整出來的髮型，讓她有一種帝王的氣質。她穿著一身黑，和脖子上光鮮亮麗的珍珠項鍊形成鮮明對比。

「媽，這位是蘿蕾爾。」他單手抱住露西爾時說道，另一隻手放在我背上，鼓勵我向前。事後想想，我應該要去瞭解，他用「蘿蕾爾」介紹我背後的深意。

我展現自己最好的一面在微笑，她也優雅地偏著頭接受了鮮花。她跟奧斯卡不太像，沒有他自帶的那種溫暖熱情。我跟著他們走過一塵不染的大廳，在掛外套時覺得有些不自在。我一直不停讚美露西爾美麗的家，然後開始擔心，因為我準備好的台詞快用完了。

露西爾在他們家正式的會客客廳裡備茶；而我覺得好像在面試一份不可能錄取的工作；比方說像是個打工學生妹跑來應徵經理。

「妳父親在哪一行高就呢，蘿蕾爾？」

「他最近退休了，」我說，不想提到他身體狀況。「他是清潔公司負責人，我哥哥戴瑞接手管理。」我感覺她好像有點退卻，我也不是很確定。「我母親也在那裡工作，她負責管理帳目。」

奧斯卡母親的表情明顯易讀；她覺得我們家是伯明罕來的清潔工。我伸手撫摸我的項鍊，指尖順著紫色石頭的輪廓摸以尋求安慰。我父母在二十五年前創辦了公司，現在有五十幾名雇員，但我不認為有必要替我們家辯護。露西爾．歐格韋－布萊克愈是瞧不起我，我就愈不想討好她。

奧斯卡的母親暫時離開房間；如果她是跑去藏好家裡值錢的銀器，免得我順手牽羊，我也不會感到意外。窗台前的大鋼琴堆滿照片，很難錯過奧斯卡和一名金髮女的合照（也許是因為那張被特別刻意放在最前面）；他們穿著滑雪裝，曬得黝黑對鏡頭大笑。我知道這代表什麼：奧斯卡的母親無聲地丟出了戰帖。

在泰國小屋夜裡聊天時，曾聊到他們家的事。就這情況來看，我可能比露西爾想像中更瞭解他們家。

我知道奧斯卡父親是個粗魯的人，不喜歡工作，還時不時關起門來對自己富有的妻子拳腳相向。聽到奧斯卡長年來是怎樣試著保護母親以及和母親的緊密依賴，我就感到心疼；他比他哥哥更常和母親相處，兩人關係也更親。他是自己母親生命的基石，這一直都讓我印象深刻，我天真地以為她會充滿，嗯，慈母般的溫暖。我也以為她會很高興看到奧斯卡找到能讓自己快樂的人，但看起來她好像對我的闖入帶有敵意。希望她有天也能對我釋出善意。

3月10日

蘿莉

「天啊，我太想妳了，海星。快進來吧，讓我對妳做一些壞壞的事。」

我們隔幾個星期才見一次面，我現在住父母家；已經好久沒來這裡了。奧斯卡拉我跨過門檻後，把我身上的大包包卸下扔到一邊，好擁我入懷。是，我們已經在一起了，成了那種會互相取像是「小壞壞」或是「大傻瓜」之類愚蠢暱稱的人。

「我們」。終於能用「我們」這個詞了。這真是太神奇了。這輩子從來沒感受過這種被需要和被關心的感覺。奧斯卡毫不掩飾對我的著迷。望著我的熱切眼神讓人懷疑珍妮佛．勞倫斯是不是站在我背後。

「我先脫個外套！」我笑了，他幫我解開釦子，然後從我手臂除下。

「我真希望妳裡面什麼都沒穿。」他看到我裡面的丹寧工作褲和暖和毛衣。

「我有想過，但我不想嚇到計程車司機。」

「蘿莉，這裡是倫敦好嗎？」他咧嘴笑了，「可不是窮鄉僻野，妳就算光著身子、長著四條腿，也不會有人回頭看妳，」他眼睛一亮，「當然，除了我之外。如果妳光著身子，我會注意到。」

「我家才不是什麼窮鄉僻野。」我氣炸了，他總把我在伯明罕的家說成某種嚼著稻草的落後地方。我老家位在郊區邊緣，是一處典型的綠地村鎮。我懂了。他完完全全是個倫敦人；聖誕節我曾帶他回去見家人，那麼廣闊的空地和半輛計程車也沒有的畫面讓他震驚不已。

老實說，整個「會見父母」的過程，還不是最不順的部分。他完美又討喜，我們家人也很有禮貌，但彼此完全沒有共同點。爸爸曾試著提起足球的話題，但他更愛橄欖球；奧斯卡想聊威士忌，但我爸比較喜歡喝啤酒。雖然時間還早，但會見結束後，大家都鬆了口氣。

「那裡未免也太多綠地了。」他喃喃地說，聽起來不像在恭維。

我甩開不開心的回憶；我們有六個禮拜沒見，不想沒事找事。

「能借一下化妝室嗎？」我問完，他推開我身後的門。

「嗒啦。」

「等我一下，很快就好。」

化妝室裡面根本就像雜誌裡會出現的那種完美空間，我鎖上門，脫光衣服，再穿回外套，繫上皮帶。當絲質的襯衫從皮膚上滑下來時，突然覺得自己很性感，準備讓奧斯卡開始他想做的『壞事』。」

「出來吧，蘿莉。」他在門外哄著，我把門打開，但看向的是另一邊。我一言不發回到門廳，退到大門外面關上門，然後用指節輕輕敲門。

「是誰？」他低沉的聲音帶著趣味，夾雜壞壞的語氣。

「是我，蘿莉。」我帶著嘶啞的嗓音，「快開門，讓我告訴你我有多想你。」

開門後，他慢慢靠在門框雙臂交叉，但眼神一點都不冷漠。我上下打量著他，深色牛仔褲，昂貴襯衫，赤腳，他曬黑的膚色還沒有褪掉。

「你穿得太多了，」我說：「我能進來嗎？」

他沒有讓開通道，而是伸出手來拉我的皮帶。我沒有阻止，於是他不慌不忙地解開釦子，舌頭下意識地在舔上唇。

「答應我每次妳來時都這樣穿好嗎？」

我微笑，「我們從不彼此承諾，記得嗎？」

他拽著我衣領拉我進屋，砰一聲將我壓在門板後，他溫暖又好奇的手伸進我外套裡。

「我記得。」他低聲說，半笑半呻吟，手掌摀著我的胸部。「別聊天了，去床上。」

傑克

「快點，莎。以妳這速度我們會來不及的。」

莎拉總是這樣。她的時間觀像有韌性一樣。晚上出門前，時間會以她的需求，任意延長，直到她覺得夠完美了才會出門。

「我看起來怎麼樣？」

她出現在起居室時，我從報紙中抬起頭，如果是她室友，也一定會放下手邊的事，把注意力都放在她身上。任何男人都會，她美得冒泡。

「新衣服？」

我起身走到房間另一邊，手摸著那柔軟的酒紅色皮革。它貼身得像莎拉的第二層皮膚，順著她的曲線到大腿中間。我的手指停在她赤裸的大腿，慢慢翻開她的裙子，直到露出她的內衣。

她輕揚嘴角，會心一笑。「我就當作這是對我的肯定了，行吧？」

我吻了她脖子，「當然。」我手放在她腦後，吻進她鎖骨凹陷處，她吁了口氣後退幾步。

「別這樣，傑克，我們已經遲到了。」

我看著她那完美的煙燻眼妝，「放心，不會太久。」

「我知道你不會太久。」她聲音帶著嘲諷。

「喂，這話什麼意思？」

她停了一下，低頭看了眼自己黑色超高跟鞋再回頭看我。「沒什麼，」嘆了口氣搖搖頭，「別說了，已經沒時間，快走吧。」

她說得沒錯。我的生活忙得就像戰場，莎拉也一樣，日常一切總把我們拉向不同方向，而且通常是相反的。為了能挪出時間見蘿莉，還有她那位時常談到但未曾見過的奧斯卡，我還得在週末調班，那傢伙叫奧斯卡·法沃·波西沃·麥克道格……什麼鬼的。至於我們要見面的地方？還用說，當然是他那該死的私人俱樂部。

「你打算就這樣去？」

我裝作不懂她的意思，低頭看看自己的穿著。牛仔褲到處都是破洞，但那是故意的；這可是花不少錢打造出來的隨性感。也許不是褲子，而是我T恤胸上明顯印著的「混蛋明星」的字樣，讓她覺得難堪，這是一種隱性的叛逆。身為剛嶄露頭角的電台DJ，我終於有點公共身分，我的穿著得符合自己的人物設定，再說，無賴和嬉皮之間還是有所區別的。

「是的，莎拉，我就穿這樣去。」我伸手去拿那件破舊的復古皮夾克，抖抖肩穿上，那是莎拉去年送我的聖誕節禮物，這是在強調我不會改變自己的風格和立場。

她對著玄關鏡子再度確認唇膏依然完美，然後一肩勾起包包和外套。「都好嘍。」

我跟著她下樓，看著她蹦蹦跳跳，沒有人能像她一樣，穿這麼高的高跟鞋還能如此靈活敏捷，我轉了轉肩關節，擺脫心裡的鬱悶。

「嘿。」走到人行道上時，我抓住她的手，讓她慢下來。「我們別鬧情緒，我整個星期都很想妳。」我用手背撫摸她光滑的臉頰，又握住她嬌嫩的下巴。盡可能不會破壞她唇膏，手指在她唇上輕輕磨蹭。「妳穿這件洋裝真的很迷人。我已經在想等等怎麼把妳脫光了。」

我知道她會心軟，「油腔滑調。」

「妳懂的。」

「是啊。」她臉靠我手上，捏捏我拇指。「我們快叫計程車吧，傻瓜，我好冷。」

蘿莉

如果說我現在會緊張，聽起來是不是很不可思議？老天，就只是莎拉和傑克，我最好以及認識最久的朋友。我只是想讓他們也像我一樣會喜歡奧斯卡，如此而已。我們已經很久沒見面；因為奧斯卡的出現，本來要在新年見面的約定被延後了。這是過完年後的第一次聚會；生活的力量把每個人往不同方向拉扯。他們還沒到，奧斯卡在屋裡對酒吧招待人員交代囑咐細節，他希望大家到場後能夠完美供應第一輪的酒。奧斯卡轉頭發現我在看，對我微微一笑。目光停留在我身上的時間已不是社交禮儀的長度，從那表情看得出來，他想起和我在床上一起度過的下午。

先轉開頭的是我，因為莎拉和傑克抵達，我目光被他們吸引過去。看到莎拉那熟悉的紅髮，我胸口突然綻放花朵，那紅髮色澤如此多變，從消防車般的紅到桃花木的豐潤紅色都有，波浪髮絲時髦又充滿光澤，和以前住在德蘭西街時，像星際大戰裡莉亞公主的辮子造型完全不同。我意識到自己的隨性打扮，摸摸盤起的髮髻；而莎拉一看到我便露出大大甜笑，從不確定的神情轉變成幾乎是用跳地跳來到我身邊。

此時我很慶幸奧斯卡不在我身邊；我能有幾秒的時間回到過去和莎拉相處時的自己。莎拉緊緊地抱住我。

我說：「見到妳真是太好了。」她也同時開口，「該死，蘿，也太久沒見了。」

我們拉開一臂之距彼此相互檢查。她那身皮衣真是性感得讓人想尖叫，我則是穿著她再熟悉不過的黑色連衣裙；我想她可能也拿去穿過幾次。我繫了條蛇皮細腰帶增添風采，上面有個金色鑲鑽的五角海星，這是奧斯卡送我的聖誕禮物，我覺得它低調奢華，但莎拉一來後，也顯得相形失色。她看起來就像剛結束拍攝工作，我想說不定正因為她的積極努力，讓她能夠有這樣的外在。這些日子來的工作經驗，已經把我那滿嘴垃圾話的可愛閨密，淬鍊成如同雜誌彩頁裡走出來的質感女性。一直到她開口，我才謝天謝地地覺得，好在，她依然是她。

「操，」她邊說邊用手指擦拭眼眶，不讓睫毛膏被淚珠弄花。「我才不會對自己的姊妹哭，我真的是愛妳愛到不行，蘿莉．詹姆士。」

我笑了，緊握她的手。「我也愛妳，真高興妳來了。」

傑克從她身後走來，我做好迎接衝擊的準備。我不知道他在場的話，自己能否表現得夠自在。我一直用拖延戰術來迴避再見到他，這策略本來很有效，但到了此刻反而使自己毫無心理準備。

他直盯著我雙眼，絲毫沒有想移開的意思，有那一瞬間，熟悉的痛苦和渴望擊中我心。舊習尚在，一時難改。

「很高興見到妳，蘿莉。」他說。這一刻有點可怕。我以為他伸手是為了握手，但他一拉，就把我拉到他懷中。他身上的香味直衝我腦門，溫暖辛香，略帶有一點檸檬味，可能是莎拉送他的高級香水，強調並襯托出他個人特色。那氣味我無法確切描述，離開後可能也無法在腦中重溫。但他現在就在這裡，穿著印有粗魯言詞的T恤，有那麼一秒鐘，我閉上眼，感受他傳來的體溫，他在我額頭上輕輕一吻。我跟自己說，那只是再普通不過的友情擁抱。我現在已經有了奧斯卡，這擁抱對我而言已不具意義。

「新年快樂。」他對著我髮絲呢喃，他聽起來有點不知所措，我半笑往後退一步。

「新年已經是三個月前的事了，笨蛋先生。」

「好，他人在哪裡？」莎拉興奮地掃視半滿的酒吧，傑克站在她身旁，手放在她腰間。想不到這麼短的時間裡，他們變化這麼大，也或是我不在的時候，他們都成長了。有些微妙的不同：莎拉身上的光環更亮；傑克則是多了幾分自信。某種程度上，奧斯卡也是如此，和他同在銀行工作的兄弟一起相處，也愈來愈進入銀行家的角色；他兄弟對這一行可說十分老練。雖然我常和奧斯卡交流，可是也愈感覺到我們之間，有什麼針鋒相對的東西存在。我想這是生活在兩個不同城市的必然結果。他在倫敦結交新朋友，到很酷的餐廳用餐；我則是回伯明罕和自己父母同住。但這也可能是我自己想太多，也許是因為自己失業的焦慮感作祟。也搞不好我單純只是在嫉妒。不是每個人都能這麼成功的，對吧？有的人做得到，而有的人再怎麼努力也只能前進一點點。而這些，都只是在一念之間閃過，我才剛和莎拉他們打過招呼，並對上了奧斯卡的目光，他現在托著一盤雞尾酒從吧檯走來。我巧妙地對他使了個眼色，讓開空間，這樣他可以把酒放在桌上；莎拉趁他轉頭，在他背後看向我，豎起大拇指。我沒看向傑克，而是看著奧斯卡伸手放下東西，又站直身子。我喜歡莎拉不拘小節；她直接衝過去吻了他臉頰，握住他一隻手。

「妳一定是莎拉。」奧斯卡笑著說，然後沉默一會兒，打量對方。我不知道他們是否符合彼此期待。這一秒內沒人說話。我猜莎拉、傑克和我三人都在想，奧斯卡是否能加入我們的三人小圈子。他和我們是否有共同性？或是在他取得永久居留身分前，先擱置在暫時觀察區的角落，改日再決定？

「你就是奧斯卡。」莎拉仍握著他的手，「來來，讓我好好看看你。」

她裝模作樣在仔細檢視他，奧斯卡則聽話地屏住呼吸等她的裁定，那表情像小學生在女校長面前一樣嚴肅。

「合格了。」她咧嘴一笑，來回看著我和奧斯卡；慢慢再轉向傑克，把他拉到我們之間。

「這位是傑克。」她互相介紹兩人，現在換我屏住氣息。我看到奧斯卡先伸出手，也留意到傑克故意慢了一拍反應。

「看你一副老大哥見妹婿的樣子。」莎拉肩膀撞了一下傑克以緩和氣氛，她又說：「蘿莉已經有親兄弟幫她過濾過，你可以稍息了，大兵。」

「你應該不會想問我對蘿莉有什麼意圖吧？」奧斯卡面無表情地說：「那恐怕會是非常、非常糟糕的意圖。」

「喔，我已經開始喜歡你了。」莎拉高興地笑著，奧斯卡回饋給她一杯香檳雞尾酒，也拿了同樣的調酒給我；給傑克的則是一只平底酒杯，他用鼻子聞了聞裡面加了冰塊的琥珀色液體，一臉嫌棄。

「他們說這杯叫『盤尼西林』，」奧斯卡說：「威士忌、薑汁、蜂蜜。」對著傑克一笑，「幾乎可以算是健康飲品了。」

傑克揚起眉毛，「老實說，我比較喜歡啤酒，不過試試新東西也無妨。」

奧斯卡勾勾嘴角，微笑，舉起酒杯，我們也照做。

「我們要敬什麼？」他問。

「敬我們的老友誼。」傑克說。

「還有新朋友。」莎拉連忙補上，對著奧斯卡綻放出百萬瓦特強度的笑容。

我們乾杯，然後我偷瞪了傑克一眼，希望他能讀懂我的意思：你最好不要給我亂來，傑克・歐馬拉。

他似乎看懂了，因為他轉去和奧斯卡聊天，問他泰國的事。讓我和莎拉能好好敘敘舊，更新一下彼此近況。

「這裡真高級。」莎拉小聲說，興奮地在私人酒吧裡東看西看。

我揚起笑，就知道她會喜歡。「還不錯，對吧？奧斯卡想給你們留下好印象。」

「凡是會點香檳雞尾酒，還有能讓我閨密開心的男人，都會受到我的認可。」

當莎拉說話時，我瞥了傑克和奧斯卡一眼。兩人差不多高，但除此之外兩人沒什麼相似之處。傑克黃色頭髮像隨手抓一抓就出門，奧斯卡有藍色光澤的深髮則像是剛理好的外翻波浪，精準地落在眉毛頂端。他比我還在意今晚該怎麼打扮，覺得穿條紋襯衫太像銀行家；花紋西裝看起來又像學校校長。最後決定了這件藍色亞麻襯衫；這讓我想起了在泰國的日子。說真的，奧斯卡不管穿什麼都沒差。他出身豪門；就算穿著連帽T，身上也散發出一種難以掩飾的權貴氣息。我又開始亂想了，要是我是在海灘之外的地方遇到他，我們是否會搭話？在海灘那裡，人們相對來講更為平等。我們回到英國後的第一次見面，發現他如此富有，實在可說是一種文化衝擊，這也清楚說明我們真的來自兩個不同世界。我希望傑克能看穿那光鮮亮麗的外表，了解奧斯卡的本質。至於傑克，就像是剛和一位性感模特兒滾完床單後，突然急忙趕來的樣子，顯得有點傲慢。如果我不是從正面的角度看他，我可能會懷疑他這打扮是不是故意想暗自讓奧斯卡難堪。但我真的想正向看待，所以對這身打扮沒有多作揣度；只是靜靜看著這兩人的身影入神。這兩人太不一樣了，但對我而言都很重要。我喝了一大口香檳，注意力重新回到莎拉身上。

「那麼，我就快要從電視上看到妳從消防局的桿子滑下來嗎？」

她笑了，「如果他們把我當成適合嚴肅新聞的記者，我再告訴妳。他們現在只派我去做收視率型的故事。」她啜了口飲料，「上禮拜，我還見到溫國興[25]。」

「真假！」

「真的。而且，他還說他喜歡我的鞋子。」

「妳去採訪他嗎？」

她先是點頭，然後又笑著搖搖頭。「我們是在柯芬園的法式潛艇堡店排隊，我在他後面，但他確實很喜歡我的鞋子。」

我笑著，半認真地說：「洛林．凱利[24]要小心後浪推前浪了。」

「所以……奧斯卡。」她彎下身壓低聲音，眼睛看著遠處的奧斯卡，他此時正微微弓身聽傑克說話。「這個有多認真？」

「嗯，現在說還太早，」我說，雖然感覺在一起很久，但其實只有五個月。「但我真的很喜歡他，莎。我從來沒想過會喜歡這種類型，但似乎在一起後還滿合得來。」

她點頭，看著奧斯卡和傑克。「他們有什麼共同點嗎？」她問，「除了『妳』之外？」

我冷不防突然想到她是不是知道那一吻的事。莎拉笑出來。

「妳這反應是表示『沒有』？」

我結結巴巴，「不，當然不是。他們是很不同的類型，但我無法想像會有人不喜歡奧斯卡。他……嗯……很討人喜歡。」

莎拉笑得更加開朗，用手臂滑過我肩膀緊緊勾著，冰冷的手鐲接觸我肌膚。「蘿，我真替妳高興！妳現在只差一份理想的工作，然後就能回到妳所屬於的城市。」她目光閃閃發亮，「妳會回來吧？再怎麼說我們有四個人，可以每天都搞雙重情侶約會之類的狗屁。」雖然她笑著翻了個白眼，但我知道她其實很喜歡。

「我不確定，希望如此，」我說，聳聳肩。「不過妳也知道……房租什麼的太貴了。在找到合適的工作前我會一直住家裡，不想浪費時間為了賺錢去做些爛工作，反而連找合適工作的時間都沒有。」

我又想起奧斯卡一直建議我搬去和他一起住，還跟我說這只是權宜之計。他目前住的公寓是他母親的，所以不用租金。但有些事我想靠自己，不要太依賴別人。我從爸媽身上學會一件很重要的事，就是在生命中能走自己的路是很重要的。

「想像一下，要是能回到德蘭西街那裡就好了。」她滿是渴望，「我現在和女同事一起住，她是個討厭鬼。什麼事都要斤斤計較，連廁所衛生紙都要分開放。妳相信嗎？她居然排了個時間表，我們的起居室得輪流使用，說什麼她不喜歡看電視時我也在。」

㉓ Kowkhyn Wan MBE，被稱為Gok Wan，英國時尚顧問、作家、電視節目主持人、演員、DJ、廚師和活動經理。

㉔ Lorraine Kelly，蘇格蘭記者、電視節目主持人。

現在換我用手臂勾住莎拉的肩膀了，「你和傑克怎麼樣？有考慮早點找到和他一起住的地方嗎？」

莎拉的眼神一閃即逝，但我注意到了。「現在還不是時候。他和比利、菲爾一起住，工作很忙，菲爾還是他同事。」

「蛇臀比利？」自從上次那一晚的火爆浪子跳舞比賽，我們就私下替他取了這個外號。但我也同時想起那天晚上最後有多難過。

她點頭，「我不確定傑克滿不滿意，但他家到車站很方便，而且費用也負擔得起，看起來他不會想搬。」

此時傑克正低頭看著奧斯卡的手機。「我開始有點擔心他，蘿。他最近不太對勁。」

我聽到後，胃開始害怕地翻攪。「怎麼個不對勁？」

莎拉在皮衣包裹的纖細腰肢前抱著雙手，離我更近一點，免得別人聽到。「我沒辦法很確定是什麼。他好像……變得疏遠了？」這像是她在問自己的一個問題，而不是和我說話；她咬著下唇，聳起一邊肩膀。「也可能是我的問題。我不知道，蘿，我問他快不快樂，他自動忽略，好像我在問什麼蠢話一樣。」她乾笑兩聲，但聽起來一點都不好笑。「大概是因為真的太忙了吧。」

我點點頭，希望能說點什麼。聽到他們美好的兩人小世界出現危機，我感到非常不安。他們剛開始在一起時，我曾私心希望他們會很快分手，但隨著時間過去，他們的戀情成了我人生必然存在的一部分；像是在這不確定世界裡的確定錨點，我為了他們改變行進方向，也圍著他們找到自己的定位。

「蘿莉，妳給莎拉看過這個了嗎？」奧斯卡走過來，把手機轉向我，用手指在上面滑動照片，出現一棟簡樸小木屋以及無盡的藍色大海，那景色再熟悉不過，裡面正是泰國的黎明，天空被粉色紫色條紋雲彩佔據。

「有給她看過一些。」我很快回答。我抬頭看奧斯卡時，他眼神很溫柔。他是看出來我心中巴不得兩人能立刻回到那裡的渴望了嗎？坐在海灘小屋的台階，讓腳趾埋在涼爽的沙裡。那是我最喜歡的記憶，那些肩並肩的時光，閒靜的交談和慵懶的親吻。這一種突然出現的渴望激烈地刺穿我胸口。在正和莎拉跟傑克重聚的當下，自己居然這麼想離開，以前我從來沒有這麼想要逃離他們。

我驚訝地發現自己原來這麼氣傑克。我想拽著他那酷酷的皮夾克袖子，把他拖出酒吧，警告他：*你給我開心點，你這個特級蠢貨，不要讓我不開心。*

「天啊，看起來超棒的，」莎拉吁了口氣，「我也好想去。」

傑克一口乾了他的雞尾酒，毫不掩飾他的厭惡。「我去拿啤酒。」

莎拉好像正開口要說什麼，但最後只是緊張地笑了笑，抓住傑克的手，說要跟他一起去。我們看著他們穿過人滿為患的酒吧，奧斯卡一手摟住我的腰，另一手拿著半杯的酒。

「你還好嗎？」我問，希望他和傑克能合得來。

他點點頭，「莎拉和我想像的一樣。」

從這句話可以知道，在我描述下，他可能以為傑克更親切、更平易近人，但真的見面後卻發現他防備心很重，也難相處。

「我是不是做錯了什麼？」奧斯卡的深色眼眸在盯著手上調酒時，流露出一絲錯愕。「妳只要說一聲，我們可以改約其他地方。」

我突然對傑克的不友好感到憤怒。他到底想證明什麼？穿著一件不文雅的T恤、暗示對這私人酒吧的輕蔑、討厭奧斯卡選的調酒？因為奧斯卡很有錢，所以他就要讓大家覺得自己很酷很屌？

我放下空杯，雙手抱住他，看到他眼中的不安消失後，我才鬆口氣。「你沒做錯，奧斯卡，這就是你。」我看了一眼酒吧，「你很棒，我希望他們了解你本來的樣子，他們會喜歡你的。當你更瞭解莎拉跟傑克後，你也會喜歡他們。」他的手上下輕撫我的手臂，我說：「放輕鬆，好好享受這一晚。」

我發現傑克和莎拉正走回來，傑克手裡拿著兩杯啤酒，而莎拉則拿了更多的香檳調酒。

奧斯卡看著莎拉評論道：「她看起來就像從電視裡走出來的明星。」在莎拉過來的時候，我想像他眼中應該是特別注意到莎拉小麥色的雙腿，還有好萊塢式的波浪鬈髮。

「你確定你選對女人了嗎？」我開玩笑說。我不喜歡自己這樣，但就是忍不住會想，為什麼這麼帥氣的男人會跟我這樣的女人在一起。

他微微表示不滿，我真是哪壺不開提哪壺。「妳說得太過分了，我不知道該怎麼回。」他語氣柔和，手放在我後頸。「妳在我眼中一直是最亮眼的，蘿莉。不管是在任何屋子、任何酒吧，或是任一個海灘都一樣。」

他低頭吻我，柔軟且堅定的吻。我閉上眼，在那幾秒裡我覺得自己才是最特別的女人。

「嘿，孩子們，大庭廣眾的。」莎拉的笑聲輕脆又響亮，我睜開眼時笑了。

「是我的錯，」奧斯卡微笑，「我一刻都不能放開她。」他在我肩上的手往下移，扣住我手指。

傑克皺著眉，站在莎拉身後微笑，那笑十分勉強。「來杯涼的，讓你冷靜一點，朋友。」

奧斯卡笑著接過他手中的啤酒，就算傑克對奧斯卡的調酒表現出厭惡，奧斯卡仍大方地接受傑克的啤酒。

莎拉則給了我一杯香檳，她開心地看著我和奧斯卡。

傑克拿著啤酒靠牆，「話說回來，奧斯卡，你是做什麼的？除了在泰國海灘上閒晃把妹外？」他眨了個眼讓語氣變得友善點，但仍感覺他的話像在嘲諷。

「和比利一起住讓你學壞了嗎，傑克？」我不怎麼友好地對他眨了個眼，他聳聳肩表示不以為意，看向別處。

「銀行業，」奧斯卡微笑地自嘲，「我知道，這世上的頂尖討厭鬼，對嗎？」

「哪有便宜哪裡撈，朋友。」

好，這次真的太失禮了。莎拉狠狠瞪了傑克一眼，說真的，我可以搶走他的啤酒，倒在他頭上。還好奧斯卡對銀行家的冷嘲熱諷早已習慣，不痛不癢。

「枯燥的行業。不像你的，我聽說你好像是電台主持人，是嗎？」

衝突危機解除。奧斯卡讓傑克主導談話，他終於開始談笑風生。他聊著電台裡的趣事，還說他找到一個更好的機會，十分有信心能在今年夏天得到那工作。一提到工作，他整個人像火把一樣亮了起來，更自信也更放鬆，我也終於鬆了口氣。看來今晚總算不用以災難收場。

傑克

今晚的重點還不明顯嗎？奧斯卡這個上流社會的雙重蠢蛋：「到我私人俱樂部酒吧，我請你們喝貴得不得了的調酒，讓你們知道我是銀行家，然後當著你們的面把舌頭伸進蘿莉的喉嚨裡。」好，我都知道了，上流公子，也看到你那蓬鬆外鬈的黑髮和甲板鞋（因為誰知道你什麼時候會接到電話，然後突然受邀要登上另一個有錢佬的遊艇）。

我握著老二對著小便斗時就在想這些。我已經躲在這裡五分鐘了，我知道自己表現得像個混蛋，但我就是忍不住。莎拉氣到想把我宰了；今天要把她扒光可能沒那麼容易。她更可能會先扒掉我的皮，但這也是我活該。我不知道今晚自己在氣什麼。是因為奧斯卡天生良好教養，怎樣都不會被激；還是因為莎拉一直很興奮又很想和他當朋友。忍不住會想，她是不是想跟奧斯卡一起陷入我和蘿莉那樣的關係裡。我很想潑一下冷水，告訴她很遺憾，內心的感覺是無法自我欺騙的。我和蘿花了很長時間去克服。我洗手時，停下來盯著鏡中的自己想了一下。這些日子以來，我和蘿莉的友誼也所剩無幾。一年多前，自從德蘭西街那晚，在廚房聊過後，我再也沒跟她獨處過。莎拉說我表現得像對妹妹保護過度的老大哥。她錯了。我對蘿莉的感情一點都不是兄妹之情。早就已經回不去，自從……不，我現在不想回想。

我走出男廁，決定要好好克制住自己的嘴，然後砰一聲撞上了蘿莉。她也沒浪費時間，直球開訓。

「你到底在幹什麼，傑克？」我從沒見她這麼生氣，雙頰發紅，雙肩緊繃。

我回頭看一眼剛才經過的門，「解放自己。」

她那雙紫羅藍色的眼睛生氣後更顯靈動，「我看比較像是在放飛自己，惹我生氣。」

「我也很高興見到妳。」我切換成防備模式。

「停。」她嘶吼，「不准來這套，傑克．歐馬拉。」我們在樓上的走廊，許多人來來去去，她壓低聲音身子往前靠。「你是想表達什麼？你更酷、更棒、更有趣？希望你替我高興的要求是不是太高了？」

我聳聳肩，「我是會替妳高興啊，前提是他不是個蠢貨。」

「他不是蠢貨，他人很好，很善良，而且應該也愛我。」

我聽到嘲笑的呵呵聲，但等我意識到原來是自己發出來的，為時已晚。

「什麼？」她憤怒地搖搖頭，眼中怒火變得更亮。「傑克，你是不是覺得不可能有人會愛我？」

「妳根本不了解他。」

她像被我揍了一拳般，身子一晃。

「你突然變成專家了？」她回嘴，「你憑什麼決定愛上一個人需要花多久時間？一分鐘？一個月？一年？」

我們對看著，發現她已不再是德蘭西街的那個女孩，她是擁有自己人生的女人，而我不再參與其中。

「妳愛他嗎？」

她撇開目光搖搖頭，因為我沒資格問，尤其是在眼下。

「傑克，他對我而言很重要。」她語氣溫和了一點，眼神再次出現溫柔和脆弱，這樣顯得我更像個王八蛋。

「好吧。」我說，這次是認真的。我很想把她拉進懷中，恢復彼此的友誼。但內心知道不該這麼做，於是我伸手代替，握她手，看著她仍帶怒意的雙眼。

「我很抱歉，真的抱歉。好嗎？」我覺得自己不是在為了今晚道歉，更是為了之前的事：騙她說我不記得那該死的公車站、在下雪的那一天吻了她，再加上自己總是把事情搞砸。

感覺像過了十分鐘，但實際上應該只有十秒，她終於點點頭，鬆開我的手。

我微笑，「下樓吧，我馬上下去。」她又點頭，沒有多看我一眼便離開。

蘿莉不知不覺已經長大了，也許我也該成熟點。

5月14日

蘿莉

「接電話，奧斯卡，快接。」我低喃著，一遍又一遍讀著手邊的信，邊聽著他手機傳來等待鈴聲。將為您轉接到語音信箱……該死！我切掉電話再試一次，然後又聽到那女性機械聲說，非常抱歉，奧斯卡．歐格韋－布萊克現在無法接聽電話。我站在父母家的門廳，這裡很安靜，手指一直繞著我的紫色項鍊。上個星期我戴著它參加面試，之後再也沒拿下來，希望它能加強我的好運。結果真的有用！我迫不及待要和別人分享這個好消息，在手機上滾動聯絡人，找莎拉的電話。我沒有打給她，因為這是她上班時間，她不能接電話，所以我傳簡訊給她。

猜猜誰找到理想的工作？我！打起精神聽好，莎，我就要回倫敦了！

我按了發送鍵，不到三十秒手機就傳來震動。

等等！我去廁所再打給妳，不准妳打給別人！

我手機響起後，還得等三十秒才能開口，因為要等莎拉尖叫和喝采完才行；我腦海裡浮現她在廁所隔間歡欣起舞的畫面，然後她同事不解又困惑地在門外聽著。

「來吧，快告訴我所有細節！」她說。終於，我能把這好消息正式公開出去了。

「就是我告訴妳的那份工作，妳知道的，那本青少年雜誌，記得嗎？」

「妳是說《煩惱Q＆A》的職缺嗎？」

「沒錯！就是那個！再三個禮拜，我就會成為全國青少年們尋求疑難雜症的解答救星，回答有關直髮器、痘痘，還有怎麼避開無聊約會的問題！」我大笑，想到自己終於能在雜誌社上班，差點笑到失控。當然了，不會是全國青少年；看這雜誌的只有一部分人，雖然不是什麼營養的雜誌，但總是個正式刊物，不是嗎？貨真價實的工作。這是我渴望已久的墊腳石，通往我人生的下一階段。我一點也不確定自己能應徵上。這面試沒有那麼傳統，有兩個不超過二十一歲的女人，輪流丟各種假想問題，而我就得一直接招回應。

「艾瑪在畢業舞會前一晚，臉上有很難看的痘疤，」那人指著自己光潔的下巴問：「妳會給什麼建議？」

幸運的是，就算是在面試，莎拉也依然是我的救星；我想起以前在德蘭西街浴室架子上的備品。「用『屁屁膏』，那是擦在嬰兒屁股上的產品，但也是處理痘疤的秘密武器。」

那兩個女人沙沙地振筆疾書；我想她們應該在面試完，會馬上去藥品店買個屁屁膏來試試。

「在重要日子，妳身上的褲襪破洞了，要怎麼辦？」另一位面試官瞇著眼問。

「用透明指甲油，防止它繼續破下去。」我眼神直直地看回去，這是標準六年級生就知道的小撇步。一路面試下來，我感覺像被東德的國安機構拷問，而不是應徵雜誌社。

「天啊，希望沒有人問妳有關假睫毛的問題，」莎拉說：「妳會被告上法院。」

「這還用妳說。妳可是我參考資料的主要來源。」

「好吧，妳也知道，我可是各種不負責任餿主意的知識寶庫！」她聽起來有點得意忘形，

「我不敢相信，妳真的要回來了，蘿。這是我這陣子聽到最棒的消息。我要告訴傑克！」

她掛上電話，我坐在階梯底層，像傻瓜一樣傻笑。早上十點喝琴酒會不會太早了？

6月9日

蘿莉

奧斯卡手伸到沙發後面，拿出一個繫著緞帶的盒子。「我有東西要給妳。」一個方形的大禮盒放在我膝蓋上，我驚訝地看了他一眼。「奧斯卡，我生日才剛過。」

「我知道，但這不一樣，這是慶祝妳找到工作。」

星期六晚上，我們叫了很多中式外賣，喝了半瓶香檳，到了星期一，我就是《閃亮女孩》雜誌出版社「史蓋勒」的員工了。

「快打開吧。」他輕輕推著盒子，「要是款式不喜歡可以換。」

我興奮地望向盒子，慢慢把萊姆綠的緞帶拆開。我生日時他已經大肆慶祝過，現在又這樣感覺有點太過鋪張了吧。我打開禮盒蓋，把它往後折，翻開包覆著的薄襯紙，欣賞盒裡的Kate Spade黑色托特包。

「喔，奧斯卡！這包包太完美了。」我微笑，撫摸那精緻的金色商標。我感覺禮物背後有莎拉的身影，我生日在餐廳那天，曾對著莎拉挽著的相似款的包包投以羨慕的眼神。「但你知道，你不該這麼做，太破費了。」

「讓妳快樂也就是讓我自己快樂，」他聳聳肩，好像這是天經地義。「看看裡面的內袋，還有東西。」

我好奇把手伸進袋子，打開拉鍊。「這是什麼？」我笑著伸手進去，碰到冰冷的金屬。我知道是什麼了，拉出扣上銀色蒂芙尼鎖頭的鑰匙串。

「沒有這個，妳要怎麼在我家來去自如？」他問。以他貼心的方式，讓交付鑰匙給我一事變得輕鬆許多，沒有負擔。也可以說是「我們家」的鑰匙——至少短時間內是這樣。之前我通知他錄取時，他說完恭喜後的第一句話就是「妳會搬來和我住一陣子嗎？」我點頭，老實講，我內心也希望他能救濟一下，畢竟一開始的薪水不算太好。我們都同意這只是暫時的，等我慢慢上軌道再說。但當我看到這一串閃亮亮鑰匙後，看出來他十分期望；我動搖了，不禁懷疑自己當初是不是下錯決定。畢竟我們在一起才八個月，我也一直用自己的方式決定事情。

「我不希望你覺得我是在利用你的慷慨，奧斯卡。你知道我……比較獨立。」我說。

他深色眼眸帶著笑意，「相信我，我也是在利用妳。」他從我手中拎起鑰匙，揚眉看我。「再說了，不這樣的話，要怎樣能讓妳在我回家前，先做好晚餐等我呢？」

我一拳打在他手臂上。

「希望你熱愛焗豆。」

他把鑰匙放進漂亮的新包包裡，然後將包包放在地上，把我壓在沙發裡，開始吻我。「別再聊這些傻話了，我們有更好的事可以做。」

8月4日

傑克

今晚我寧可痛揍自己的臉，也不想去蘿莉和奧斯卡的晚宴，尤其他們還邀了奧斯卡的哥哥，另一個討厭鬼銀行家，還真不意外啊？莎拉幾乎快把約好的時間刻在我額頭上。她還說要帶花，又說不然帶個酒。我看她根本上網把晚宴禮儀都查過了。

她不久前還發了條訊息，想一些今晚要跟奧斯卡和他哥哥聊天用的好問題。我很想嗆回去，但我已經把手機關上了，現在正在上班，沒時間吵這個。

很感激接下來將要安排下週的節目內容，今天下午要和製作人見面，討論即將推出的機智問答節目。我拿起原子筆，在手上寫下最晚得要離開的時間，應該能勉強準時抵達。天啊，我連提早一分鐘到都不想。

蘿莉

「你確定這樣真的可以？」

我往後站，雙手扠腰，十分嚴謹地確認餐桌擺設。奧斯卡手搭在我肩上。

「我覺得這樣很好。」他說。

我希望能得到更多讚美，這是我成年後有史以來第一次舉辦有前菜、主餐和甜點的晚宴。這和我們在德蘭西街抱著披薩盒直接開吃的情況有天壤之別。我本來希望只邀請莎拉和傑克，就當作晚宴實習，之後再慢慢擴大規模。只是說巧不巧，本來應該只有我們四人，但奧斯卡在波羅市場購買做慕斯用的手工精品巧克力時，碰到他哥哥蓋瑞和大嫂費莉絲蒂，便也邀了他們。我知道。我還可以聽起來更像個中產階級蠢貨一點。饒了我吧，這是我第一個晚宴，而且我為了準備，已經連續幾週都在重播奈潔拉㉕一邊對著鏡頭眨眼，一邊把手工巧克力啪一聲丟到平底鍋裡的片段了。

我只見過奧斯卡哥哥一次。印象中，蓋瑞不像他弟弟一樣隨和，而他那瘦乾乾的太太費莉絲蒂，一直都是撲克臉，一副只能在新鮮空氣和香奈兒五號香水中存活似的。我總覺得她很像某一個名人，但一時想不起來是誰。總之，本來溫馨的四人晚餐因此變成六人的恐怖晚宴，我一整天都煞費苦心地照著那艱澀難懂的食譜做法式紅酒燉雞。而且這還不是一般的雞。聽說這隻好命的雞吃著天然玉米，在自由放牧環境中長大，然後被肉商放在棕色蠟紙中包好，我希望這些能反映在牠的味道上，因為牠的價格比超市裡真空包裝雞貴三倍。我已經在打發巧克力慕斯，拌好沙拉，現在我好想喝點紅酒。

㉕ Nigella Lucy Lawson，英國美食作家、記者和電視節目主持人。

「我如果吻花了妳的口紅，妳會生氣嗎？」

「會。」

在青少年雜誌工作的好處，就是辦公室裡會有大量的美妝樣品寄來；現在年輕女孩花在化妝品上的錢顯然比十年前多更多。今晚我要測試一種新口紅品牌。但那外盒包裝怎麼看都像是太空時代的假陽具，不像是用在嘴唇上的產品。而且效果也不符合宣傳文案上寫的，會有「如同被蜜蜂叮過後的豐唇效果」，不過這產品質地柔滑，潤澤豐厚，搽上後倒讓我增加了幾分自信。

奧斯卡一時有點洩氣，但電鈴的蜂鳴器響了，我們都沉默。

「有人來了。」我看著他，小小聲說。

「就晚宴來講，這很正常。」他說：「我去應門還是妳去？」

我躡手躡腳往門口走去，從窺視孔看去，希望是莎拉和傑克先到。但我沒那麼好運。

「是你哥。」我用唇語，然後又躡手躡腳回到奧斯卡身邊。

「意思是我去應門嘍？」他問。

「我去廚房待著，他們進來後你再叫我，假裝我不知道是誰來。」我說完便往廚房走去。

「我可以問一下為什麼嗎？」他溫柔地問。

我在門廊停頓一下，「可能是怕我自己表現得太過於熱情？」我心裡真正在想的是，我需要抓著酒瓶來一口，喝酒壯膽；我社交尷尬症突然又一陣陣發作。

我從冰箱裡拿出紅酒，並從口袋掏出手機傳了簡訊給莎拉。

快點！蓋瑞夫婦已經到了，請求支援！

我檢查紅酒燉雞，很高興它看起來和食譜裡的圖一樣。嘿嘿，傑米．奧利佛，我的燉雞看起來比你的更好。我一個人大笑，此時手機震動，拿起手機時，聽到奧斯卡喊我。

已經在路上了，最多五分鐘會到。傑克沒辦法準時，他說他盡快。

抱歉。別在我到之前就喝光酒！

五分鐘，我可以的。該死的傑克，上禮拜莎拉在我們廚房裡都快哭了，那次也是都約好了，結果他放我們鴿子，說工作抽不開身。再過幾個禮拜，等他到了新崗位後，情況只會更嚴重。再過不久，我們唯一能聯絡到傑克的方法就是收聽他的廣播節目。我搖搖頭，忘了這些，把酒瓶放進冰桶，在我那「如同被蜜蜂叮過的豐唇」上努力擠出笑容，然後往會客室走去。

「我不能再等了，再等湯汁都乾了。」我說，莎拉和我低頭看著愈來愈沒賣相的燉雞，然後她看著時鐘搖搖頭。

「我真的很抱歉，蘿，他最近表現得很不成熟。他知道這次晚宴對妳來說很重要。」

傑克已經晚了一個半小時，莎拉抵達後不久，他才傳簡訊說他快到了，之後就無聲無息，也沒回應。

「我發個簡訊給他好嗎？他也許害怕打開妳的訊息。」我幫她把杯子斟滿。

她搖頭，「別費心了，我們吃吧，別管他了，這是他的損失。」

要是傑克突然說不來了，反而會好一點；他遲到這麼久，相當失禮，莎拉很可能會扭下他的頭。

已經過了十點鐘，燉雞十分成功，蓋瑞在喝了幾杯後也覺得很滿意。但費莉絲蒂真是讓人討厭，不喝酒就算了，而且還吃素（我是不介意吃素，但不要在我他媽把雞端到她面前後，她才說她不吃，不能早點講嗎！對了，我突然想起來她像哪個名人——溫莎公爵夫人華麗絲・辛普森，根本一個模子印出來的）。而傑克還是沒來。不但如此，連電話也沒一通。莎拉氣到不行，開始叫他「狗屎人」，酒也喝得比平常多。可憐的奧斯卡，還在替他說話，雖然傑克並不值得奧斯卡這麼做。

「有人要巧克力慕斯嗎？」我大聲說，轉個話題。

「天啊，好耶。」蓋瑞發出呻吟，好像我在幫他口交一樣；而費莉絲蒂的嘶嘶聲，讓我想到《綠野仙蹤》裡，被桃樂絲淹在水裡的西國魔女。莎拉手機在震動，我環視所有人，不知道該怎麼辦，大家都盯著她的手機。整個晚宴，莎拉偶爾會拿出手機查看，現在已經直接放在傑克的空盤子上。我想她要表達的已經夠清楚了。

「好了，」奧斯卡吁了口氣，「跟傑克說沒事的，莎拉。如果他還沒吃，我們還有餐點。」

她手機在傑克位置上的白色瓷盤，發出震動和咔啦的撞擊聲。

「我個人是不可能去接的。」費莉絲蒂傲慢地用鼻孔看人，「臉皮還真厚。」

莎拉看著我，猶豫不決。「怎麼辦？」

「接吧。」我說，主要是想和費莉絲蒂唱反調，一秒後，莎拉拿起手機按下通話鍵。

「剛好掛斷。」她流露出失望的神情，還補充：「活該他吃不到，這個該死的狗屎人。」又把電話放回傑克的盤子上，「我們來吃甜點吧。」

當我把椅子往後推，要起身時，莎拉手機再度響起，提醒她有語音信箱的留言，看來是傑克的。

「人家搞不好跑去了別的酒吧呢。」費莉絲蒂說，但她根本無權評論，她從來沒見過傑克。

「他應該是卡在工作抽不開身。」不知道為什麼，蓋瑞也站在傑克這邊，說不定他討厭他老婆的程度跟我差不多。

莎拉拿起電話，「我們很快就會知道了。來聽吧。」

一陣沉默，連話筒裡傳來的機械人聲都聽得到，系統說語音信箱裡有一則新的留言。莎拉生氣地又按了一個鍵，我手在餐桌下交叉，祈禱正好被蓋瑞說中。

「您好，這是給莎拉的留言，」裡面的人說得又快又大聲，帶著澳洲口音。莎拉聽到陌生男子聲音後抬頭看我。「我打來是因為，這個人在佛賀橋路發生嚴重車禍，這是他口袋裡掉出來的手機，我查了常打的電話號碼找到這號碼，目前正在等救護車。我想您可能想盡快知道這件事。對了，我的名字叫路克，如果可以的話，回撥他的電話，讓我知道該怎麼處理。」

留言還沒結束，莎拉已經哭花了臉，我跪在她椅子邊，先從她顫抖的手中接下手機，免得摔了。

「怎麼辦，蘿莉？」她緊抓我手，呼吸急促，臉色慘白，嚇得腳都無法動彈。

「我們去找他，」我語氣盡可能保持平穩，「現在就叫計程車，幾分鐘後就到。」

「如果他——」她牙齒劇烈打顫。

「不！」我打斷她，直視她的雙眼，要她專心聽我說：「別說那些，什麼都別想，一切會好起來的。我們先到那裡再說，妳和我一起，先踏出一隻腳。」

她茫然地點點頭，想控制住自己。「我跟妳，先踏出一隻腳。」

我立刻抱緊她。越過莎拉肩膀，看到奧斯卡擔心的眼神。我撇開目光。

8月5日

蘿莉

他還活著，謝天謝地，謝天謝地，謝天謝地。

我們依偎在固定在地板的鐵椅子上，喝著微溫的飲料，那是奧斯卡在自動販賣機買的，我分不出來那是茶還是咖啡。幾個小時前有見過醫生；但還不能去看傑克。她說傑克仍在手術，雖然用平穩、讓人安心的語氣說明，但我們其實都嚇壞了。

我和莎拉分別坐在床的兩側。傑克被送到聖潘克拉斯醫院後沒多久，我們不知該怎麼辦時，試著聯絡了他母親，然後莎拉想起來，她和傑克的弟弟奧比一起在西班牙。為了怕嚇到他們，所以我代替莎拉留言給他們。

我們一起在這裡等著，這是我們被告知唯一能做的事。他已經離開手術室，脫離生命危險，但在他清醒前，尚無法得知頭部損傷有多嚴重。他沒穿上衣，臉色蒼白，除了胸腔呼吸起伏，一動不動。身上還有一堆繃帶和管子，床邊放著各式各樣的機械和點滴。我從來沒那麼害怕過。他看起來太脆弱了，要是這裡停電怎麼辦。會有備用電源，對吧？因為我覺得，要是沒有國家電網在，他可能就活不了。我覺得自己的想法真可笑。現在送來讓傑克能活著的電力，現在正被倫敦各地的人用來煮開水，不當一回事地為手機充電、浪費傑克用來維生的寶貴能源。活下去，我親愛的傑克。不要離開我們。不要離開我。

加護病房是個陌生的地方，安靜中夾雜恐慌；護士持續而輕柔的腳步聲和病人偶爾碰到金屬床架發出的聲音，其間又交織著醫院常有的蜂鳴器聲和警報聲。

我看著莎拉不斷重新固定他手指頭上的塑膠夾子，那是用來監測他血氧濃度用的儀器，一名護士把傑克的名字用明亮的藍筆寫在床頭上方的白板。我閉上眼祈禱，雖然我一點都不虔誠。

8月10日

蘿莉

「別動，我去叫護士。」

我看到傑克正掙扎著想從床上坐起，我回頭看有沒有人能幫忙，護士長已經明確告知，如果需要幫助就按呼叫的蜂鳴器。

「媽的，蘿，別大驚小怪，我可以的。」

要是莎拉在的話，他才不會做出這麼驚險的動作；莎拉會踢他那可憐的屁股一腳。今天是星期五，我下班比較早，會一個人過來，他才想要冒險一下。前幾天他恢復知覺，太好了，醫生們終於確認他沒有持續性的腦損傷，只是現在仍需要做一些檢查，因為他一側的聽力受損。從那之後，他就變得十分難搞，造成別人不少麻煩。他的獨立性格本來是優點之一，但這種情況下，他拒絕向別人求助反而容易造成危險。他裝了尿袋，手上也插著管子，那是止痛用藥；每次他想起身做些什麼的時候，都會觸動警報，發出高亢的警報聲，讓護士們疲於奔走。

護士大步走來病房，幫他把枕頭靠好後，我才坐下。

「歐馬拉，現在你那英俊的小臉愈來愈讓我神經緊張了。」她很有護理經驗，不直接挑戰病患。

傑克揚起笑，表示歉意。「謝謝妳，伊娃。也很抱歉。要不要來點葡萄？」他對著旁邊的水果籃點了下頭，那是他同事送來的禮物。

「你能想像我每天會收到多少葡萄嗎？」她透過眼鏡看他，「要是你想為我做點什麼，下次需要幫忙時，按一下旁邊的按鈕就行了。」

她很快就離開，又只有我們了。這是六人房，裡面大多是老人家，傑克床邊有一張人造皮革的手扶椅，擦拭得很乾淨，我就坐在上面。現在是午後探望時段，但表面上看不太出來，因為這裡的人大多穿著睡衣，躺在皺巴巴的床單上睡覺，沒有親友探訪。我身後的窗戶已盡可能全開，櫃子旁邊的電扇不斷在吹，但這裡依舊很悶。

「今天外面很熱。」我坐在他聽力正常的那一側，免得他不便。

他嘆了口氣，「這就是我們的友誼嗎？只能聊天氣了？」

「那你想聊什麼？」

他聳聳沒受傷的肩膀，皺眉。「妳可是《煩惱Q＆A信箱》的人耶。現在的年輕人都在煩惱些什麼？」

我解開手腕上的髮帶，綁了個馬尾。「好吧，來信的大部分是女孩，所以很多和生理期相關的問題。」

他翻了個白眼，「還有什麼？」

「痘痘問題。超級多痘痘。上禮拜還有人問我，狗的口水能不能治療青春痘。」

他覺得這荒謬的問題很有趣，「那妳怎麼回？」

「我說貓的口水更好。」

「最好是。」

「我當然沒這麼回。」

「妳應該這樣回回看。」

我從護理人員剛剛放在他邊桌上的水壺裡，倒了一杯冰水給他，放進一根新吸管。

「來，喝一口。」他一邊肩膀骨折，另一隻手插滿管子，不太方便拿杯子，所以我拿好杯子讓他便於飲用。

「謝謝妳。」他往後靠在枕頭上，惱火地閉上眼，因為他再怎麼想自食其力，最後仍不得不求助於人，尤其像是喝水這一類的基本生活需求。「再多講一點。」

我轉轉腦袋瓜子，想想有沒有能轉移他注意力的東西。「哦，有了，幾個禮拜前有個十五歲的男生寫信給我，說他喜歡的女孩要搬到愛爾蘭去。那女生是天主教家庭，反對他們往來。他想知道自己要幾歲才能獨自合法搬去愛爾蘭找她。」

「愛情是年輕人的夢想。」傑克仍閉著眼，「妳怎麼跟他說？」

我看著傑克蒼白的臉，還有明顯凹陷的臉頰。他本來就沒有多餘的贅肉，現在幾乎整個星期都沒吃什麼固體食物，身形更顯削瘦。

「我說，我知道讓所愛的人離開有多痛苦，但我不相信整個地球上適合自己的就僅僅只有一個人。這太不切實際，也太侷限了。我跟他說應該多花時間檢視自己的感受，他可能會發現不再那麼愛她，因為事情就是如此，尤其是在十五歲的時候。我還跟他說，人總會面臨必須做出選擇，好讓自己更快樂的時候，因為一直累積悲傷是件很累的事。總有一天，等你回首往事，才發現那個曾愛過的人，其實已經被你淡忘。」

傑克閉著眼，點了點頭。

「但我也告訴他，有時候，很少有人能在離開後又重新回到你生命中，如果真能如此，你應該抓緊他們，永遠不放手。」

我的話告一段落時，傑克已然入睡。希望他有個甜美的夢。

9月15日

傑克

王八蛋。手機往桌上一扔，上面盡是沒收的杯子和食物殘渣，靠回到鬆軟的沙發上。什麼爛天氣，該死的太陽直接照到我眼裡。我可以起身拉上窗簾，但我懶到索性閉上眼睛。反正我已經正式成為失業大軍，不如繼續睡吧。這就是我過度自信的下場——新的工作正式底定前，就先遞了辭呈給老東家，結果卻出其不意被一個駕著富豪汽車，而且還在行駛時突然中風的傢伙給撞了。至少我還活著——每個人都叫我往光明面看，或是講些其他老掉牙的東西。在我該死的那職業生涯中不斷努力工作，現在卻不得不放棄，告訴我這哪有什麼光明面？進行了無數的會議和面試，握了無數次的手達成協議，就差在合約的虛線處簽名，沒幾天就要發布人事命令。夢寐以求的合約都已備妥，只差簽名了，然後，砰一聲。我現在被困在醫院病床上。然後那個叫強尼三小的無名小卒立刻搶走我的職缺。我退無可退，進無可進，卡在中間，現在我才是那無名小卒，而且這情況會持續下去！兩個月後，我會連房租都付不出來。然後呢，醫生也沒告訴我右耳聽力能不能恢復。我不認為會有人搶著要雇用一個他媽的聾子DJ。再接著是什麼？搬去和莎拉，以及她那賤母牛同事一起住？而且我根本沒得選。那「賤母牛」會直接向房東告狀，非法承租；她光是跟莎拉一起使用公共空間就已經諸多不滿，何況她好像特別討厭我。我堅信，沒有什麼比看到我睡在泰晤士河旁邊的紙箱裡更令她高興了。我可不認為她會施捨零錢給我，好讓我去買杯茶。

喔，太棒了！我聽到有人拿鑰匙在開前門。我只恨自己為什麼沒想到應該先把門閂上，躺回床上。比利到北方參加家庭婚禮；負責音響技術的前同事菲爾，人在印度果亞。所以現在只有一種可能。莎拉。她帶著那百分百純天然對生活的熱情，和永遠掛在臉上的笑容出現，而我現在只想奔向那些過期的微波食品，觀看星期六下午的足球比賽。喔對了，我根本不喜歡看足球。

「傑克？我回來了，你在哪？」

「在這裡。」我盡可能用不悅的語氣說。她來到走道，身穿粉紅色的夏季長洋裝，我腦袋深處突然感到有點難為情，我懶洋洋地癱在沙發上，慢跑褲穿了三天沒換，上面還沾了咖哩污漬。她去埃克塞特還什麼的地方出差幾天；說真的，我以為她明天才會回來。那該死的止痛藥毀了我的大腦。我至少該換件褲子。

「你看起來像嗑了一整晚的藥。」她試著開玩笑，「不然就是在重溫你的學生時代。是哪一種？」

太好了，莎拉提醒我曾錯過的人生。「都不是。就只有我、遙控器和溫達盧咖哩雞。」我沒看她。

「那咖哩聽起來像藝術電影的片名。」她輕聲笑著，著手收拾骯髒的咖啡杯。

「放著吧，我會收。」

「沒關係的。」

「收不收都沒差。」

她看著我，那陽光般的笑容迅速消失。「多少讓我幫點忙好嗎？」

我認命地閉上眼，頭靠在沙發上，她正在收拾我製造出來的雜亂，我現在覺得不爽的自己，像個母親來房間時正好撞見在打手槍的青少年似的。天啊，我真是個混蛋。我能聞到莎拉的香水，獨特且充滿異國情調，讓我想起住在城市時晚上出去混的日子，還和她同床共枕的時光。意外發生後，我們還沒有上過床。其實在那之前，恩愛次數也沒以前那麼多了。我睜開眼，聽到她把杯盤扔進廚房水槽的聲音。揮之不去的香水，混合著昨晚咖哩和我發酸的汗味。這可不是什麼好的組合。

「我在想，等一會兒可以出去走走，」她打開廚房的收音機，喊道：「今天真的是風和日麗。」

我嘆了口氣，沒很大聲，她應該聽不到。我覺得自己的味道讓人作嘔，提不起勁做任何事。我想我已經沒有乾淨的內褲能換了。肩膀和肋骨仍在痛，可能是我忘記做復健的關係，我每個禮拜都和治療師有約，只是我不常去，他會安排我做些復健運動。天知道為什麼我要忘記。我骨頭斷了，但會慢慢癒合。但耳朵沒有辦法，只有聽力是永久性損傷，而這也是我唯一在乎的地方。哦，有聽到人們在談論助聽器之類的東西，但說真的，這又有什麼意義？真正的問題是，我的職業生涯毀了，醫生也束手無策。

「怎麼樣？」莎拉套了件淡綠色萬壽菊圍裙站在廚房門口。

「看起來像五〇年代的家庭主婦？」

她翻個白眼，「我是說出去走走怎麼樣，傑克。去公園散散步什麼的，也許可以去百老匯[26]那裡新開的咖啡館吃東西，有人說那家店很有加州的感覺。」

什麼叫他媽的加州感覺？小麥汁加甘藍？「嗯啊。」

「我幫你把蓬蓬頭打開好嗎？」

我一股無名火，「妳是誰啊，我媽？」

她沒有回應，但我從她眼神看出她已經受傷，覺得自己像個混蛋。我只是討厭每個人都對我的事管東管西小題大做。不是莎拉就是我媽。我媽每週跑來兩次，帶著我不想吃的食物出現。

「對不起，」我小聲說：「我今天狀況不好。」

她慢慢點頭，要是我能看穿她內心，我想應該會聽到她大聲罵我，像是「自私的混蛋」之類的，而我的確活該。但她沒真的說出口。

「去沖個澡吧。」她終於開口，轉身進了廚房。我照她說的起身，經過廚房時，想在水槽邊抱住她，吻她脖子說對不起。然後，我聽到了歡快的電台叮噹聲，我曾經認為那主持人是工作上的競爭對手，辛辣的嫉妒之火抹去了讓自己表現文明一點的想法。媽的。

[26] 百老匯是倫敦威斯敏斯特的一條街道。

10月24日

蘿莉

「我不知道該怎麼辦，蘿莉。」莎拉大口痛飲杯中物，看來十分痛苦。不久前莎拉發了簡訊，問下班後有沒有機會喝一杯；雖然我還有很多信件要回，但從她的語氣看來，胸口已積了不少心事，需要傾吐，我把回信的事先放下，去見她一面。看來我判斷得沒錯。我知道自從傑克出事後就狀況不好，但從她已經和我聊了一個小時的內容來看，最近他又變本加厲，更讓人難以忍受。

「現在他決定不服用止痛藥了，」她說：「昨天晚上他把藥都沖下馬桶，他說這藥讓他變遲鈍。但我想他是寧可讓自己痛苦，這樣就有藉口抱怨了。」如果莎拉聽起來刻薄，那不是她的錯。自從事故發生後，她一直在他面前強顏歡笑，而就我所知，傑克似乎沒回報半點感謝之情。已經三個月了，傑克自從出院後，每次見面他都非常粗魯，尤其是對奧斯卡。幾乎到了我得避開他的地步。

「我想，應該是他在工作上已經失去動力的關係吧？」我說出口之前，已經知道答案了。身體正在慢慢變好，但情緒仍深陷其中，沒有走出來。如果把他的職業考慮進去，在他所受到的傷害中，部分聽力損失對他來講尤其殘酷。

莎拉搖搖頭，「我不知道他有沒有在找工作，但我確定他沒和任何一家電台聯絡。」她吃著我們桌面中間打開的腰果，「蘿，我很擔心。他就是一直一直在生氣。什麼都不想做，光是要他出門走走就得哄個老半天。」她嘆了口氣，「我真的很怕他會變成社會邊緣人什麼的。」

我小心考慮用字遣詞，「他經歷過巨大傷害，我想這可能是他的應對機制？」

「並沒有，他根本沒在應對。只是坐在那裡盯著牆，蓄著一點都不適合他的鬍子。」

我用桌邊冰桶裡的半瓶白葡萄酒，重新斟滿我們的杯子。「妳有試著跟他的醫生聊聊看嗎？」

「傑克說我快讓他窒息了。」莎拉皺眉看著酒杯，「以他現在的表現，我沒真的用枕頭悶死他算他走運。他也不再傳簡訊或打電話給我了。自從事故以來，我收到路克的簡訊都比他多。可見得情況有多糟。」

莎拉偶爾會和路克聯絡，路克是個性情溫和的澳洲人，在事故那天發現傑克手機的就是他。

「我很期待下星期可以離開，這樣想是不是很糟糕？」

我搖搖頭，「一點也不，妳一定很想休息。」她姐妹邀請她參加在加那利群島的姐妹會，邀請來得正是時候。「妳不在身邊，說不定對他來說是好事，很多事情會變得不方便，也許反而能讓他振作一下，自己照顧自己。」

她嘆了口氣，聳聳肩。「妳跟奧斯卡在一起真好命。我從來沒看過他發脾氣。」

我得仔細回想才能記起上次和他衝突是什麼時候，「嗯，他是很穩重。」

「我不在的這段時間，妳不會去探望傑克吧？還是說妳願意過去看看？」她巴巴地望著我，好像我是最後的希望。「他可能會對妳敞開心扉。他現在什麼都不跟我說。」

我該怎麼回？不能拒絕啊。「妳覺得他會想和奧斯卡談談嗎？也許男生跟男生之間互動會順利一點？」我還沒說完就知道這是個蠢主意。

她沮喪地搖搖頭，「我這樣說請不要不高興，蘿，也別跟奧斯卡說，但我真的不確定他們頻率對不對得上。我是說，他是喜歡奧斯卡，但我覺得他有時不知道面對奧斯卡的時候該說什麼。」

我不知道要怎麼回應，就只是點點頭，喝了口酒。看來我沒什麼選擇，只好伸進我的 Kate Spade 包包，拿出日誌排行程。

「好，」我打開日誌，指尖在下週行程上搜尋，星期六可以。「奧斯卡上午看來要去打獵。」莎拉挑眉，我哈哈笑。「不要問，我想這應該是別人送他哥的什麼『體驗式禮物』。我應該能在那時去看看傑克。」

她鬆了一口氣，肩膀也同時放鬆下來。「我不知道還能怎麼跟他溝通，現在我不管說什麼他都會生氣。不過他應該不敢對妳這麼放肆。」

桌上的手機響了，我和奧斯卡在泰國甜蜜的合照出現在螢幕上，我突然想到這可能會刺激到莎拉，覺得有點內疚。

「是奧斯卡想確認晚餐的事。」我盡快瞄了一下訊息；一想到傑克發生的事，讓我不想漏掉任何訊息。

「妳現在像極了標準賢內助喔。」她說。我不否認。我沒什麼在找之後要搬的地方，一部分可以說是受了傑克意外的影響；但說實話，我還滿喜歡共同生活的感覺，而且還不用負擔房租或家庭經濟支柱之類的重任。我知道這聽起來很不長進，但對奧斯卡來講生活就是這樣。再說，我不得不承認，和他在一起真的感到無比安全。我有時會想，這會不會太安全，太穩定。但坐在這裡和莎拉聊天，我才覺得真該感謝我的幸運星。

「好吧。」莎拉對著我手機點點頭，奧斯卡剛剛傳來他做的波隆那肉醬照片。「看來妳該回家了。」

我起身前給莎拉一個緊緊的擁抱，「他會沒事的，莎拉，我知道他會。他經歷了很多事，給他點時間。」

「看來我也只能這麼做了。」她說，肩膀一抖穿上外套。這幾天愈來愈冷了，倫敦街上的人們紛紛穿上冬衣。

「去享受陽光吧。」我好想跟她一起去，一起跳舞、一起歡笑，就像過去在德蘭西街無憂無慮、像個傻瓜那樣。

「我會替妳喝杯雞尾酒的。」她揚起笑。

11月3日

傑克

「傑克小子，客廳有你的訪客。」比利在門廊大叫。我在浴室，心不在焉地刷牙。不可能是莎拉，她在特內里費島曬太陽。也不會是工作上的人，因為，嗯，對，我沒有工作。希望不要又是我可怕的母親，如果真是她，而且比利在和菲爾一起去足球場之前讓她進門，那我絕對幹他媽宰了比利。我應該接受他們邀請，一起出門的。哦，等等，他們沒邀請我。說真的，不能怪他們了。他們現在要做什麼都不會找我，因為我一定會拒絕。說不定是蜜拉．庫妮絲。算她好運，我剛洗過澡。

「蘿莉。」我大吃一驚，嚇到在走道上停下腳步。她手裡拿著毛帽坐在沙發扶手上，紅色羊毛外套的釦子沒有解開。

「傑克。」她有點猶豫地笑了笑，眼神卻不是。

我立刻轉頭看看廚房，說不定她不是一個人來。「那位公子哥兒跑哪去了？」

「他叫奧斯卡。」她不耐煩地說。

我聳聳肩，不想花時間在討論那討厭鬼上，於是我換個話題。「咖啡？」

她搖搖頭。

「紅酒？啤酒？」

她都拒絕，只是脫掉外套，我則到廚房替自己拿了啤酒。

「很高興見到你。最近如何？」當我回來在沙發坐下時，她說道。

「棒透了。」我舉起酒瓶，「乾杯。」

我喝了半罐，而她只是靜靜坐著。

「確定不喝一點？」

「傑克，現在是早上十點半。」

我希望啤酒可以解宿醉。還開始後悔一下子丟了所有止痛藥，我現在都用伏特加來止痛，我知道不能一直這樣下去；我昨晚也喝醉了。

「妳是來這裡替我報時的嗎？我已經有手錶了。」我看向自己裸露的手腕，愣了一會後，想起自己有一段時間沒看到手錶了。可能埋在我房間裡某個角落；比利和菲爾堅持這裡要保持整潔，於是我的房間就成了「傑克專屬垃圾場」。蘿莉沒理我。天知道為什麼。她開始認真觀察我喝酒的狀況。

「不，我來是因為擔心你。」她從扶手滑到沙發座位，膝蓋朝著我傾斜。

「好吧，就像妳看到的這樣，沒必要。」我以手比劃，隆重介紹著身上乾淨無比的T恤。

「莎拉一定有跟妳說了什麼，但情況剛好相反，我沒有自哀自憐，在屎坑裡打滾；我洗過澡，吃過早餐，所以妳不需要來進行自殺防治之類的。」

「一件乾淨的T恤不能代表你很好。」她說：「如果你需要找人聊聊，我會一直都在，好嗎？」

我笑了，「要是妳想聽人訴苦，不如去慈善單位做志工。」

「不要這樣，好嗎？」她盯著我說：「夠了。」

「這就夠了？」我希望這嘲諷的語調夠銳利，「夠了？」

她抬起下巴，睜大圓眼看著我。「是的，傑克，夠了，我不是來找你吵架的，你沒必要這麼不友善。」

我瞥了她一眼，「工作怎麼樣？」

她呆了一會，好像跟不上我改變話題的速度。「嗯，是。」她說：「那份工作很好，我很喜歡。」

「太好了。」我用酒瓶指著她，點點頭。「不過我一直覺得妳能找到更好的，妳懂的，沒那麼幼稚的。」我一點都不喜歡現在的自己。我明知道這工作對蘿莉有多重要，她會表現出色。我無法想像，除了她還會有誰更適合這職位，全心全意替年輕人解答困惑，又不會因此輕視他們。我知道這些冒犯的話傷害了她。如果她能離開，對我們都好。

「是這樣嗎？」

我點點頭，「不過任誰都得要有個開始。」

「是，我想是的，」她說：「工作找得如何？」

哦，聰明。就在我覺得自己是個討厭鬼的時候，她回敬我了。「嗯，妳知道怎麼回事，一堆人在街上排隊要找工作，但我想再多看看。」

「如果收到面試通知，你可能需要買一把新的刮鬍刀。」

我用手擋著鬍碴，好吧，這已經不能算碴了，算是小鬍子了。我會把它處理掉。「妳來這裡是為了吵架嗎？是的話就開始吧。」

「不，當然不是，」她憤怒地說：「傑克，你聽好。每個人都在擔心你。莎拉、你媽……我知道那事故非常嚴重，失去工作也很糟，但你不能就坐在這裡擺爛。你不是這種人。」

我看著她說話，唇形改變，整齊貝齒。一定是啤酒的關係，我有點茫。「這麼多年了妳還是沒變。」聽到自己這麼說，我倍感意外，她也突然嚇一跳。「妳仍會讓我想起楚楚可憐的街頭孩子或是巴黎流浪少女的畫作。」

她呆住了，好像為了其他的理由，而不得不開口說些什麼。「莎拉說你把止痛藥扔了。」

「它們讓我麻木。」

「這就是藥的作用，傑克。讓疼痛麻木。」

我很生氣，它麻木的不只是疼痛，連我大腦都麻木了。我像穿著鉛鞋在走路的人，累到無法在床上抬起我的骨頭，除了下一餐吃什麼以及再過多久要睡覺外，我根本無法思考。就我所知，那跟喝酒沒兩樣。

「我很想妳。」我根本無意識到自己會說這樣過分的話，差點要回頭看看還有沒有別人在場。

她改變姿勢，跪在我前面，握住我雙手。「看著我，傑克，聽我說，讓我幫助你，讓我們幫助你，讓我再次成為你的朋友。」

她那雙紫羅蘭色的大眼睛，真誠地看著我，緊緊握住我手指。

「我們一直以來不都是這樣嗎？」我沒辦法控制自己說出來的話，「妳看著我的時候，是真的看到我了。我不覺得還有人能像妳這樣，蘿。沒人跟能跟妳一樣。」

她吞了口口水，皺著眉，目光往下，對目前談話的方向有點困惑，其實我也是。

「我能怎麼幫你？」她再次和我對望，又再度強調這點。「不然我們把你的目標列成清單，然後一項一項完成，好嗎？」

我現在唯一在意的就是蘿莉，「妳總是聞起來像夏日的花朵。是我他媽在這世上最喜歡的味道。」我在幹什麼？

「傑克……」

我非這麼做不可。這是我有記憶以來，第一次感覺自己像個男人，這感覺很好，像是沉睡了很久終於醒來一樣。我握著她溫暖又纖細的手，我做了自己唯一能做，但也或許是唯一不能做的事。我把唇放在她嘴上，吻上她，不知是我的還是她的雙唇顫抖著。她不知所措，有那麼一秒鐘一切都很完美，我捧著她的臉蛋，口中的唇如此溫暖。之後就不怎麼完美了，她扭身離開我，搖搖晃晃起身。

「天啊，傑克，你在幹什麼？」她呼吸急促，一隻手微彎，撐在臀部，好像剛跑完步一樣。

「這不就是妳來的目的嗎？」我羞愧中帶著惡意，用手背擦擦自己的嘴，好像剛才的吻很噁心。「趁機偷腥，不是這樣嗎？」

她嚇壞了，倒吸一口氣，兩手按在潮紅雙頰上。「我們當朋友這麼多年了，傑克．歐馬拉，要是你再這樣的話，我們的友誼就完了，明白嗎？」

「喔，真是高尚偉大啊，蘿莉。」我嗤之以鼻，站起來，往她跨一步，突然覺得這屋子好封閉。我被關在這裡好幾個月了，現在只想開門出去。我會一直走到孤島的邊緣，然後走到大海，直到一切結束。「這麼多年裡，並不是一直以來都這樣的，對吧？換成是妳碰到困難時標準又不同了，因為妳需要安慰，不是嗎？尤其是妳在傷心、疲憊、在困境中掙扎，在不幸中打滾的時候？」

她慢慢搖頭，淚水溢出眼眶。「傑克，別再說了，這不一樣，你知道的。」

「是啊。」我啐了一口，「是不一樣，因為以前是『妳』需要我，而我也沒有他媽的高尚到有辦法拒絕妳。」我指著她，「我以前同情妳，但現在情況倒轉了，妳他媽的就不願放下身段安慰我。」不是的，我說的都不是真的。我認不出這極為惡毒的失敗者是誰。我又往她邁進了一步，我不知道自己要幹嘛，她嚇得往後退。我從她瞳孔看到自己的樣子，令人作嘔。但在她後退的同時，我看到那該死的海星吊墜，並抓住了它。可能是出於非理性的理由，我想做點什麼來阻止她繼續往後。但她猛然一退，脖子上的項鍊突然斷裂。我看著那枚海星一會兒，然後扔到地板上。我們一動不動，瞪著對方。看著她起伏的胸腔，我聽見自己的血液在血管裡流動，就像水在沖擊岩石那樣。

她慢慢地，小心翼翼彎下腰，撿起那項鍊，目光一刻都沒離開我，好像我是隨時會發動攻擊的動物。

「快逃吧，海星，別再回來。」我語帶哽咽，我聽奧斯卡喊過那滿是憐愛的暱稱，那時他以為沒有人聽到。蘿莉啜泣，抽抽噎噎，轉身跑開奪門而出，離開公寓，退出我的人生。我從窗戶看著她跑遠，直到消失於視線中，然後我躺向地板，如同死屍。

蘿莉

傑克今天早上嚇到我了，不止，他讓我恐懼。如果莎拉問起，我不知道要怎麼回。我不知道他處於什麼狀態，情緒低落得很危險。天啊，一般來講他不是一個會動用暴力和惡言相向的人；看他那樣，我真的很害怕。

我到浴室裡挽起頭髮，扭轉身體，想確認後頸。沒錯，有個小小的痕跡，紅色的擦傷，在項鍊被扯斷前曾勒進我皮膚。我用冰冷的法蘭絨巾蓋住它，然後坐在浴缸邊緣。我不在乎脖子的傷，我很瞭解傑克，知道他不可能故意傷害我；再說這鍊子本來就很細，相當容易斷。但他的確扯斷了。還有他說出的話也是。別再回來。

11月12日

傑克

「我想訂一些……呃……花。」我在花店裡閒逛了幾分鐘，終於等到其他人離開。這裡已經充滿聖誕節的氣息，絲帶和冬青花環的裝飾，牆上架子都是大片紅色植物——人們會放在壁爐上，然後盡可能養活它，直到明年新年的那種。

花店老闆四十幾歲，穿著羽絨外套，紅紅的手指有龜裂傷痕，這裡冷到能呼出白霧。

「想要什麼樣的花？」她開口時仍在上一位雇客的訂單上塗塗寫寫。

「那種可以充分表達給對方知道『對不起我是大白痴』的花？」

她停下鉛筆，從眼神就看得出來她經驗老到。「紅玫瑰？」

我搖搖頭，「不不不，不要那種……浪漫的花。」

她眯起眼睛，「菊花適合更成熟一點的女士……像是母親？」

天啊，她是花商還是諮商師？「不是給我媽的，我只是想要能代表真誠道歉的，是要送朋友的。」

她消失到後面，然後拿著一個裝著滿滿牡丹花的玻璃盆，花色是奶油白和薰衣草紫。「像這種感覺的？」

我研究了一下，它們的顏色幾乎和蘿莉的瞳孔一樣。

「只要白色的就好，」我說，不希望引起不必要的誤會。「有沒有手寫卡片？可以隨附的那種。」

她拿給我一個隔成多個小格的鞋盒，區分出各類標籤，最大的一格上面寫著：我十分抱歉；看來我不是第一個也不是最後一個混蛋。我想找比較樸素的設計，然後抽了兩張出來。

「我要訂兩束。」我用頭比向她放在櫃檯後面的牡丹。

「兩束？」她揚起眉毛。

我點點頭。從表情看來，她這次一點都不意外。「要不要稍微來點區分變化？」

「不，兩束一模一樣就好。」我不管她會怎麼想，我不在意。要是兩束都一樣，到時候莎拉提起時，比較不會說錯話。

她聳聳肩，不予置評。「我只是送花的，客人的事我不會過問。」她遞給我一支原子筆，然後跑去服務另一個才剛進門，帶著「聖誕老人在此」的牌子，以及一束槲寄生的顧客。

我低頭看著小小的卡片，思考要怎麼在這小小空白裡，把想說的話都寫進去。幾個禮拜以來，我表現得像個豬頭。蘿莉上次的來訪是最後一根稻草，在她離開後我躺在地板上，想到我愛的人都很可能離我而去。太可怕了，人生這麼容易就失控。本來正要踏上青雲之路，下一個瞬間卻只能臉朝下，趴在地毯上起不來。從那天後我沒再喝酒，去請醫生幫我開更溫和的止痛藥。他建議我用輔導諮商的方式；我覺得還不是時候，不確定自己是否準備好對人敞開心胸講心底話。

莎拉，我寫道，這陣子我真是個蠢貨，妳就像天使把我重新拼湊回來。我會做出改變的——

傑XX。我立刻把卡片封入信封裡，免得「茱蒂法官」㉗在我身後偷看。然後在信封寫上莎拉的收件地址。

還有一張空白卡片在跟我大眼瞪小眼。

親愛的蘿莉？還是蘿莉就好？寫蘿呢？拿著筆猶豫不決。管他的，寫就是了，別想太多，希望一次OK。最多就是再花二十便士重買一張卡。

嗨，蘿莉，我為我的行為感到抱歉。我說的話沒有一句是真心的，除了「我很想妳」；那句外，其他都不是真心的。很抱歉搞砸我們的友誼——傑克（豬頭混蛋）X。

不算完美，但也只能這樣，因為花店老闆又回到櫃檯這裡，她看向我。我很快把卡片收入信封並填好地址，從櫃檯上推到她面前。

她在幫我結帳時一句話也沒說，但還給我信用卡時笑了，一個刻薄的微笑，像在說：你這個超級壞傢伙，我會做你的生意，但不代表我認可你。

「我會注意兩束不要寄錯。」她酸溜溜地說。

「我相信妳不會。」我說，沒心思回嘴。因為她是對的，我是個超級壞傢伙，不值得她們原諒。

㉗美國法律相關的真人實境節目，判決現實生活中的小糾紛。

11月13日

蘿莉

「有人送花給妳？快告訴我是誰送的，我要和他決鬥。」奧斯卡剛下班，掛大衣時注意到大廳桌上有一盆牡丹。剛收到的時候，我認真想過是否不要擺出來，因為奧斯卡一定會問是誰送的，我不想對他說謊。但我最後沒有這麼做。這盆花好漂亮，應該要讓人欣賞；雖然出自傑克．歐馬拉之手，但花本身是無辜的。總之我對奧斯卡的話一笑置之；我不知道他是真的對我們之間關係太有安全感，還是只因他人太好，總是看到別人善良的一面。不過話說回來，要是他真有把決鬥用的手槍，我也不會太意外。

「是傑克送的。」我手放在已經修好的海星項鍊上，我什麼都還沒跟奧斯卡說。

他把鑰匙放在花旁，佇足多看了兩眼，皺皺眉頭。

「前幾天我跟傑克有點衝突。」我說。那天從傑克公寓回來後，就一直在想要怎麼向奧斯卡交代；哪些事實能講，哪些得藏好。現在只希望想好的台詞能順利說出口。

他跟著我走進廚房，坐在高腳椅上，我倒了兩杯紅酒。只要他晚上沒有和客戶應酬，我們都會像這樣一起共度；我知道自己很像五〇年代的家庭主婦，但他常常工作到很晚，所以回家時我都會準備好晚餐和酒。感覺像是免費住在這裡，自己起碼能做到的回饋。至少現在是如此。總之，我不會很介意做這些；只要他沒要求我幫他弄暖拖鞋和塞菸斗，我就無所謂。而且烹飪會讓人感到安慰，尤其是經歷像這樣漫長的一天過後。我的工作內容是青少年的解惑信箱，裡面可不是只有學校舞會要穿什麼，或是一些生理期建議。今天中午，我信箱幾乎要爆了；我一直在研究暴食症，想幫助一名十五歲的男孩。他正在掙扎是否要隱瞞家人。我希望能幫上更多忙，有時會覺得自己好像沒資格做這工作。

「妳和傑克起了什麼衝突？」

「他這陣子讓莎拉很難受，」我說：「傑克自我毀滅的傾向已經到一個臨界點，就快越界了，正在邊緣掙扎。莎拉問我能不能幫她跟傑克聊一下，可惜過程並不順利。」

我的演講模式異常地快，好像我是站在舞台上的學生，想要在忘記之前，快點把排練好的台詞唸出。我突然意識到，自從認識傑克．歐馬拉後，我總是出於不同的理由對不同的人說謊或是隱瞞。

奧斯卡一邊品嚐著酒，一邊看著我從烤箱拿出準備好的燉肉。

「也許換個環境會對他有幫助。」我聽不出他的語氣是否有別的意思。

我點頭，「說不定需要度個假。」

他解開領帶和最上面的釦子，「我指的是更長遠一點的。一個全新的開始。」他停下來，認真地望著我。「例如搬去新的城市。每個地方都有廣播電台，不是嗎？」

有什麼詞彙能形容很多蝙蝠？積聚？瘟疫？啊，我想到了，一大群。我感覺胸口像有一大群蝙蝠，爪子倒鉤在我肋骨，一聽到傑克要搬到新的城市、重新開始，牠們就激動地拍打那薄膜似的翅膀。讓我很難受。離開對傑克來說會是最好的選擇嗎？他會去哪裡？莎拉也會一起去嗎？一想到會失去他們，我吞了一大口酒。我本來沒想要喝這麼多的。

「莎拉有工作，要她離開倫敦太麻煩了。」我溫和地說，從餐具櫃裡拿出碗盤。

他啜著酒，注視我。「有火車不是嗎？她可以繼續待在倫敦。」

奧斯卡從來沒公開提出對傑克的負面批評，我感覺他有意識地阻止自己說出口。我很清楚有火車交通，要是他們住在不同城市，可以搭火車去看彼此。只是我不希望情況演變成那樣。

「這也是種提案。」我說，希望他們倆都沒有這種想法。我是不是很自私？我看得出來這想法對傑克很有益處，如果重新開始，就不會背負過往的負面包袱：沒有意外事故，也沒有他停滯不前的職業生涯。這陣子，我甚至開始覺得自己某種程度上也算是傑克的「負面情況」。我們的友誼這麼脆弱，一下子就燒個乾乾淨淨；我回憶往事，不知道它們是否依然如我以為的真實。它感覺像真的，但那基於一個前提：我們都愛莎拉。奧斯卡沒有多說什麼，今晚空氣有一種不尋常的氣氛，像暴風雨前的寧靜。

「你今天過得怎樣？」我微笑，至少表面上看起來像微笑。

「很煩，」他嘆了口氣，「壓力很大，彼得還沒回來，所以我得完成他的工作，也沒漏掉我自己分內的。」

我有時覺得，銀行業並非真正適合奧斯卡。那不符合他的天性，所以會對他造成損耗，但我可能低估了他善於應變的應對能力，每天早晨他只要扣好肩上的紅色吊帶，就能搖身一變成了銀行家。哪個才是真正的奧斯卡？是在泰國光著上身的可愛情人，還是穿著上過漿襯衫的他？如果一年前問我，我會毫不猶豫說是前者，但現在我不太確定。雖然壓力大，但毫無疑問，他喜歡自己的工作。早出晚歸，他最快樂的時候是生意成交的夜晚。再過五年或十年，我會怎麼看？他會被企業世界吞噬，然後我再也看不到我的魯賓遜．克魯索[28]了？我希望不會，與其說是為了我，這也更是為了他好。

「你要不要先沖個澡？」我打開燉肉的蓋子，又幫他斟了點酒，然後把肉拿回烤箱再烤幾分鐘。「可能要再等一會。」

❖

一天結束，奧斯卡已經上床，我還在屋子裡走動，一一熄燈。在走廊裡，指尖放在檯燈開關，關燈前，看到那光線讓牡丹蒙上一層奶油色的光澤。真是賞心悅目，然而，已經有一片花瓣掉下來，落在木質地板上。花朵就是這樣，不是嗎？盛開時用盡全力吸引你的注意，就在你以為它是世上最精緻的東西時，它又在最短的時間裡，變得一點都不可愛。開始枯萎，讓水變棕色，很快你就會扔了它們。

我回到臥室，光著身子滑進被子，窩進奧斯展開的雙臂，雙唇抵在他的胸前。

---

[28] Robinson Crusoe，《魯賓遜漂流記》裡的主角魯賓遜。

2013

今年目標

前幾年，我的目標都是在出版業找到第一份正職。

嚴格來講，今年我不需要再訂這目標。但我仍私心希望工作能再好一點，不要限於回覆十幾歲的青少年心中煩惱，或是研究怎樣編出像凱妮絲．艾佛汀[29]的複雜髮型。不是說我不喜歡，而是這樣子會限制我的讀者群，我看不出未來可以有什麼發展。而且我也不怎麼喜歡小賈斯汀。

嚴格說來，我應該把找到新住所當成目標，因為我已經和奧斯卡同居六個月了，這本來只是過渡時期的安排。但其實我不想搬，他也不想我搬，所以目前沒這打算。我們之間好像沒有照著傳統關係進程跑，直接略過了好幾個階段，但我們一開始在泰國認識時就是這樣了。誰說愛情一定要有正確流程？愛情不是什麼正確數據，而是現實生活。沒錯，有時候他真的讓我很傾慕；他毫不隱藏，不停公開向我示愛。他到現在仍每個禮拜都會向我求一次婚，雖然百分之九十是開玩笑。但若我想要嚇他，開玩笑答應，我覺得他馬上會去預訂教堂。他很大方，也是個體貼的情人，像是十分安逸又穩定的大船。所以我真的不知道今年目標要訂些什麼，大概是盡量不要從船甲板掉下去，應該吧。

[29] Katniss Everdeen，系列小說《飢餓遊戲三部曲》之女主角。

2月8日

蘿莉

「妳確定食譜上有說要把整瓶蘭姆酒都倒進去？」莎拉讓我嚐嚐潘趣酒，我用玻璃杯裝了一點。「哇，快把我嘴巴辣翻了。」

她賊賊地笑，「可能稍微超標了一點。」

「好吧，要是派對不成功，至少大家喝醉後會失憶。」我審視了一下屋內。奧斯卡這禮拜大部分在布魯塞爾工作，如此一來，我就有很充裕的時間安排他的生日驚喜派對。他明天就二十九歲了。我小心翼翼地備好他母親準備的高價又精緻易碎的法式開胃小點。下午我和莎拉都在挪動家具，盡可能空出更多的空間。好在我們的公寓有片小花園；要是屋裡人太多，還可以到戶外去。但最好還是不要，外面很冷，天氣預報也說晚點可能會下雪。

「這派對會很棒的，」她去洗手間前回頭補了一句，「畢竟妳還找了這城裡最酷的DJ。」我聽不出她是真心的還是在挖苦。

和傑克在星期六發生的那次衝突，已經過去三個月了，謝天謝地，他似乎終於振作，而且也同意在奧斯卡生日派對上擔任DJ。更重要的是，他的老東家願意再雇他回去上班，只是職位沒有本來的好。莎拉不久前才提過，他正在找其他更好的工作。聖誕節後，我只見過他一兩次，也都不是單獨見面。第一次是一月，當時很尷尬；雖然他送的花很美，但我沒有真正的原諒他。但後來莎拉去洗手間時，他抓住我的手，乞求般向我道歉，看到他那緊張無神的雙眼，我心都碎了。我知道他是認真的。他傷害了我，不過他自己傷得更重。

我很高興地可以跟大家報告，他的鬍子終於拜拜了，那金綠色的眼睛又重新燃起希望。說不出來我有多寬慰；我有段時間不知道他是怎麼找到重新站起來的動力，把自己從崩潰邊緣拉回來。

莎拉還在洗手間，放在廚房檯面上的手機響了，我習慣性瞄了一眼，是路克的簡訊。

別以為到了晚上妳就沒事做了！我最後還是失敗了，我是個沒朋友的邊緣人，快來救我，莎莎！

我看著訊息好一會兒，腦袋嗡嗡作響，然後退開，盯著冰箱。我不想讓莎拉覺得我在窺探。那只是一個很中性的訊息，是友情，不是調情。我只見過路克一次，在莎拉公司附近的咖啡廳碰到他們，他根本不是莎拉喜歡的那一型；身材魁梧，肌肉發達，頭髮也蓬蓬的。但，莎莎這個稱呼？莎拉曾說過她會和路克聊天，他很健談。除此之外還有什麼別的嗎？莎拉回到廚房，我用眼角觀察，她看了手機後只是輕輕一笑，便把它塞回牛仔褲的口袋裡。我吃了一驚，但我也沒把自己每封簡訊都告訴她。更別說我有些事從來沒跟她提過。

「這跟我們在德蘭西街時辦的派對完全不同等級，對吧？」她倒了兩杯酒，欣賞這漂亮華麗的廚房。「妳變了很多，蘿。」

我對她的挖苦笑了笑，「妳不也是？」

「妳知道上禮拜我和誰喝酒嗎？」她斜著眼看我，這問法顯然不是什麼好事。「亞曼達・霍登。」

「不！」我抱著肚子，彷彿她捅了我一刀似。「我就知道！」

她用指頭掃掃自己的肩膀，對我揚起眉毛，然後忍不住笑出來。「我們只是剛好去了同一間酒吧。」

我翻了個白眼，「總有一天會實現的。」我是真心這麼覺得，總有一天她會從負責跨年倒數的連線記者晉升成午間新聞主播；然後會變成人們總覺得她很眼熟但想不起來在哪看過的人物；然後再過幾年，我要約她到咖啡廳見面時，她得戴著棒球帽和墨鏡來見我。

「妳要送奧斯卡什麼禮物？」

聞言，興奮的火花拂過我全身，我等不及看他收到禮物的樣子。「我帶妳去看，」我說：「快來。」我們沿著走廊到臥室裡，推開門。「就是這個，妳覺得怎樣？」床頭有一幅很顯眼的油畫，「這是我同事卡莉的作品，我把照片給她，請她幫我畫的。」

「哇喔。」莎拉不禁讚嘆，她和我第一眼看到時一樣震驚，卡莉不只成功捕捉到黎明的色彩，也精準地呈現我們在泰國海灘小屋的比例尺寸。這幅畫充滿生命和寧靜；光是看著它，幾乎就能聽到海浪拍打的聲音，彷彿像我們還坐在屋前台階看太陽升起，還能聞到濃濃的咖啡味。我第一次看到時差點哭了。

「我知道，」我捨不得移開目光，「天知道她怎麼會待在這家雜誌社，要是人們發現她的才能，要找她的人會排得整條街都是。」

「真希望我也有這樣的天分。」莎拉嘆息道。

「妳在開玩笑對吧？」我帶她走出臥室，咔嚓一聲把門帶上。「妳上電視時，光芒耀眼到我得遮住眼睛。」

「滾啦。」她說，但我知道她聽了後很得意。莎拉是個複合體，混合著聰慧和不確定性；前一秒她會昂首闊步巡視一切，興奮地像參加評比的賽馬，後一秒又會擔心自己在電視台上說錯話而痛苦。

「奧斯卡什麼時候到家？」

我看看時鐘，計算派對開始前有多少準備時間。「飛機是六點到機場，」我說：「到家大約是七點半吧？我已經約大家七點到場，以防萬一。」

她做了個鬼臉，「我真希望傑克會記得。」

她沒有加上「這次」。但我們都回想起幾個月前的那個晚上，我暗自希望這次派對會因為正面理由而讓人難忘。

傑克

我很確定莎拉認定我會遲到。我已經不斷道歉，但仍沒辦法贏得她的信任。她總是嘮叨要我找工作，現在我有工作，又開始嘮叨我都在忙工作。當奧斯卡出現在派對上時，已經有很多人會興高采烈祝賀他，有沒有我其實無所謂。誰會搞這些有的沒的？我以為只有美國片的情境喜劇才來這套。就算我沒去，莎拉自己就能搞定Spotify的播放歌單。再說，我很確定，奧斯卡心中那個「沒有你這就不能算派對」的名單中，不會有我的名字。無所謂。反正我的節目也不會邀請他。

就算這樣，出於某些理由，我還是準時到了。

我走到他們家的拐角，那棟有露台的優雅住宅已經映入眼中。我呼出來的氣都在我眼前起霧，但我仍盡可能拖延到最後一分鐘才進去，假裝喜歡他那群吵雜的朋友。也許我應該說是「他們」的吵雜朋友，因為是蘿莉和奧斯卡的朋友。這些吵雜朋友在這段時間裡所看到的奧斯卡，應該都和蘿莉形影不離。有時候會想，說不定她和比利在一起更好。至少他很搞笑，而且也不做作。莎拉和蘿莉不時會想來個四人約會，她們會像姊妹一樣大笑，而我和奧斯卡只能像鄰居一樣閒聊，還是那種互不關心的鄰居。並不是因為他是「自大村」的居民，而我則住在「音響村」，所以就不能當鄰居。而是不管我們生活在哪裡，我們就是不一樣，當不了朋友。我跟他之間唯一的共同點只有蘿莉。而她愈來愈像他們，愈來愈不像我們。

我在屋子外，考慮再往前幾步，但蘿莉在敞開的大門外招呼著我不認識的客人，她發現了我，手在半空中揮了揮。我又在外面晃了一下，等到客人都進去才悠悠過去，擠出一點笑容。

「蘿。」

「傑克，你來了。」

她克制住不去看錶，我也盡量不去看她鎖骨中間的海星，但失敗了。她手指動了動，把海星遮住，好像我一看到就會勃然大怒，會再度把它從脖子上扯下來。

「妳看起來很漂亮。」我說。

她低頭看著自己的衣著，像以前都沒注意到似的。這不是她平常的風格。深色復古造型，有藍色嵌邊的服裝，裙子在膝蓋處擺動。我想起以前在巴恩斯綠地的時候，陽光下的啤酒和摩天輪。

「謝謝你，」她在我臉上啄了一下，嘴角帶著猶豫不決的微笑。「進來，莎拉在廚房。」她領著我穿過鋪著瓷磚的大廳到門口，「她做了蘭姆潘趣酒。」

「她是不是放了超量蘭姆酒？」

她肩上的抖動讓我意外，這麼久以來這是她第一次發自內心對我的話發笑。「那可不。」

我們經過許多我不認識的人，有幾個我認得。例如奧斯卡那穿著花俏的哥哥，但我想不起他名字，還有他妻子。他太太的表情讓人覺得她三餐八成都是直接把檸檬拿來吸。節禮日[30]那天，我和莎拉在這附近一家酒吧見過他們。一如預期，奧斯卡會為了聖誕節包下整個場子。既然你能在只有少少幾個人的空蕩蕩地方，消磨時間，讓氣氛凝結，又何必和酒吧裡的酒鬼熱熱鬧鬧地呼吸同樣空氣？

奧斯卡的哥哥在我經過時，使勁握住我的手。「你看起來不錯，太好了，小伙子。」他說。平心而論，我記得他不算難相處。但我不會用同樣的描述形容他妻子。好像一咪咪微笑就足以讓她毀容似的，那細小的眼睛像在跟我說：別過來，給我繼續往前走。好。反正我也不打算和她說話；我不懂什麼健康藜麥，也不知道怎麼完美地煮鵪鶉蛋。

「傑克，這裡。」

莎拉，我的救世主。總算見到她了，跟這裡其他人相比，她應該好相處到爆。蘿莉碰了下我手臂，禮貌地告辭，我走進對我來說相對安全的廚房。莎拉穿著我之前沒看過的裙子，像平時一樣神采奕奕。那是黃色的緊身裙，和她的紅頭髮形成對比。

「那音樂是怎麼回事？」我問。她從冰箱裡拿了瓶啤酒給我，我歪著頭聽，這顯然不是我精心挑選的音樂列表。

「奧斯卡的朋友拿走我手機。」她做了個鬼臉，這時一個像奧斯卡一樣趾高氣揚的人走了進來。「就是他。」

「妳男朋友又發訊息來了。」他手裡拿著莎拉的手機。

男朋友？我伸手把手機拿回來。「乾杯，朋友。我要整理一下音樂播放清單。」

那傢伙看起來和某個名人有點像，他看了一眼莎拉。莎拉幫他倒滿酒，「現在音樂他負責。」說完用頭比了我一下，微笑著解除尷尬。

我順勢和那人握手，因為他站在我和莎拉中間，空著的手還無力地懸在半空，但我看到他身後的莎拉，神情有點慌張。

㉚ Boxing Day，聖誕節翌日，十二月二十六日，是英國與大多大英國協國家慶祝的國定假期。

「男朋友？」剩下我們兩人時，我平靜地問，把手機還給她。螢幕上正亮著路克發來的訊息。

「他說，今晚希望能見到妳。」

她對上我的目光，正要開口回答，此時蘿莉拍手示意大家靠近，看來奧斯卡剛下計程車。

「我們應該……」莎拉帶著歉意瞥了廚房門口一眼。

有人從門框邊伸手進來，關上這裡的燈，廚房裡一片漆黑。莎拉溜了出去，我則留在原地，回想剛才發生的事。

蘿莉

「驚喜！」

奧斯卡從前門進來，一打開燈，我們全都熱烈鼓掌歡迎。他表情先是不解，然後不可置信地大吃一驚，環顧擠滿客廳的賓客。大家都擠在他面前祝他生日快樂，我則在一旁微笑地看他開始擁抱他的朋友，對著朋友女伴在耳邊禮貌性地隔空吻頰。現在要辦一場真正的驚喜派對，絕非易事。手機和網路太容易走漏消息。過去這幾個禮拜，每次一有簡訊進來，我都會緊張地抓起手機，已經到了他就算懷疑我外遇也很合理的程度了。這都要感謝他對人天生的信任感，他從沒想過要盤問我，我今晚真的很開心，這讓我的驚喜大獲成功。他對我很好；慷慨又體貼。我沒辦法送他昂貴的禮物，於是我想找來他喜歡的朋友齊聚一堂，或多或少讓他這週末度過一個難忘的生日派對，來表達我對他的感謝。

「是妳安排的嗎？」他大笑，最後終於從重重人牆中殺出重圍。

「說不定喔。」我笑著，踮起腳尖吻他。「有沒有嚇一跳？」

他點點頭，看著我們的客廳。「有，好大一跳。」

「潘趣酒？」莎拉拿著兩只滿滿的杯子從旁邊冒出來。奧斯卡吻了她臉頰，接過其中一杯。

奧斯卡嗅了嗅，「我猜這是妳調的？」

「這是我的特製禮物。」

莎拉示意他一口乾掉，厲害的是他真的辦到了，奧斯卡睜著大眼猛點頭。

「這，喔呃，真的是全力一擊[31]。」他笑著說。我小啜了一口，不知道喝超過兩杯的人，要怎麼走出這裡。

「容許我先失陪一下，我站在你們之中，像個老古板。」他低頭看著自己的西裝。我緊張地抓著他手，沒想到他會想換衣服，那他一進臥室就會看到那幅畫。

「我和你一起去。」我說，看了莎拉一眼，有點慌張。

奧斯卡有點驚訝地低頭看了我一眼，「帥啊。」他摟住我的腰，「妳不是應該待在這裡比較好，畢竟妳是這裡最漂亮的女主人。」

[31] Punchy全力一擊和Punch潘趣諧音。

不愧是莎拉，她見狀後馬上伸出援手。「你們可以偷偷消失個五分鐘，要是有人問你們在哪，我會用潘趣什麼的來分散他注意力。」

我沒給奧斯卡機會開口，立刻拉著他到屋子角落，進入走廊。門還沒開，我小聲說：「你先閉上眼。」他不帶遲疑順勢照做，也許期待會有什麼限制級驚喜。我牽著他手進到臥室。「繼續閉著。」我警告，並把門關上，繞到他前面，想看他睜開眼睛後的表情。「好，現在可以睜開眼睛了。」

他眨眨眼，先是有點驚訝地看著我，也許是訝異我怎麼還穿著衣服。喔，希望身上這件沒讓他失望，我手貼著長裙慢慢放下，這件衣服我第一眼就愛上了，它讓我感覺像奧黛麗．赫本。

「我不是禮物，」我對著畫的方向示意，他正在鬆開領帶。「那個才是。」

他站在床尾轉身，盯著這幅生動的畫作。像透過窗戶看到另一個世界。我走過去，和他並肩，牽著手一起看。他緊握我的手指，然後爬到床上以便近距離欣賞。

「這是誰畫的？」他問。

「我一位朋友。」我也跪在床上，「你喜歡嗎？」

他沒有馬上回應，直直地盯著畫看，用指尖撫摸油畫上的凹凸表面。

「我們回去那裡。」他低聲說。

「好啊。」我囈語般地微笑，「明天這個時間就可以到了。」

手伸進他解開的襯衫裡，手掌蓋在他心口。「和你在一起很開心，奧斯卡。」他摟住我的肩，吻了我髮絲。

「我是說真的。」他說：「這是妳送我第二好的禮物。」

我抬頭看著他，「第一名是什麼？」也許我應該換件性感內衣。

他吁了口氣，不知為何我有點緊張，可能是因為他的眼神，本來奧斯卡跪在床上側對我，現在轉正身子，面向著我。

「我知道我已經問過妳一百次了，蘿莉，但這次我不是說笑，也不是鬧妳，」他握起我的手，水汪汪的深色眼眸。「我想帶妳回去那裡，但這次是以我妻子的身分，我想永遠和妳在一起，妳願意嫁給我嗎？」

「奧斯卡……」我感到天旋地轉，他吻了吻我手背，惶恐地看著我。

「答應吧，蘿莉，說『好』。」

我看著他跪在我面前，看到我人生下一塊重要的基石。奧斯卡．歐格韋－布萊克，我未來的丈夫。

「好，我願意。」

傑克

「那人為什麼會覺得路克是妳『男朋友』？」我背靠在冰箱上，問了個蠢問題。

莎拉聳聳肩，「我不知道，應該誤會了吧，傑克，算了。」

我看向別處點點頭，「也許是誤會，但我們還是要面對現實。妳這陣子和那位澳洲來的英雄走很近，不是嗎？」

她嘆了口氣，看著地板。「不要現在談，好嗎？」

「不要現在？」我重複她的話，笑著思考那句話是什麼意思。「為什麼現在不行，莎拉？不要在奧斯卡的派對上吵架，也不要談妳和那傢伙已經混在一起很久的事實？那位剛好在我昏迷時撿到我手機的人？」

這聽起來我是個忘恩負義的小人，也會讓莎拉覺得自己很差勁；我一點都不覺得自己說得好。

「不是這樣。」她抬起下巴，但眼睛已經出賣了她。「不要這麼自以為是，好嗎？我和路克或其他任何人都是清白的，該死的這你比誰都清楚，我不會這樣對你。但，傑克……」突然間，她的雙眼滿是淚水。「這個時間和場合真的不對。這不是小事。」

「當然了。」我說，但我不打算就這麼算了，因為那簡訊看起來一點都不像純友誼。「要不要我先離開一下，好讓妳回個訊？」

我知道自己應該先放下，一直以來，基於某些原因我們已經小心翼翼不去觸碰真相；看來今晚似乎已經行不通了。不是因為那簡訊，是因為所有一切。

「傑克，你知道嗎？我會回他訊息，我一定會，因為他不像你，他真的願意花時間跟我聊天。」

「我也有傳訊給妳。」我說，其實知道自己立場開始不穩。

「鳳毛麟角。不是你想做愛，就是你上班時發現有什麼東西忘了帶。」她說。

「不然妳還期望傳什麼？綿綿情話？」

我知道我聽起來很機車，但她也應該很清楚我近來很忙不是嗎？她自己也沒好到哪去。

「你知道嗎？好，你要我說實話，我就給你實話。我是有考慮過路克的事。他讓我開心，會聽我說話，他在意我，傑克。而你沒有，你已經很久沒關心我的事了，你只在意你自己。」

我要說的是，路克真他媽是隻豺狼，虎視眈眈，在我們關係有狀況時趁虛而入。

「我當然在意妳。」我突然接不上氣，因為派對上陌生人突如其來的無心言論，把維繫我們關係最後的一根繩子給燒了。慢慢地，這威脅滑過我鞋底，吸附上雙腿，進入我體內，我知道此刻應該伸手去抱她，但我卻被凍在了原地。這情況已經很長一段時間了，看電影時，它就坐在我們旁邊的座位上，出去吃飯時，它就在隔壁桌的空位上，入眠時，它就站在臥室的角落。

「你需要真正進入情況，去傾聽。」她說：「傑克，你已經很久沒認真聽我說話了，意外發生之前沒有，之後更沒有。」

我們之間隔著奧斯卡華麗的廚房，相互對峙，害怕下一刻將要發生的事。然後奧斯卡的哥哥揮舞著空酒杯，往莎拉方向搖搖晃晃走進來。

不愧是訓練有素的專業人士，莎拉拿杓子舀酒時，笑著和他說了些輕鬆的話。我定在原地看著她，然後到花園裡透透氣。

「你應該穿上外套再出來。」

十分鐘後，莎拉在我身旁坐下，我們一起坐在花園裡的長凳上。她給了我一杯酒。她說得對，寒風刺骨，明天肩膀的舊傷會有我好受的，但再怎樣也比在溫暖的公寓裡和一群人強顏歡笑來得好。

「我們可以把剛才的談話全都忘掉。」她膝蓋在長凳上碰碰我的，啜了一口紅酒。不愧是我的女孩，她一直忙著幫人舀潘趣酒，但她自己總是堅持要最好的。莎拉是我所認識最有型的女孩，真的無人能比。

「那妳想忘掉嗎，莎？」我問，內心有股東西我無法控制，我不想問，但卻仍說出口。「妳想假裝一切嗎？」

她看著酒杯，不語，閉上眼。我觀察她的側面，如此親切，那麼熟悉，淚水在睫毛上閃動。

「莎拉，說出來沒關係。」我說。此刻必須溫柔，因為這會同時重傷我們兩人。你不可能跳下懸崖卻毫髮無傷。

「怎麼會沒關係……」她聽起來像十二歲小女孩，我把酒放在地上轉過來面對她。

「因為妳就是妳，」她的髮絲遮住了臉，我替她將長髮撥到耳後。「這麼讓人驚豔又漂亮的妳。」

她哭花了臉，「你也仍是你。固執又帥氣的你。」

很長一段時間，我都覺得自己很差勁；這很可能是幾個月來，我替莎拉做的最體面的事。真希望心不要這麼痛。

「我們在一起很開心，不是嗎？」她握住我的手，冰冷的手指抓著我手。

眼前浮現靠在電梯裡的她，壓著停止按鈕，直到我答應主動約她共進午餐。

「真的很開心。莎，曾經接近完美。」

「有人會覺得，只要『接近』就夠了，」她說：「這世界上有數不完『接近完美』的戀人。」她聲音猶豫不決，看著我的臉。我明白她的意思，連我也猶豫了。我無法想像沒有她生活會是什麼樣子。我又會是什麼樣子。

「對妳而言夠不夠好？」我問。要是她點頭，我立刻就帶她回家滾床，如此一來我也覺得足夠了。

她沒有回答，不是因為不知道該說什麼，而是知道一旦說出口，就永遠覆水難收。

她倚著我，頭靠在我肩上。「傑克，我一直以為我們會永遠愛著對方。」

「我們會的。」我說，感覺到她正在點頭。

「我不想說再見。」她小聲說。

「我們先別說，」我說：「再跟我坐一會。」我最後一次抱著她，「我永遠替妳感到驕傲，莎拉。我會在新聞上看到妳，我會想著，就是這女孩，這永遠改變我人生，燦爛耀眼的女孩。」

實在不想承認，我也掉淚了。

「我會在廣播上聽你侃侃而談，想著這就是他，永遠改變我人生的聰明男人。」莎拉說。

「看吧？」我用拇指輕輕擦乾她的眼睛，「我們離不開彼此，就算想嘗試也辦不到。我永遠在妳人生中的後台，而妳也永遠會是我人生裡的背景。我們相識太久，沒辦法說停就停。」

我們在那裡坐了一會兒，靠在一起，看著午夜的第一片雪花從空中飄下。沒有結婚戒指要歸還，沒有財產爭奪，也沒有在停車場吵著要小孩監護權。單純就只是兩個即將要分道揚鑣的人。

我們當中得要有人去做這件事：起身，離開。我知道得是我。她已經堅持得太久了；我必須讓蘿莉保護她。有那麼一秒的猶豫，我想把她抱在懷中，但我覺得自己辦不到。我身體的每一部分都想留在這裡。但最終，我吻了吻她的髮，起身離開。

2月16日

蘿莉

「我做了些三明治。」

派對後已經過了一星期。奧斯卡向我求婚後，莎拉和傑克分手了。派對非常成功，當然了，莎拉的潘趣酒幫了大忙。就連費莉絲蒂也在一起舉杯時喝了潘趣；半個小時後，她放下髮髻找人抽雪茄。蓋瑞為了幫她再拿些潘趣酒，急得差點摔斷腿。訂婚的事，本來想讓父母第一個知道，但走出臥室後，就聽到有人說：「我知道你們在裡面幹嘛！」奧斯卡忍不住立刻承認，「沒錯，求婚！」他大喊，在場所有人都鼓掌，親吻我們。

當然，我第一個想報告的人是莎拉。她哭了；我當時以為那是幸福的淚水，酒後的真情流露。我連傑克提前離開派對都沒注意到，也許是我太沉浸在自己的快樂，沒意識到花園裡發生的分手風暴。了不起的是，莎拉對自己重大又毀滅性的情況，隻字不提。事實上，她根本沒告訴我；說的人，是傑克。他昨天打給我，問我莎拉還好嗎，因為她一直沒接傑克電話，於是我問他怎麼回事。之後我就一直等著莎拉，等到她跌跌撞撞地下班，帶她回來，現在她窩在我們的沙發上，包著毯子。「德蘭西特餐。」我遞給她一盤三明治，順勢滑進毯子裡，坐在她身旁。奧斯卡識趣地不露臉，要是莎拉有心情的話，我們可以一起看一堆垃圾電影，痛飲紅酒，大吐苦水。昨天下班時，她的樣子像整個星期沒吃東西，像個鬼一樣。

「好久沒吃到這個了。」

「好幾年了。」我說。她說得對，我們在倫敦碰面時都在高級餐廳或是雞尾酒會，我懷念過去舒適的夜晚。「但我可沒忘了怎麼做。」

她翻開其中一個，看裡面的餡料。「妳沒有忘記蛋黃醬，」她小聲說。我希望她能吃幾口。「傑克一直都不喜歡這個，他討厭藍起司。」

我點點頭，不知道要說什麼，因為我對傑克．歐馬拉有點生氣。他沒有好好解釋莎拉到底出了什麼事，只說了什麼「差一點仍不是完美」，說他們是什麼「百分之九十的伴侶」。我那時可能稍微尖銳了點；我還回他，堅持百分之百是不現實的，是危險又幼稚的行為，最後很可能這輩子只能擁有速食的短暫浪漫，就像這輩子只能吃麥當勞之類的速食餐。莎拉還是沒告訴我細節，但我想給她時間，等她想主動開口再說。

「我做了很多，夠我們吃。」我接過盤子，但又放在她面前，明示她拿一個三明治，之後我才將盤子放在沙發旁。她一副「別以為我不知道妳在想什麼」的樣子。

「我不會絕食讓自己餓死的。」但她一口也沒咬，「妳別擔心。」

「妳知道這是妳說過最蠢的話，對吧？」我邊吃邊用頭示意她也照做。她像個十幾歲的孩子，翻個白眼後咬了一小口。

「看，我咬了喔，滿意了吧？」

我嘆了口氣，放下三明治，拿起紅酒。感覺這種情況，酒精會比起司更有用。

「妳還是和傑克聯絡吧，至少發個簡訊給他。」我說。過去的一小時，傑克不斷用簡訊轟炸我手機，一直問我莎拉怎麼樣。「我說我們待在一起。他很擔心妳。」

「我不知道該對他說什麼。」莎拉頭靠在沙發上，毯子夾在腋下，像躺在床上一樣。奧斯卡的沙發後背是活動式的，我們把它傾斜到底，幾乎和躺著沒兩樣。「在一起三年多，但卻不知道要對他說什麼。」

「妳不用跟他談話啊，只要發個訊息給他，報個平安。」雖然我還不清楚整件事的來龍去脈；說不定他就是活該一個人著急到死。

「我會的，」她說：「晚點。」她嘆了口氣，問我傑克狀況怎麼樣。

「可以說是很擔心？」我說：「他沒說什麼，大概是想讓妳自己看著辦。」

「我不想讓妳覺得被夾在中間，蘿。妳不必和他斷絕往來。」

她的話在我聽來格外諷刺，這麼多年來，我一直都被夾在他們中間。

「妳要和他斷絕往來嗎？」我問。

她扯著毛毯上一根鬆脫的線，「我想非這樣不可，至少先這樣一陣子。我不知道怎樣才能和他像普通人那樣相處，妳懂嗎？過去的十二個月，我一直都為了各種大小事在怨恨他，終於可以停了，但現在我一個人也不知道該怎麼辦。」

「十二個月，很長的痛苦期。」我很驚訝，她一整年都過得不開心，我完全沒意識到。當然了，在傑克車禍前，我知道他們都很忙，壓力也很大，而傑克有時候很討人厭，但任何一對情侶都會有不順的時候不是嗎？我覺得自己是個不盡責的朋友，只顧沉浸在愛情泡泡中飄蕩。

「我內心都把錯怪在他身上，蘿。也許是因為我們見面時間愈來愈少，也可能是距離愈來愈遠，因為彼此生活不同。那場車禍本應該是個警惕，但卻沒人發現，反而讓事情愈來愈糟。然後我還為此責怪他，認為他墮落、不肯振作。」莎拉頹喪地說：「我想，責備別人總是比責備自己容易。我也很少在他身邊，要是更努力試著和他溝通就好了。」

我發現自從接到傑克電話後，我就把責任都推到他身上；他沒有說分手是莎拉的意願，我當然知道事情不是非黑即白，但我一直以為是傑克提的，因為莎拉並非他心目中百分百的理想對象。聽到原來不是這樣後，我鬆了口氣，但又同時感到焦急不安。

「我不覺得檢討是當務之急，」我說：「現在妳只要照顧好自己，確保自己沒事就行了。」

「我已經開始想他了。」

我吞了口口水，點點頭，其實我也是。這點很奇怪，我很少見傑克，這個人總是以一種背景的姿態出現。莎拉和傑克，不然就是傑克和莎拉。這兩個名字已經是我連在一起使用的詞。一開始是被迫，最後成為習慣。現在只剩下莎拉，或是傑克。這兩個人已經不能連用，想到他們分開各自，我就更難過，不知道該怎麼表達。

「也許過一陣子，你們想法會改變？說不定妳只是想休息一下？」我說。自己好像夾在離婚父母中間的孩子。

她幽幽淺笑，像是知道這絕不可能。「不會的，至少我不會。」她在喝酒之前，望著手中轉來轉去的杯子。「知道我為什麼這麼說嗎？」

我搖搖頭，「不知道。」

「因為有一部分的我鬆了口氣。」她看起來不像鬆口氣，像是洩了氣。「別誤會，我是真的心如刀割。甚至不知道沒有傑克日子要怎麼過。但我有一點……」她停住，看著自己的手。「如釋重負，放鬆了，某種程度上來看，愛上傑克是一件非常辛苦的事。」

我不知道要怎麼回應，只是聽她繼續說下去。

「哦，他很可愛，天啊，也真的很帥。但我一回想這整段關係，就像幾百萬次的微小妥協，不管是他或我都一樣。唯有如此，才不會讓差距把我們拆散。這是一種持續性的努力，我不知道這種感覺是不是愛，妳明白嗎？我不是說兩個人在一起不該努力……但這種努力……像在扮演一個……和真正自己有點些微不同的另一個人，並非全然做自己。我看到妳和奧斯卡在一起，你們兩個相處是這麼自然這麼好，好像不需要磨合什麼，天生一對。」

此時，我知道傑克和莎拉再也回不去了。我從來沒發現——他們的愛看起來那麼容易。其實我也身心俱疲，一部分是為了我，但更大一部分是因為擔心他們。感覺我生命的一部分正在分裂，就要飄向外太空。

「我能做點什麼？」我問。

她淚水盈眶，「我不知道。」

我等著，讓她靠著我肩膀哭出來，輕撫她的秀髮。

「妳，可……可以……做一件事。」

「說吧，什麼都行。」好希望能幫上忙，我討厭這種無能為力的感覺。

「蘿，妳能繼續當他朋友嗎？拜託了？我怕他又把自己一個人關起來。」

「當然了，」我說：「妳是我最好的朋友，但我也很關心他，如果妳希望我這麼做，那我一定會的。」

我抱著莎拉的頭往我肩上靠。聽到莎拉呼吸變緩慢，像睡著一樣。我也閉上雙眼。還記得第一次見到莎拉那天，還有第一次見到傑克時，這些年來我們的生活變得複雜又混亂，我們像是個三角形，但兩邊的長度一直在變化。從來沒有對等過。也許是時候學習怎麼獨立，不再相互依靠了。

4月20日

蘿莉

「妳一定要站在我這邊，」我邊說邊推開位於匹黎可的新娘精品店大門，我緊抓著莎拉的手臂。「我媽想把我打扮成結婚蛋糕上的小人偶，但我只想要簡單一點，那裡只是小教堂，不要讓她整我，穿著不合適的禮服步入禮堂。」

莎拉揚起笑，「我還挺喜歡那些閃亮亮的東西，我想妳穿的話會很好看。」

「我認真的，莎。她就快要打電話給《吉普賽婚禮》[32]裡的女人，看能不能立刻安排我上節目。看在老天分上，不要推波助瀾。」

我們笑嘻嘻地走進精品店，我媽已經在跟銷售助理談細節了。那名助理大約五十幾歲，風韻猶存，脖子上掛著捲尺。

「她來了。」媽媽看到我們走來，微笑著說。助理看到莎拉後眼睛一亮，後來發現我才是新娘，眼神明顯變黯。我敢肯定，她有一百萬件禮服適合像莎拉那樣曲線優美，身材高挑的人；而我只是個高子不高，三圍平均的女人，需要費盡心思才能讓我脫胎換骨。助理的眼鏡就插在她紅

[32] 英國結婚實境秀。

褐色的高髮髻上，在我把外套掛在她推來的衣架時，趁機戴好眼鏡打量我。

「所以，妳就是我們的新娘！」說得好像我的結婚對象是她一樣，語氣有點誇張。「我是格溫達，在這裡也被大家稱作神仙教母！」

我淺淺一笑；如果說我對婚禮相關行業有什麼認識的話，那就是幹這行的人都完美地營造了一種永遠興奮的假象，例如說：沒有什麼比得上讓客人的夢幻婚禮成真更讓他們高興的了。我懂我懂。愈多的夢幻飾品，就等於愈多的錢。光是標上個「婚用」二字，價格馬上比其他東西貴三倍。想要在門前放兩棵月桂樹嗎？沒問題，一對五十五英鎊。等等，是婚禮要用的嗎？喔，好的，那我在盆子上繫個彩帶，然後收你兩倍！但我已經知道他們在玩什麼把戲了，盡量不到最後一刻，不丟出我的「新娘炸彈」（如果真有這種東西的話）。再說奧斯卡本就沒有特別喜歡儉樸路線；他和他媽媽完全陷入禮婚狂熱之中。我很難控制住他們。要是他們聽得進去的話，我真正想要的是一場小型婚禮，不是大多數人所嚮往的那種，我說真的；一場小而精緻的婚禮，只有我們和最親的人。我真正希望在身邊的人，只有直系血親，以及傑克和莎拉，幾位仍保持聯絡的老同學。至於我同事們，他們是很好，但沒有好到我會想請他們參加我的婚禮。不過，我希望什麼並不重要，反正就目前看來，我最後會得到一個奢華的公開婚禮。我並沒有堅定的宗教信仰，不過似乎非在教堂舉辦不可，最好還是和奧斯卡父母當年結婚同一座教堂。雖然露西爾自己的婚姻並不理想，但這仍是需要維護的家庭傳統。

很高興至少我保住了婚紗和莎拉的伴娘禮服選擇權，相信我，之所以這麼說絕非空穴來風。這幾個星期以來，我未來的婆婆露西爾一直傳婚紗連結給我，全都是適合凱特王妃穿的。或更精準來講，應該是奧斯卡前女友適合的，她叫克莉西達。奧斯卡很少提到她，希望露西爾也能這樣；露西爾把他們的合照放在客廳相框裡，很自然地就放在鋼琴上，會說「自然」是因為克莉西達是鋼琴才女。她手指又細又長，就像她的身材一樣。

格溫達說：「我發現心形領口最顯豐滿。」同時憐憫地看著我胸部。

莎拉轉過身，躲在由禮服排列出來的衣牆之後，因為她實在忍不住笑。這是今天第二次有人讓我覺得自己的胸部「有待加強」；第一次是買新娘婚用的胸罩時，也有同樣讓人沮喪的購物體驗，當然了，它的價格也是普通內衣的兩倍。我被困在這件有八種不同綁帶方式的巴斯克連身胸衣裡，還不確定能不能脫下或是去上廁所，現在還聽到格溫達對我擁有的女性資產搖頭，實在很煩。天啊，母親大人，快插手阻止她。

「我非常同意，格溫達，」她微笑著，「蘿莉遺傳到我。」接著低頭看看自己的胸口。「不然我們先自己看看，等一下再回來找妳？」

格溫達眼神一動，眼睛在牛角框眼鏡後面快速眨著。「請便，女士們。妳們預約時間有整整一小時，慢慢來，不急。」她走到櫃檯後，抬起頭來。「如您所知，我們這裡都是自有設計從不外包，不會讓您因擔心衣服在改短時出錯而睡不著覺。」

太好了，現在我不但胸部扁平還兼身材矮小。她果然是某種神仙教母。

「莎拉，親愛的，近來如何，忙些什麼啊？」我聽到媽媽低聲問候，手越過婚紗，搭在莎拉肩上，我假裝沒注意她們。這幾年莎拉和我媽見過幾次面，她們之間有一種幽默，靠著說我閒話來維繫她們的關係。

「還不錯，海倫，謝謝妳。我就只是繼續做事，保持忙碌。」莎拉擠出小小帶著感激的微笑，來強調自己的話。自從莎拉分手後，這幾個禮拜以來，我和莎拉飲食變得不那麼健康，都在喝紅酒，好在最後她都挺下來了。至於傑克，我就不太確定了。我們後來見過兩次面，一起喝咖啡；當然了，莎拉也知道。我答應莎拉，跟傑克見面時一定要告訴她。但我沒告訴她細節：他們分手後，我和傑克首次見面時，他看起來糟透了。第二次見面時更糟，好像晚上幹了什麼壞事，隔天帶著罪惡感出現在咖啡廳。我想每個人都有自己應對的方式，但他那個樣子讓我感到不安。

我正在想怎樣讓我媽離那五呎寬的寬裙遠一點，結果是格溫達意外地搭救了我。

「我說媽媽，」她透過眼鏡看過去，大聲地喊：「那些束腰長裙會淹沒我們嬌小新娘的。」現在輪到我把臉埋在衣牆中偷笑。格溫達叫她「媽媽」，這是婚禮店常見的情況，所有人都以在婚禮中的身分行為稱呼。新娘、新郎、新娘媽媽。

莎拉歪著頭，又慢慢點頭。「我覺得格溫達說得沒錯，我們不會想讓蘿莉穿上這些裙子吧？她會不平衡，活像會走路的捲筒衛生紙。」她輕快地勾著我媽的手臂，拉她過來後，對我眨了個眼。我笑了，但也怒瞪了她幾眼。不是我不領情，但，「捲筒衛生紙」？今天還有誰想多說幾句侮辱我的話嗎？婚禮雜誌上信誓旦旦地保證，這會是我一生中難忘的購物經歷。我很確定上面有提到淚水和香檳。就今天這情況我不抱太大希望，可能會有痛苦的淚水還有用來壓驚的烈酒。

「這件怎麼樣？」莎拉拿起一件銀白色的，上面的裝飾花紋是反光材質。這件很漂亮，細節也很到位，底部看起來像魚尾。如果是莎拉穿上，那會驚豔所有人。我很想說要是她能穿上會有多漂亮，就像美人魚新娘。但我突然想起，那年聖誕節傑克和我幫她挑的聖誕禮物，那只連鏡粉盒。我最後還是忍下，沒給反應。說真的，我最不想回憶起的日子就是那天下午。莎拉和傑克分手後，沒有陷入自怨自艾，我很為她驕傲；她一如既往地展現自己最好的一面，我知道她有和路克出去幾次，雖然她不怎麼想提。我想他們都不急著定義彼此之間的事，現在還太早，但總之，我很高興路克參與在她生活中。

「我想要更簡單一點的。」我一件件翻著衣架。後來花了十分鐘挑出候選新娘禮服，有的是她們喜歡要我試試，有的是我自己喜歡。雖然我不太喜歡這過程，但非得要經歷這些的話，我想不出來除了媽媽和莎拉外，還會有其他更適合的人選。昨晚我情緒有點低落，想到要是金妮還在會是什麼感覺。還好，我還有莎拉。

格溫達悄聲過來，輕輕拍手。「看來我們進展很順利。」她說，眼睛看著那金色移動式衣架，那是她早先隆重推來備用的。「媽媽、伴娘，這邊請。」她牽著她們手臂，像個獄警用鋼鐵般的力量領著她們穿過布簾。我呆站在原地一會兒，後來抵擋不了好奇心，探頭出去看發生什麼事。哦，我懂了。原來香檳指的是這個。媽媽和莎拉坐在霧粉紅的天鵝絨寶座，一位年輕的助手把裝著冰香檳的玻璃杯拿給她們。

「女士們，如果需要再斟滿，克洛伊會代勞。」格溫達眨眨眼。我注意到了莎拉，從眼神看得出來她正樂在其中，迄今為止我所受到的羞辱一下子都值得了。這幾個禮拜以來，我第一次看到她這麼開心。我本來還很緊張不知道是否要邀她，結果她主動開口，真像她的作風。看著她現在蹺起長腿，大口喝著香檳，我真高興她有一起過來。

格溫達深深一鞠躬，好像我們是即將要演出的演員，要回到幕後。「我現在把新娘帶走，施一點魔法！馬上就回來。」她瞥了一眼她的助手，「克洛伊，紙巾準備好！」

克洛伊拿起花盒裝的面紙，有模有樣地把它放在媽媽和莎拉中間的玻璃桌上，這行雲流水般的動作就像在表演。我被拉開的時候，匆匆回頭瞥了一眼，她們正舉杯敬酒，不顧我死活。

格溫達建議先穿我媽幫挑的禮服，我沒什麼好說的，這是她的秀。格溫達讓我脫掉身上的巴斯克連身胸衣。她就站在我身後的更衣室裡，手上掛著裙子。這裡說的「更衣室」不是百貨公司裡的那種隔間，而是真正的「室」。裡面牆上都是鏡子的真實房間，就像音樂盒裡的芭蕾舞者，被鏡子圍繞那樣。

「這件禮服叫做『薇薇安』。」她用法語發音讀出名字，然後把裙子抖開，上面反光亮片顫抖出的光芒在房裡四射。這比我自己挑的得還要華麗講究，上半身是緊身馬甲，有大量珠子裝飾，裙子是層層相疊的紗裙。她正在解開禮服，我依著指示小心站[33]進禮服裡。我看著自己的倒影，她慢慢地用夾子在背後把我固定在裡面，讓腰部收緊，拍動展開層層裙網。

鏡子裡奇怪的事情發生了。我看著自己慢慢變成了新娘。太讓人震驚。我本來被捲入奧斯卡和他母親的狂熱中，不知在什麼時候，我都忘了這是我自己的婚禮，一輩子唯一一次的婚禮。

格溫達正看著我，精明的藍色眼睛從我身後望來。

「看來妳母親選對了。」她突然嚴肅起來。

「不是的，」我目不轉睛看著鏡子，彷彿它是面魔鏡，裡面反射出自己的另一個樣貌，覺得裡面的新娘好像會對我眨眼，她看起來好陌生。「這是……我……我……」

「新娘？」她胸有成竹地笑著，「許多女性在穿上第一件婚紗時，都會很驚訝。這是很特別的一個時刻，不是嗎？」

我不確定格溫達是否真的理解，但我自己也不太能清楚表達出來，所以只是點點頭。

「天啊！要是連妳都這樣，想像一下新郎會有什麼感覺。」她喃喃道，可能她對所有服務過的新娘都這麼說。「他會站在那裡，那個妳夢寐以求的男人在聖壇那等著，正要轉身，即將要看到他嬌羞的新娘。」充滿戲劇效果的嘆了口氣，「多珍貴的一刻。」

我一動不動地站著，清楚地聽著她說的話，奇怪的是，我在鏡子裡看不到這些詞語中的畫面。我想像自己在奧斯卡眼中的樣子，所有賓客都在看著我走上紅毯。

「我不喜歡這件，」我突然喘不過氣，「拜託，格溫達，幫我把這件脫掉，我快喘不過氣，太緊了。」

她嚇一跳看著我；她八成以為她那戴滿寶石戒指的手把我勒得太緊了。的確，在她提到「妳夢寐以求的男人」之前，一直都勒很緊。

幾個小時後回到家裡，在浴室裡脫光衣服，淋浴器開到最大，強力沖擊。真是一場災難，我沒辦法在精品店裡感到振奮，試了試其他衣服，沒有一件是雜誌裡談到那神秘的「命運的禮服」。格溫達試著說服我再穿上第一件，但不管是為了愛還是為了錢，我都不會再穿它了。

㉝大部分婚禮禮服是鋪在地上，請新娘由敞開的領口站入後再拉起。

我把水溫調得比適溫更高一點，站在水滴中，讓它從我頭上落下。我對自己非常失望，不是我不愛奧斯卡，也不是不想嫁給他，不是的。只是覺得挫折。以前那種「一見鍾情」的感覺還在，就像一種肌肉反射動作。

也就是說，當聽到有人提到「夢寐以求的男人」，我心裡想到的是傑克·歐馬拉。

4月23日

傑克

我看到她時，她正站著看向櫥窗。我出現在這裡不是巧合，而是特地在她工作的地方閒逛了一段時間，希望能在她吃午飯的時間碰到她，她現在就在那裡，打著黑色粉色相間的雨傘在擋雨。我立刻向前，免得在人來人往的街道跟丟了她。她轉進街道一角，我急忙追趕，差點在轉彎處撞到她。

「蘿莉。」

她回頭，看到我突然出現先是皺皺眉頭，然後笑了笑。

「傑克，」她踮起腳尖親吻我臉頰，「你在這裡幹什……」她話音漸弱看著我。我遲了一會兒才意識到我們正站在一家復古的服裝店前，櫥窗中間的假人模特兒正穿著婚紗展示。

「妳是……」我對著它點點頭，好像基於某種原因，我們都用不完整的句子溝通。

「不，」她一邊搖頭一邊看向那衣服，「嗯，是的。我有點在意這件。」

「妳是需要一件禮服，」我說：「日期定好了嗎？」

她點頭，看回窗戶。「十二月。」

「哇，今年聖誕，」我小聲說：「太好了，蘿，真是……太好了。」為什麼在我需要的時候，我那滔滔不絕的口才就消失了，太好了，我可以在節目裡一連說上幾個小時，但現在這情況又啞口無言。「妳有沒有時間喝杯咖啡，躲一下雨？」

就在我們站在櫥窗前時，裡面有人過來把婚紗的價格標籤翻了過來。我看到蘿莉畏縮了一下，我發現她不是閒著在亂看，是真的很喜歡這件衣服。我不是這方面的專家都看得出來，這件有些獨特之處；這不是其他女生都想穿的迪士尼公主裝。

「還是說妳想進去？」我抑頭對著店示意。蘿莉咬著下唇在看那婚紗，猶豫不決。「如果妳不介意，我可以等妳。」

她看了我一眼又回去看衣服，微微皺起眉頭。「這太愚蠢了，我試過很多件，沒有一件看起來是對的。但這件有一點不一樣。」她在說話時，有一名正在看衣服的顧客拿出手機，拍了張照片。

「我想我會進去看一下，」蘿莉決定了，「你時間上充裕嗎？可以在附近逛一下？」

我今天最重要的事，就是要和她談談，我同意了。站在外面閒晃，心裡不知道要幹嘛。她把雨傘收起來推開店門，回頭看了我又看了昏暗的天空。

「你還是進來好了，雨不會停。」

她說得沒錯。和她在一起對我而言是件奇怪的事。我替這位一直在看婚紗的女性友人推開大門，她走進店內時眼中閃過一絲放心的眼神。我小心翼翼地跟在後面。這裡和我想像的不一樣。背景音樂播放著四〇年代的搖擺樂，不太引人注意，彷彿有人開著無線電。無線電和我自己的時光好像也跟著倒流了。敞開的大衣櫃裡展示著上個年代的衣服，梳妝台上像有人把抽屜整個抽出來，把裡面的珠寶全部翻倒在檯面上一樣，任其隨意散落。好像在戰爭期間的更衣室，在空襲時，被遺棄的房間。

蘿莉現正站在那件婚紗旁，手指翻著價格標籤。店員靠近她，我止步不再往前，過了一會兒，假人從展示窗裡搬下來，好讓蘿莉看得更仔細。她慢慢地繞著它轉，嘴角不經意地上揚。毫無疑問，她打算買下它。店員一定是問她要不要試穿，因為她突然一臉擔心地轉頭看我。

我走過去，她問我：「你時間還夠嗎？」

這不是那種匆匆買了就走的商店，在這陰暗潮濕的下午，店裡現在只有我們，於是我點點頭。「試試看，不穿怎麼知道合不合適，不是嗎？」

店員領著蘿莉走到後面更衣室，她小心翼翼地把衣服從假人身上扒下，而我則東看看西看看。有一座桃花木的衣櫃裡都是義大利西服，灰暗色調老派剪裁。完全就是法蘭克．辛納屈和狄恩．馬丁那種風格。我轉身看看這裡有哪些帽子，並對著鏡子試戴一頂寬簷紳士帽。

「你現在應該迴避一下，」店員笑笑說，慢慢走來，順手整理一雙閃亮亮的雕花皮鞋。「新郎在大日子前看到新娘禮服，不吉利的。」

我想起幾年前那次蘿莉生日，那時摩天輪的服務生也以為我們是一對。「我不是新郎，」我說：「只是朋友。」

「啊。」她表情亮了起來，但眼睛一直盯著我。她很美麗，是那種落落大方的漂亮。「她真幸運，會有男性友人願意和她一起買衣服，要是其他男人早就退避三舍。」

「不過，這也不是一般洋裝，不是嗎？」

「的確不是，這件很可愛，應該是一九三〇年代的古董。」

「酷。」我感覺她還想繼續說下去，但我對婚紗已不感興趣了。

「你應該帶這帽子走，戴在你頭上很好看。」

我笑著摸摸帽簷，「妳真的這樣覺得？」

她點點頭，「很有都會男人的調性。」

「妳很會做生意。」我咧嘴一笑。

「對不起，」她笑著說：「不斷推銷的女人我也覺得煩，我不會這樣做。」

「不會，妳沒有一直推銷，」我說：「這帽子我要了。」

「選得好。」她走到折疊的襯衫區，有點猶豫地抬頭看我。「嗯，老實說，我通常不會這樣，但你……我是說，你會不會想找時間一起喝一杯？」

我可以答應，她很有魅力，而且我又單身。「這麼迷人的邀約，瘋子才會拒絕……不然就是一個明天就要搬走的人。」我懊悔地笑著。

她也笑了，希望我沒惹她生氣。「真可惜。」她說著便走開了。

「你要走了？」

蘿莉的聲音在靜謐中從身後傳來，我摘下帽子慢慢轉身。她穿著婚紗在我面前，眼睛睜得大大的，很漂亮。比她以前、也比我任何一個見過的人美麗。這條裙子在她身上像活了過來，把她變成一個赤腳的樹精靈新娘。她眼中泛著淚光，我不確定是悲傷還是快樂。

「蘿，這看起來沒那麼糟吧。」我試著幽默一下，穿上婚紗的人不應該哭。

「你說你要搬走了。」

確實如此，我明天要搭夜車去愛丁堡。

我回頭看了一眼，確保店員聽不見，手上的紳士帽像個道具一樣放在我面前。「我們晚點再說吧，蘿，沒什麼大不了的。說真的，妳應該買這件禮服，妳穿起來他媽的就像仙女皇后。」我說。

她眼睛睜得大大，脆弱地看著我。「傑克，你沒騙我吧？」

我搖搖頭，「沒有，要是所有新娘都長得像妳這樣，那這世界上不會有男人單身了。」其實我知道她問的不是這個。

她搖搖頭，轉過身看著鏡子。很高興能暫時吁口氣，也許對她來講都一樣。我看著她從鏡子檢視每一個角度。

「這件就是屬於妳的婚紗，蘿莉，它就像在這裡等著妳發現它。」

她點點頭，她也這麼覺得。她回到更衣室時，我提醒自己不要毀了她這一天，我希望在她日後回想起這件衣服時能有美好的回憶。

蘿莉

我們坐在不遠處的一家咖啡廳。我不敢相信居然找到了尋覓已久的禮服；傑克說得對，它好像就在那裡耐心地等我。我站在那裡看著鏡中的自己，我知道奧斯卡會喜歡這件，我會很高興他喜歡。這是我見過最特別的連衣裙，修身、小袖口、窄領口。我想這是伊麗莎白．貝內特嫁給達西先生[34]時會穿的那種衣服。

它附的盒子裡有一個標籤，是有關曾經擁有過它的人的一些訊息。我知道這件是一九二〇年代的絲綢，是法國的蕾絲，最初的擁有者是一名叫伊迪絲的女孩，她穿著它嫁給一名美國商人。六〇年代，一位叫卡蘿爾的人穿著它參加她的裸足婚禮。他們在公園舉行派對，因為他們租不起場地。中間肯定還有別人，但它現在是我的，至少會擁有一段時間。我決定在蜜月後把它還給商店，並在標籤上加上我們的名字和結婚日期。這是一件有著悠久歷史的連衣裙，目前我是它最新的保管人，但它的旅程並沒有就此結束。

「發生什麼事了，傑克？」他端著兩杯咖啡來到面前，我不想拐彎抹角。自己這段時間都被困在結婚計畫、當莎拉的好摯友，或是循著某些事物前進，把傑克丟在冷板凳上。

他慢慢地在攪拌杯子裡的糖，「我是想來親自跟妳說。」

「所以是真的？你要走了？」

他遞給我一管薄薄的管狀糖包，然後怕我不夠，又拿了一條給我。「我有一份新的工作。」

我點頭，「在哪裡？」

「愛丁堡。」

在蘇格蘭。他要搬走了，去另一個國家[35]。「哇。」這是我唯一能想到回應的內容。

「這是一次晉升，機會不能錯過。」他說：「我會有自己的晚間脫口秀。」他聽起來很興奮。

我發現這是這麼久以來，第一次聽到他這麼積極，所以我很氣自己，為什麼會想哭。

「這真是好消息，傑克，真的，我替你感到興奮。」我知道自己表情一點都不興奮，應該看起來正在受到酷刑，有人在桌子底下用鑽頭在鑽我膝蓋。「我不想你離開。」我不禁脫口而出。

他把手伸過桌子，握住我的手，溫暖而真實，這樣的手很快就會離我幾英里遠。

「妳是我最好的朋友之一，」他說：「別哭，不然我也會跟著哭。」

熙熙攘攘的咖啡廳，上班族搶著外帶餐盒，媽媽們抱著蹦蹦跳跳的小孩，我們就在這些人當中，即將分開。他要我轉告莎拉，因為他沒辦法向她開口，而且他也說他需要離開，從一個新的地方重新開始，沒有往事纏在他心頭。

「我有東西要給妳。」他放開我的手，從外套裡拿出一個棕色的紙袋。摸起來軟軟的，我把膠帶拆開，看到那皺巴巴的紙袋。一頂對折的帽子，薰衣草紫的花呢貝克帽。我用指尖把包裝紙袋撫平，上面浮印著切斯特選物的商標，我想起來了，我曾戴過它。

「我已經買了好多年了，一直沒找到合適的時間給妳，」他說：「這本來是妳的聖誕節禮物。」

我搖搖頭，似笑非笑。我和傑克之間一直都這樣。「謝謝你，我戴上它時會想起你。」我打

㉞ 兩人是《傲慢與偏見》的男女主角。

㉟ 蘇格蘭是大不列顛暨北愛爾蘭聯合王國（英國）的構成國之一。

起精神，克制內心升起的淒涼感。「你做得對，」我跟他說：「高興點，傑克，這是你應得的。別忘了我們之間……也只隔了一通電話。」

他擦擦眼睛，「我永遠不會忘記妳，」他說：「要是我太久沒聯絡，也不要擔心，好嗎？稍微有個全新的開始對我而言也不錯。」

我想擠出微笑，但很難。我知道他的意思，他需要時間建立新的人生，沒有我們參與的人生。

他拿起帽子戴在我頭上，「和我記憶中一模一樣。」他笑看著我。我此時才發現他正要離開；我東西還沒收，他已經起身。

「不，別跟我出來，」他手放在我肩上，「喝完咖啡，然後回去告訴奧斯卡妳找到妳的婚紗。」他彎腰吻了我的臉頰，我手伸出來有點尷尬地半抱非抱，我不知道以後還見不見得到他。他沒把我推開，嘆了口氣，手輕放在我後腦，然後說：「愛妳。蘿。」他像是用盡所有力氣。

我看著他擠過人群穿過咖啡廳，他離開後，我摘下帽子緊緊抓著。「我也愛你。」我小聲說，坐在原地一會兒，和我一起的還有手裡的帽子跟腳邊的婚紗。

12月12日

蘿莉

再過兩天，我就是蘿蕾爾・歐格韋－布萊克夫人，當了蘿莉・詹姆士二十六年，需要不少時間來適應。要說新的名字時，很難不用標準英語去唸，渾圓清脆的上流口音。

奧斯卡今天下午去他媽媽家，我父母明天就會到。他們會和我一起住，然後星期六早上一起去教堂。等他們到達後，所有事情都會開始運轉起來，所以今晚可說是暴風雨前的寧靜。莎拉現在隨時會來，我們要舉辦一個美甲和電影之夜，喝著香檳雞尾酒慶祝。我沒有那種指甲；說實話只有和我有同樣困擾的女性才懂。我的指甲長到手指末端，好像認為自己的使命已經達成，然後就開始變薄斷裂。在婚禮前，我試過所有人類已知的指甲油、水晶指甲、甲緣精華霜，婚禮討論串都在說，新娘保持最佳狀態非常重要。好吧，離走到婚禮的聖壇還有四十八小時，最好不要出錯；莎拉會幫我上亮光指甲油。

婚禮的一切都得照著計畫，全都在露西爾的掌握中。對於將要迎接一個階層比她低的媳婦，她的確花了很多時間做心理建設。說真的，我早就意識到了，不管我喜不喜歡，對她而言都會很痛苦，所以我盡可能不要跟她唱反調。於是，我幾乎同意百分之八十她的決定，另外重要的百分之二十我絕不退讓。那是我的禮服、我的花束、我的伴娘，還有我們的戒指。無論如何，它們是我真正在乎的東西。我不介意敬酒的香檳要哪一種，雖然我不喜歡第一道菜是鮭魚慕斯，但還是接受了。奧斯卡對我這麼讓步十分感激；因為他和母親感情很好，要是我很挑剔的話，事情會很難處理，可能會吵起來。

謝天謝地，莎拉一直都陪著我，讓我可以發洩。

「開門，轟！我沒有手可以敲門！」

莎拉的聲音響徹大廳，我跳起來開門。看到她後，我完全明白了。她身後拖著硬殼的銀色手提箱，肩膀上掛著兩個袋子，手裡還有個大紙盒。她從行李的頂端探出頭來，不斷用嘴吹著蓋住眼睛的瀏海。

「這叫輕裝旅行？」我笑著把她手裡的盒子接來。

「這對我而言算輕的了。」她看到我要把盒子打開，拍了一下我的手。「等等，這是個驚喜，先來杯紅酒？」

「這是一定要的。」我用腳把門關上，跟著她走進大廳。我不想要傳統的單身派對，這不是我的調性，現在的安排已經是完美的了。

「只有我們？」她小聲說，四處看看奧斯卡在不在。

「是的。」

她突然來個伏地挺身，然後平躺在沙發上，雙臂大開兩腳抬到空中。

「明天妳要結婚啦，叮噹叮噹要響鈴了。」她唱著不成調的《窈窕淑女》電影主題曲。

「妳早算了一天。」

「總比遲一天好。」她坐起來看看四周，「我們要幹嘛？靜坐？」

我在家裡點了各種香氛蠟燭，營造出一種平靜、禪意般的氛圍。「我覺得這樣很像水療館的氣味，」我說：「妳再多聞聞看。」

她嗅了一下，「我想要是手中有杯紅酒的話，我鼻子會更靈。」

聽懂她的話，我走進廚房。「要紅酒……還是奧斯卡母親的香檳？」我大聲叫喚。

「喔，我要皇家香檳。」莎拉走進廚房，坐在早餐桌旁。我多次向莎拉抱怨我的準婆婆，這是不是不太好？但每個人都需要吐點苦水不是嗎？莎拉是我的好姐妹。這倒提醒了我……我轉身到碗櫃裡，拿出一個包好的小包裹。

「在我喝得爛醉不小心忘掉，或是微醺但哭得涕淚縱橫不能自已之前先給妳。」

我打開香檳，而她則瞇著眼看看包裹。

「這是什麼？」

「妳要打開才知道。」

我重新把奧斯卡母親那昂貴的香檳塞上軟木塞。莎拉拉開灰色絲帶。我想給莎拉一個真正特別的東西，我花了好幾個小時在網路上都沒找到，後來想到自己已經有最完美的東西了。

「我好緊張。萬一我不喜歡怎麼辦，」她輕快地說道，「妳知道我很不會說謊，妳一下就會看出來。」

我把杯子推向她，面向她正靠著的早餐吧檯。「這我一點都不擔心。」

她伸手拿起杯子，喝一小口壯壯膽。另一手上捧著那破舊的天鵝絨盒子。正要打開時，我輕握她的手。

「在妳打開之前，我想先說……」媽的，我才不需要喝什麼酒強化情緒反應，因為淚水已經在眼眶中打轉。

「去他的，」她酒已經喝一半，又把它倒滿。「別這麼快就感傷，小姐，妳婚禮還要兩天，慢慢來。」

我笑了，的確該打起精神。「好吧，說的也是。」我再喝一點，然後放下酒杯。

「我送這禮物是想對妳說謝謝，」邊說邊看向盒子和莎拉。「謝謝妳……我不知道謝什麼，謝妳所有一切。謝謝妳把德蘭西街那裡最大的房間讓給我，謝謝妳星期六晚上和隔天宿醉的早上都陪在我身邊，謝謝妳發明了我們的招牌三明治。沒有妳，我不知道自己會在哪裡。」

現在換她哽咽了，「那三明治真他媽的超棒。」然後她打開盒子，一反常態地保持沉默，看著它呆了很久。

「這個是妳的。」她淡淡地說。

「現在它是妳的了。」我說，我把我那極薄的紫色項鍊，找人重新設計改成玫瑰金的細手鍊。

「我不能收，蘿，它太珍貴了。」

是的。「我說這些話時一定會哭，但等一下我們一起喝酒一起大笑，好嗎？」

她顫抖地咬著自己下唇內側。

「我很久以前就失去了我妹，莎，我很想她，我每一天都在想。」我沒有誇張。豆大的淚水從臉上滑落。我知道莎拉能懂，因為她很溺愛自己妹妹。「它讓我想起了金妮的眼睛，就跟我以及我奶奶的眼睛一樣。它就像我家人的一部分。我把它送給妳，因為妳也是我家人，我把妳當我妹妹。莎拉，請收下它、戴上它、好好留著。」

「天啊，該死的老天。」她繞過早餐吧檯跑來抱我，「快閉嘴好嗎！如果我收下，妳會住嘴，那我答應就是了。」

我緊緊抱著她，又哭又笑。

「我星期六會戴上它。」她說。

「那真的太好了。」我很想把心裡的話告訴她；她就像代替金妮，出席我最特別的日子。但我沒開口，因為這又會讓我們哭得唏哩嘩啦，而且不說出來她也知道。所以我只說它會和她的禮服相配，她那天會穿低調的海泡綠長禮服，襯托她的紅髮，她同意了，然後小心翼翼放好，把我們的香檳都斟滿。

我們很高興地喝掉了露西爾的兩瓶香檳，說真的，這和其他架上沒那麼貴的酒一樣，喝完都會醉醺醺。

「我真沒想到會輸妳，居然比我先結婚。」莎拉說。奧斯卡的巨型平板電視，十分應景地在播《伴娘我最大》（我仍覺得這裡所有東西都是他的，而自己只是個住客，不知道在結婚後這想法會不會改變）。我們腳趾縫夾著防止指甲油彼此沾污的分趾泡棉。

「我也沒想到。」我說。

她手伸進她帶來的盒子，從裡面拿出一副牌。說這是驚喜還真不假；包括今天晚上，她送過我的蠢禮物又多一個，之前像是為了讓我增加陽剛之氣的一盆肉桂，還有印著我名字的海灘拖鞋。現在我們要玩一個紙牌遊戲，特別適合快結婚或有可能結婚的女生玩，學習相關冷知識和讓人尷尬的遊戲。

「這要怎麼玩？」

她把牌從紙盒抽出來，讀著背後的說明。「每個人發三張牌，然後逆時鐘方向，把上面的問題讀給妳左邊第二個人聽，差不多這樣吧……」她笑了，空盒被扔到沙發後面。「好吧，我們輪流。」一牌被放在我們中間，「妳先。」

我拿起最上面的卡，大聲唸出問題。「英國離婚率是多少？以二〇一二年的數據為主。」

「該死，我要把這個收回去，」莎拉喊道，「妳最不該思考的問題就是離婚。」但她很快又繼續，「百分之二十九？」

我翻過卡片讓她看答案，「百分之四十二！天啊，真讓人沮喪，不是嗎？」

我棄卡，換她抽一張。「啊，這個好一點。大多數女人注意到男人的第一個地方是什麼？」然後她看了答案，忍住不笑出聲來。「給妳三次機會。」

「他的車？」我浪費了一次機會。

「不，不是。」

「我不知道……看看他長得像不像理察．歐斯曼[36]？」

這名字我不是隨便講的，他是莎拉喜歡的男明星。「別開玩笑了，」她眼神醉茫茫地說。她曾在一次頒獎典禮上遇到過他，當時她正在報新聞，得克制自己不替他加油，把胸脯露出來讓他簽名。「除了理察．歐斯曼，沒有人長得像理察．歐斯曼。還有一次。」

現在我只剩下最後一次機會，我得認真點了。「眼睛？」

「沒錯！」她跟我擊掌，「眼睛，妳見過路克的眼睛嗎？我這輩子從沒看到比那更藍的眼睛。」

我點點頭。從夏天開始，她就和路克保持約會，他會在婚禮那天和莎拉一起出席。她想要找時間親自和傑克說，要我先不要提，但我不知道她是否已經講了。我買婚紗的第二天，傑克去了愛丁堡，除了發簡訊說他會來參加我婚禮外，就沒有其他消息。幾個禮拜前，我意外在網路上看到他參加的音樂發表會照片，一個金髮女挽著他手臂，所以我至少知道他還活著。

我抽下一張卡片，瞥了一眼。「婚禮上最受新娘喜愛的花？」

莎拉翻了個白眼，「玫瑰，這太簡單了，一比一平手。」

這分我就讓她得了，用不著翻開卡片讓她看正確答案。

「要是下一個問題沒有更好，這遊戲就不玩了。」她翻開下一張牌，「一個人一生中，平均戀愛幾次？」

我吐了舌頭，「這平均怎麼算的？每個人都不一樣。」

「就用妳自己的經歷去猜。妳知道我大學介紹男生給妳的時候，妳有多挑嗎。」她笑著說：

㊱ Richard Osman，英國電視節目主持人、製片人、小說家和喜劇演員。

「妳還記得那個穿短褲的嗎？他叫什麼名字？」

我不想回想他，因為我大腦現在泡在香檳裡，能想到的只有他毛茸茸的大腿，除此之外什麼都沒有。

「大概是兩次？」我試著回答卡片問題。

莎拉放下卡片，伸手去拿酒杯。

「我覺得更多，五個。」

「五個？妳覺得？也太多了吧。」

她聳聳肩，「妳懂我的，我就喜歡張揚。」

我們都笑了，她側著頭靠在沙發上看我。

「那妳生命中的那兩次是誰？奧斯卡和巴士男孩？」

她已經好幾年沒提到他了，我曾一度以為她早就忘得一乾二淨。我搖搖頭，「奧斯卡，這當然了。另一個是我大學男友。」

「那妳應該要回答三，蘿，因為妳愛那巴士男孩，愛得無法自拔。我們花了整整一年時間在找，妳整個被他迷住了。」

我覺得這樣會揭底，趕快喝一大口酒想換個話題，但太遲了。

「我想知道，要是妳找到他後會發生什麼事。也許妳現在已經結婚還有一個小孩了，想像一下吧！」

我喝到茫了，結果腦中真的浮現出那景象。我看到一個小男孩，有一雙綠金色的眼睛和髒髒的膝蓋，笑起來還缺了一顆牙，平行時空的另一個現實讓我覺得煩躁。這是另一個我真的找到傑克的那一個版本？又或是他趕上那輛該死的巴士？我閉上眼吁了口氣，把那想像出來的小孩送回他的夢幻島。

「妳有停止找他嗎？」

她那小聲的問題讓我措手不及，「停止了。」

她奇怪地盯著我看，可能因為我語氣太沉重，不像是正常回答的口吻。

她倒抽一口氣，這是我即將面臨危險前的唯一預告。

「蘿莉，妳找到他了，但沒跟我說？」她呼吸急促轉動眼珠。

我拚命想湊出一個能讓人相信的謊言，「什麼，沒有！當然沒有！我是說，要是我真的找到，妳會知道，但妳不知道，所以可知我沒找到。」

她瞇起眼睛，我開始冒冷汗，她就像隻嗅到丁字骨頭的嗅探犬。「我想妳有事瞞著我。快說，不然我在教堂裡讓奧斯卡親戚看我內褲。」

我搖搖頭，「沒什麼好說的。」我假裝輕快地笑著，但我不小心笑得太大力。

「哦，天啊！一定有什麼。」她坐直身子，「蘿莉．詹姆士，妳最好馬上告訴我，否則我發誓我會露奶給那該死的牧師看！」

我多麼希望她不是這麼瞭解我，或是我沒有喝太多香檳。「不。」這是我唯一能做的抵抗，我不敢正視她眼睛。

「妳為什麼不告訴我？」

她聽起來有點受傷，我覺得好可怕，於是抓住她手。「我們談點別的吧。」

「我不懂。」她安靜下來，慢慢把手從下面抽開。「媽的，蘿。」

我還是不敢看她。我希望我能，並且唬弄過去，然後講一些俏皮話，不讓這話題繼續，但我現在只是泡在香檳裡的兔子。

「是傑克。」

她說的不是問句，每一個發音都很清楚，像是做出了清楚的判定，一個早就知道的答案。然後她倒抽一口氣，反應有點遲鈍，手摀著嘴。我搖頭，我顫抖的嘴唇說不出謊。

「傑克就是那巴士男孩。」

「別說了。」我小聲說，熱淚從臉頰流下。

她雙手抱頭。

「莎……」我想要站直，把酒放在桌上。扶住她肩膀，她把我甩開。感覺像挨了一巴掌。但我寧可她真的打我，我痛苦地坐著等待，她突然起身。

「我一直都知道有些什麼。我……我、我想要吐。」她搖搖晃晃走到浴室。

我想起以前在德蘭西街，在每次狂歡後我都會扶著爛醉的她。但現在我自己是讓她感覺這世界糟透了的人，於是只能自動地跟在她後面，安靜待在門口，聽到她吐出來的聲音。不久，我又坐回去。幾分鐘後她出來了，臉色蒼白面容憔悴坐在我對面的椅子上，而不是我身旁的沙發。

「妳第一眼就認出他來了嗎？」

「不要這樣。」我不知道該怎麼處理這件事，我以為都過去了，我一直在腦海裡這樣跟自己說，現在一切都翻出來。

「他媽的，我們當朋友已經很長一段時間了，蘿莉，告訴我真相。」她說得對，當然了，我們的友誼應該以誠實為榮。

「是的，」我直白地回應，「妳介紹我們認識的一那刻就認出來了，當然了。」我只能小聲地說，那話像是我喉嚨裡的刀片。

「妳為什麼不告訴我？妳大可當場說出來，或是至少第二天早上，或是其他他媽的該死日子？」她聲音提高，「妳應該告訴我的。」

「我應該？」我說：「我應該嗎？莎拉？什麼時候？在妳把他帶回家，告訴我妳想嫁給他的時候？我該說什麼？說這是個愚蠢的誤會，妳不小心和我愛上同一個男人？」我撫著自己哭花的臉，「妳以為我沒有想過嗎？不覺得我每天都在面對這個問題嗎？」

我們互看著。

「二〇〇九年，」她用顫抖的手指數著，「四年了，妳一直都暗戀我男朋友，然後妳覺得這事情不重要，不想告訴我？」

我沒有辯護的理由，也不指望她能理解；不知道要是當初立場倒過來，自己是否也會這樣。

「我沒有暗戀他，」我可憐巴巴地說：「我跟他是不可能的，我討厭這種情況，妳不知道我有多討厭。」

她沒有在聽我說話，我覺得她沒辦法聽，她還在震驚中。「我們一起生活在德蘭西街那些愚蠢的夜晚……」她慢慢搖頭，把以前生活過的碎片拋向空中，用一種可怕的方式重新組合。「妳是在等待機會？」

她說得很殘忍，因為她受傷了，但我也不得不反擊。「當然不是，」我說得更大聲、更清楚也更尖銳。「我是怎樣的人妳比誰都懂。我每天都在克制自己不對他有感覺。」

「那我該說謝謝嗎？」她輕輕拍拍我，「幹得好啊，蘿莉！真是個好朋友。」

「妳至少可以試著去理解，妳介紹我們認識時，我嚇壞了。」

「這點我很懷疑。」她不屑地說：「至少妳找到他了。」

「不，找到他的是妳。我只希望自己從來沒見過他。」

我們陷入沉默，然後她發出可怕的嘶嘶聲。

「他也知道嗎？你們倆是不是在背後嘲笑我？」

我像被羞辱了，她怎麼會以為我或傑克會那樣做。「天啊，莎拉，不是！」

「是不是我一轉身，你們就在門口摟摟抱抱，在我們的公寓裡打得火熱？」

我站起來，「這說法太過分了，妳很清楚我永遠不會這樣。」

她也站起來，和我隔著張咖啡桌。「妳能用妳生命起誓，妳連吻都沒吻過他？」

就在那一刻，我意識到我將永遠失去我最好的朋友。

我不能撒謊，「只有一次，吻過一次，但那是……」我突然住口，因為她把手擋在前面，好像我的話像子彈一樣貫穿她。

「妳居然……妳還敢找藉口。我不想聽。」她苦著臉，「我這裡很痛。」她手指猛戳自己胸口。彎下腰撿起丟在地上的鞋子和行李箱，往大廳走去。我跟著她求她留下，後來她在門口回頭時，臉上寫滿厭惡。

「祝妳星期六順利，因為我不會去了。妳知道我替誰感到難過嗎？奧斯卡，那可憐的傢伙甚至不知道自己只是第二順位。」她還說了一些永遠不會回來的話，「那珍貴的手鍊妳自己留著，我不想要。把它和妳的秘密和妳的虛假友誼放在一起，我受夠了。」

她砰一聲關上門，我站在原地一動不動。我嚇癱了，不知道該怎麼辦，看著她無法忍受我的樣子，但沒有她我該怎麼辦？我家人明天就到。客人們也會來，連那該死的傑克也要來，可能還會帶著他的新女友。

我把所有東西都塞進櫃子裡，那遊戲卡牌、她的禮服、驚喜盒，然後上床雙臂抱著自己蜷縮成一團，我從來沒像現在這樣孤獨過。

12月14日

傑克

我已經知道她會是什麼樣子了。我看過她穿婚紗，內心感受到砰然一擊。所以我今天心理準備應該都做足了。但現在我和維瑞蒂坐在這人滿為患的教堂時，發現心理準備還遠遠不夠。我退縮了一下。這裡熱得讓人感覺像裝了暖氣；也許他們認為人們有點不舒服也算是一種體驗，另一種對你的信仰表示承諾的方式。我只想快點度過這個流程，脫下這套衣服，來杯啤酒，然後不要讓人覺得失禮的情況下早點回愛丁堡。我在那裡的生活快速又充實；我的節目累積了一點名聲，也正在努力和電台裡的人打好關係。現在雖還不成氣候，但我想那將會是我的地盤。我交了一些朋友，能獨自負擔公寓租金，不必合租。我正一磚一瓦地重新建立生活，這感覺很好。

我仍不知道帶維瑞蒂來是不是個好主意。她說想見見我的老朋友，事實上，我覺得帶她來這只是為了展現「看，我過得很好」，因為她十分美麗奪目。說真的，她比我更適合人群，她本來就是個社交咖。我們是在慈善活動聚會上相識。她代表當地仕紳頒獎給我同事，晚上活動結束後，把我當成她的獎品帶回家。這女孩還擁有一匹馬。我應該不必多說了吧？

我還沒看到莎拉。我希望我們都能有禮貌，成熟些。分手後這是她第一次發簡訊給我，說她很期待能趕上，還不經意提到會帶路克來。我有一種感覺，好像她事先告知我，這樣我就不會在教堂揍他一拳；但我從來也沒這種打算。我回說這樣很酷，我也會帶維瑞蒂去見見大家，之後莎拉就沒回覆了。感覺說什麼都很尷尬。天啊，突然間我覺得非常熱。那該死的襯衫黏在我背上。我在想，這時脫下外套會不會有點失禮？哦，等等，婚禮開始了。風琴手發出聲音，聲音大到每個人都會從打過肉毒桿菌的僵硬表皮中驚醒，伸長脖子向門口望去。

維瑞蒂在長椅最靠近走道的一端，只有她往後靠的時候，我才有機會瞥見蘿莉。我現在才發現自己原來仍沒做好心理準備。看到蘿莉時，心窩像是再次受到砰然一擊。恬靜美麗，白色的花朵和珠寶點綴在鬈髮上，手中捧著更多白花。她不是那種梳著費工編髮、精心打扮的新娘。看起來有點波希米亞風，不受拘束，在她最重要的日子做自己；整個人閃閃發光。她走到我這排時，那彷彿夏日灌木樹籬般閃耀的瞳孔看到我，在我身上停留。她和她父親慢慢走著，有那麼一秒鐘，感覺教堂裡只有她一個人。要是我在長椅那一端，我想我會握住她的手，告訴她，她看起來像個女神。事實上她也對我露出幾乎不著痕跡的淺淺微笑，我點頭回應，渴望表達我的感情。我試著用眼神說出一切。嫁給那個在聖壇上等妳的人吧，蘿莉，走向正等待著妳的美好生活。開心點，因為妳值得。

離開我這排時，蘿莉眼睛望向奧斯卡——我內心某個地方破成碎片。

蘿莉

昨天早上五點我就嚇醒了。簡直不敢相信發生了什麼事。我最好的朋友恨我；我得要在沒有她的情況下結婚。我和奧斯卡說，莎拉老家臨時有急事，她不得不趕回巴茲那裡，還說她對無法出席婚禮感到很遺憾，但她也沒辦法。有一些人如果好奇問起，我也這麼和他們說。我媽對這說詞並沒有盡信，但我感激她沒有追問，不然我一定會崩潰，把這可悲的真相全盤托出。

表面上我還好，但內心枯死了。我讓我愛的人身受重傷，我不知道怎麼止血。這就是真實人生的一部分嗎？要長大，就要像蛇在蛻皮一樣甩掉老朋友，才能留出空位給新朋友？天亮前幾個小時，我靠著枕頭坐在陰影裡，看著送給奧斯卡的畫，真希望能夠一彈指就回到那裡。奧斯卡把畫移位了，移到躺在床上就能看到的地方。昨天我看到時還有些安慰；它提醒我，不同的時空仍然存在。我躺在床上，知道莎拉不會來參加婚禮。我也不指望她來。我和我的秘密一起生活了四年，但她只有不到二十四小時的時間去理解。時間太短。我不知道是否有一天她能夠回來。沒辦法，現在只能靠自己，也只能專注在婚禮上，放下其他念頭，不去多想。

我站在教堂入口，這也是奧斯卡祖父母結婚的地方。我沒有表達什麼意見；總不能把所有人叫到伯明罕郊區舉行吧？而且這裡也真的是如詩如畫，加上地上還有些零星的冰雪。幾分鐘前，奧斯卡為婚禮選的勞斯萊斯，就停在風景如畫的小村莊裡，看到後我一瞬間差點忘了呼吸。爸爸願意幫我分擔壓力，他拍了拍我的手要我慢慢來，他像巨石一樣穩重。

「妳確定這就是妳想要的嗎？」他問，我點點頭，再確定不過。

「感謝上帝，」他說，「說真的，我有點怕奧斯卡的母親，為了安全起見，早些時候喝了一杯威士忌。」

我們都笑了，然後我哽咽，他叫我別聊了，扶著我下車，把奶奶的婚用毛皮披肩圍在我身上，準備走去教堂。

現在到了走廊最前面，和爸爸相互挽著手臂，穿著我中意的復古婚紗，而他則是一身華麗的晨禮服。他不太喜歡戴大禮帽，但爸答應過，等一下要拍照時，他會盡責地戴好。媽媽上禮拜有打來和我談婚禮的事，她無意中透露爸爸每天晚飯前都在練習講稿，因為他不想讓我失望。我微微用力擠了一下他手臂，用一種「我們開始吧」的眼神互看一眼；我一直是爸爸的女孩，失去金妮，我們變得更親近。其實我跟他很像，怕生，不容易生氣，也不記仇。

教堂裡開滿了芳香四溢的朵朵白花，美不勝收，比露西爾預想的還要狂野一點點。這是我無意間造成的。為了選自己的捧花，我和花商時常碰面，自然而然就和她熟起來。她發現我挑的花束和其他教堂裡和接待處那些一絲不苟的花顯得有些不小的落差。我沒有明確要求她做任何改變，但在她詢問下，我老實講了自己心中希望的樣子，然後她施了一點魔法，給出了我和露西爾都認可的結果。我做一個深呼吸，走吧。

走道兩側都是人，有的認識，有的很陌生。我親戚大老遠跑來：阿姨、叔叔、堂兄弟姊妹，他們都想看看奧斯卡和倫敦奢華的生活風格。毫無疑問，我媽一定在他們之間講了很多我的事。有我的同事、奧斯卡的朋友、他的前女友克莉西達，身穿黑色禮服，還戴了珍珠。（黑色！她在幹嘛？喪禮嗎？）還有奧斯卡哥哥蓋瑞跟有點古板的費莉絲蒂，她身上藍綠色的薄紗禮服品味不錯。然後我看到傑克。地毯走到一半就看到他，比我想像中的更真實又時髦。甚至還抓了頭髮。我不確定自己對穿西裝的傑克有什麼想法。因為我沒時間想這些，他那雙熟悉的眼睛看到我，好希望在成為奧斯卡妻子之前，能抓住他的手，哪怕只有一秒。莎拉不在，他是這裡唯一瞭解真實的我的人。也許這是因為他離我太遠的關係。那一瞬間，我想知道莎拉是否和他提過我們吵架的事。不過他們分手後幾乎沒說過話，所以我想他應該什麼都不知道。我對他微微一笑，他點點頭，好在爸爸一直在走，這樣我也不得不繼續前進。

我們沒寫專屬我倆的結婚誓言。露西爾聽到後的表情像是我要求唱裸體卡拉OK一樣，說真的，奧斯卡的反應也差不多。我沒多說什麼，就說我只是開開玩笑，但他們臉上表情告訴我，這玩笑的品味很差。我以為婚禮是什麼？一種很新潮的活動？

奧斯卡背對著我，驕傲地挺直腰桿，就像事先說好的一樣。他母親認為，新娘在走地毯時，新郎目不轉睛地看著很不得體，所以第一眼見面時得要是肩並肩站著。我很高興地同意這安排。這感覺更體貼，更像我們。我們最近都為結婚的大小事忙得團團轉，好像沒什麼時間在一起；我等不及想今天就見到他，把自己時間都花在他身上。希望在蜜月時，能重溫曾在泰國那寶貴的幾週。

終於走完了，現在和他站在同一高度的地面，他才轉過身來看我。他母親還說他要在這一刻揭開我面紗；這有點強人所難，因為我選的禮服沒有面紗。我應該早點和他們說的，但我不想讓人生大事遷就習俗走。我選了一九二〇年代一只別緻的藤蔓髮飾，美髮師用一些小花纏在我頭上，髮飾和婚紗來自同一家店，偶然間又發現的小東西。這是最棒的頭飾，精緻的金絲串起珠寶海洋生物：海馬、貝殼，當然還有海星裝飾。在一般人眼中，那只是個很適合婚禮的髮冠，但我希望奧斯卡能感受到屬於我們兩人的特殊意義。

結果不管我有沒有面紗，奧斯卡都想伸手去掀它；他在腦海裡排練今天的每一個步驟，但似乎出了點差錯，一直到我搖頭用唇形告訴他「我沒戴面紗」，他才輕輕笑了一下。

「妳真漂亮。」他低聲回應。

「謝謝。」我微笑，看著他深邃的眼眸裡充滿了愛。他現在所身處的世界，沒有什麼破掉的牛仔短褲和T恤，但在我眼中他一直都是那個模樣。他是我流落孤島的魯賓遜，我的救星，我的愛。我想他根本沒注意到莎拉沒有走在我身後。要是牧師脫下長袍繞著聖壇跳愛爾蘭吉格舞他也不會發現，因為他現在只注視著我，充滿了好奇、喜悅，還有愛。不管露西爾把我們的婚禮規劃得多麼像軍事演習，這一刻是她無法掌握的，此情此景是我大腦忘掉鮭魚慕斯後仍會記得的東西，因為它佔據我大腦太多空間，會一直存在。他看起來很英俊，身上每一吋都符合「新郎」的樣子。

每個角度都是完美的；恰到好處的蓬鬆頭髮，閃閃發光的黑色婚禮鞋，還有他第一次看到我時那炯炯有神的深色雙眼，有任何人能比他更像「新郎」嗎？好像全國各地在結婚蛋糕上的小人偶，都是在模仿他一樣。

不知道尊貴的露西爾女王陛下會怎麼調整我這沒有頭紗的禮服；她搞不好在祈禱室裡早就有個備用的以防萬一。離開這裡後，我想她一定會強迫我戴上。

在牧師問有沒有人反對我們的婚姻時，我腦中閃過了莎拉；她會衝進教堂告訴大家我做了什麼嗎？

這事情當然沒有發生。幾秒鐘後，我左手無名指已經戴上奧斯卡那鑲著鑽石的白金戒指，又沿著地毯走回來，教堂鐘聲響起。我們牽著手走，所有人都在鼓掌，送我們出門沐浴在冬日的陽光下。奧斯卡小心地幫我的毛皮披肩打個結並吻了我。

「我的妻子。」他捧著我的臉低聲說。

「我的丈夫。」我說，轉過來吻他的手掌。

我開心得要爆炸了，對這一單純的事實感到純粹的喜悅：他是我的丈夫，我是他的妻子。

攝影師有點難把我們兩家人聚起來拍照。奧斯卡母親似乎想充當藝術總監指揮一切；我可愛的媽媽把我拉到一邊，說她可能會在這天結束前掐死露西爾。我們相視而笑，假裝做了個掐死她的動作，然後拉直了臉，回到屋裡擺好姿勢拍照。

要不是有我的家人，我可能無法保持理智。奧斯卡前女友克莉西達以為我哥哥是服務生，向他抱怨香檳不夠冰。於是他從旁邊的冰桶撈出一個冰塊丟進她杯子裡。她看到後氣得說要開除他，於是他非常高興地說他是我哥哥，當然，還用著濃濃的內陸方言口音。我可愛的小姪子湯瑪斯出生後，他就一直處在慶祝自己小孩出生的狀態。小湯瑪斯今天就像個小天使，把我風頭都搶光了，成為人們關注的焦點。戴瑞早些時候還把我拉到一邊，誠懇地問我明年夏天要不要當湯瑪斯的教母……這話真的會讓女生在自己婚禮上哭得一塌糊塗！我非常愛我的家人，今天是愛得最濃烈的時候，因為我們的人數遠遠超過了奧斯卡那一方。

「各位女士先生，發表致詞的時候到了。」

天啊！我完全忘了有安排莎拉致詞。我還特別把她安排在第一位，現在她不在，會把露西爾女王精心安排的流程給打亂。我如果早點提醒也許就能避開，但我忘了。現在紅著臉的主持人正請大家給予這特別的女士熱烈掌聲。大家都在拍手，其中有些人察覺有點不對勁，不確定該怎麼辦後，掌聲漸漸稀落混亂。天啊，這裡的工作人員都不交流的嗎？一般會覺得，我們到場後，工作人員發現不得不臨時重新安排前排座位時，也會同時調整後面流程，告知主持人莎拉沒有來；但事實上沒有，現在主持人又叫了一次她的名字，然後望向人群。老天保佑，奧斯卡看起來很害怕，好像他知道應該做點什麼，但卻又束手無策。露西爾身子往前傾瞪了我一眼，要我「馬上補救」。我看著前方擠著滿滿的人，站了起來，但不知道該說什麼。之前有人問起時，一個一個對他們說謊已經夠痛苦的了。我不肯定自己有辦法上前對所有人說謊。但我還能怎麼跟他們說呢？莎拉發現我曾愛過她男朋友，所以現在無法原諒我？我心跳好快，臉也變紅。然後聽到有人推椅子的聲音，清了清嗓子。

是傑克。

一陣雜音在房間裡傳開，一種低沉的嗡嗡聲，我覺得這會有很多八卦出現。

「由於莎拉無法出席，蘿莉請我代表她說幾句話。」他眼中充滿疑問地看了我一眼，「我很幸運，有很長一段時間我一直在莎拉身邊，見證了她們的友誼，所以我很清楚莎拉會說些什麼。」

我懷疑要是莎拉真的在，他是不是真的知道她要說什麼。但我很快對他點頭後又坐回自己的位置。不知道為什麼傑克在我的婚禮上變得這麼重要，我訝異地發現，他似乎總是以某種方式出現在我生命中每一個重要的事件上。

「我和莎拉交往了一段時間，事實上直到最近，抱歉，這大家好像不用知道……」他看了一眼身邊的女人，房間角落傳來一些笑聲。

「當我說我是她們的見證人時，不是那種死死跟著她們不放的，我的意思是，我是離她們很近，但也沒真的那麼近……」他又拉長了音，更多人笑了，「抱歉。」他看著我做了個鬼臉。

「好吧，」他說，我看到他緊張時會做的搓大腿動作，「莎拉會想跟蘿莉說什麼？當然，蘿莉是個很好的朋友，這不用多講。莎拉在大學時代能遇到她，就像中了頭彩，蘿莉，妳們之間的友誼真的難能可貴，妳們就像是杯琴通寧，妳就是裡面的琴酒，莎拉非常愛妳。」

有幾個人鼓掌，我媽擦了擦眼睛。天啊，我雙手抱住自己，捏手臂上的皮膚，掐緊、鬆開、掐緊、鬆開、掐緊、鬆開。我不敢讓自己流出一滴淚水，一旦開始我就會哭個不停，最後會無法收拾。我今天非常想念莎拉。我最重要的婚禮一直有莎拉的位置。我害怕死了，怕此後餘生她的位置會不會永遠都空著。

傑克吁了口氣，緊張到連針掉在地上都聽得見。

「說真的，就算我知道自己要發言，但我還是沒有想到該說什麼，因為沒有任何字詞能形容蘿莉．詹姆士有多特別。」

「歐格韋－布萊克。」有人糾正，我想應該是蓋瑞。

傑克笑了，摸摸自己的頭，我確定有聽見在場所有女士為他的嘆息。「對不起，是蘿莉．歐格韋－布萊克。」

身邊的奧斯卡握住我的手，我對他微笑讓他安心，雖然我新名字從傑克口中唸出來感覺有點怪又笨拙。

「蘿莉和我也當了好幾年的朋友，至今也是我最好的朋友，那個時候莎拉還逼我看《暮光之城》，妳在我眼前本來是莎拉機靈又謙虛的好友，現在搖身一變成了……」他在三張桌子後面對我伸出了手，「變成了妳今天的樣子，端莊亮麗；妳有種力量，會讓在妳身邊的每一個人，都感受到自己在這世界上有多重要。」他低下頭搖了搖，「蘿莉，如果我說妳救過我的命，這一點都不誇張，就算是看到我最糟的一面，也仍沒有棄我不顧，雖然妳大可這樣做。我是如此不堪，妳又如此動人。我在谷底迷失了自己，妳讓我想起自己是誰。我從來沒向妳道謝過，所以藉這個機會我想說，謝謝妳。妳在世間步伐輕盈，但卻在別人身上留下難以抹滅的深深足跡。」

他停了一下，拿起酒杯喝了口酒，他說話的語氣好像我們是這裡唯一的人，我想他應該發現自己說的內容太過私人性了。

「所以，敬妳。妳真的是很棒的一個人，蘿莉。我想妳，我們現在分隔兩國，我很高興有奧斯卡能為妳遮風蔽雨。」他舉起杯子，「敬蘿莉，也敬奧斯卡。」他停頓一下，「你真是幸運的混蛋。」所有人都笑了，而我卻哭了。

傑克

「老天啊，傑克。你怎麼不直接把她壓在桌上上她算了。」

我看著維瑞蒂，這一秒她看起來就像隻憤怒的野貓。雖然漂亮，但她想把我眼珠挖出來。我們現在在飯店走廊裡，我想她不怎麼喜歡我的即興演講。

「妳要我怎樣？讓蘿莉在自己婚禮上出糗尷尬？」

她眼睛瞪著我，「不，但你也不能把她說得像神力女超人。」

「她不會內褲外穿。」雖然不該這樣講，但話已經說出口。我已經喝了三杯敬酒的香檳，而且現在回到飯店了我可不會向任何人示弱。

「對，看來你也很瞭解她的內褲。」維瑞蒂雙臂不屑地交叉胸前。

我原諒她，因為她是我的客人，而且聽得出來，自己的新男友對另一個女生這麼讚揚，一定會不高興。「是，我很抱歉，好嗎？但妳也弄錯了，蘿莉和我真的只是純友誼，沒有任何其他雜質，我向妳保證。」

她態度還沒有軟化，「那今天那什麼足跡的屁話是什麼？」

「我那是隱喻。」

「你說她是很棒的一個人。」

我看看走廊裡沒有其他人，然後把維瑞蒂按在牆上。「妳更棒。」

她手靈巧繞過來，抓住我屁股，但沒有亂來。「你可別忘了自己說的話。」

我吻她，阻止話題繼續。她則咬了我嘴唇作為回應，開始把我襯衫從褲子裡拽出來。

蘿莉

「傑克能頂替莎拉真是太好了。」

我對奧斯卡微笑，雖然他說得有點刺耳。「是啊。」

我們已經回到套房，在早上婚禮和晚上招待中間有時間可以梳洗一下。本來「梳洗」是做愛的委婉說詞，但在我們之間不是這意思。自從那致詞後，他就一直很緊繃，我想知道怎樣緩和氣氛，應該要在婚禮真正的意義下永遠記住這一天。

「妳說莎拉去哪了？」奧斯卡捏著鼻梁皺眉，好像努力在回想有關莎拉的一些細節。當然了，因為我沒提供什麼細節，避免謊言愈說愈多，但看來有點不太成功。

「回巴茲了。」我語氣平淡。轉過身不讓他看到我臉變紅。我不想多提，四處看看有沒有什麼東西能夠分散我們注意力，看到一只禮品袋立在巨大壁櫥旁的地上。我們的套房一切都很大，從下深式浴缸到四柱床都是，好像《豌豆公主》裡那張需要攀登上去才能睡的床。

「這是什麼？」我大聲讀著禮品袋上的標籤，「致幸福的新婚夫婦，安斯拉及所有婚禮團隊充滿愛和感激的祝福，希望你們所夢想的一切成真。」我回到奧斯卡身邊，「啊，真可愛，不是嗎？」

他點點頭。我坐在窗戶邊的扶手椅，解開絲帶。「要來看看嗎？」我連眼睛都在試著轉移他注意力：拜託別追究有關莎拉的細節。不要過度分析傑克說的話。請讓我們專注在今天重要的事情上。他在房間的另一端看著我幾秒，表情緩和下來，跪在我身旁。

「那麼打開它吧。」

我輕撫他亮滑的藍色光澤的深髮，微笑道：「好啊。」

在包裹著的紙巾和棉布中，是一件精緻的聖誕裝飾，手工吹製的玻璃工藝，上面刻著我們的名字和結婚日期。

「是不是很漂亮？」我說，強吞喉嚨裡的不適感，小心地把它放下。

「漂亮才配得上妳。」他吻我手背，然後吸了一口氣。「妳真的高興嗎，蘿莉？」

我對他輕聲的提問感到驚訝，他以前從來沒這麼問過我。「這還要問嗎？」

「就這一次。」他突然看起來很嚴肅。

我也深吸一口氣，看著他眼睛。我知道這個問題會嚴重影響我們的婚姻。

「我真的非常高興成為你的妻子，奧斯卡，我感謝自己的幸運星，讓你走進我的生活。」

他抬頭看我，沉默又英俊，眼神中像有話要說但說不出口，因為今天是我們的婚禮。

他起身也順勢拉我起來，「我也一樣。」

他緩慢又深情地吻我，手臂摟著我的腰，另一手放在我下巴，讓我和他融化在一起。我希望並祈禱能永遠像這樣子，找到彼此，就像在泰國那樣，就像晚上在床上時一樣。我對他的愛，不同於我對自己生命中其他任何事物，是那麼地清晰、簡單，又直接。我緊抓著它，抓著在海灘小屋台階那裡的日子。奧斯卡對我們要去哪裡度蜜月的事情三緘其口，但我內心偷偷許下心願，希望會是泰國。

我們的套房裡面，有一棵裝飾很漂亮的聖誕樹，我站在那裡，把小裝飾品掛在空著的樹枝上。奧斯卡在我身後，他的嘴溫暖地貼在我頸上，我們看著那小裝飾品旋轉，反射出光芒。

「傑克說得對，」他小聲說，「我真是個幸運的混蛋。」

2014

今年目標

一、莎拉。光是寫下她的名字，就讓我感到羞愧。我要想辦法讓她知道我真的很對不起，陷入進退兩難的泥潭，為了不讓自己愛上她男朋友，我盡了最大的努力。不知為何，需要道歉的人是我，因為我無法想像沒有她的生活。

二、奧斯卡。我的丈夫！我只想讓我們像現在一樣快樂，享受我們結婚的第一年。我沒自以為高貴，但是身為歐格韋－布萊克夫人，身邊有一種安全感在，特別是生命中其他基石都消失的時候。我的目標是，讓奧斯卡再也不用問我跟他在一起是否快樂。

三、工作。我急需換一份工作。自從結婚以來，我覺得自己已經長大了，無法再回答青少年有關愛情和失戀的種種問題；畢竟，我已不再是單戀的專家。忙得焦頭爛額的婚禮已經結束，自己想要有個新挑戰；也許我會找到更符合自己生活的東西。《妙管家雜誌》、《淑女雜誌》，也許喔。哈，再不然就是讓露西爾看到自己最喜歡的雜誌裡面出現我的名字，那她又會多一個討厭我的理由。

四、上面那點提醒了我……尊貴的露西爾女王陛下，我得加倍努力讓她喜歡我。

五、媽和爸。我得更努力擠出時間陪他們。這裡的生活比以前任何時候都要繁忙，但這不是藉口。婚禮讓我發現自己是多麼想念他們。我很高興戴瑞住的離爸媽很近，媽媽總是會把和剛出生的湯姆合照貼給我。我很喜歡看這些照片，但也讓我心痛，因為我離他們好遠，除了我之外，其他家人都能聚在一起。

3月16日

蘿莉

「這是怎麼回事？」我掙扎地醒來，坐直身子。奧斯卡拿著托盤站在床邊。

「床邊早餐，慶祝我們的結婚紀念日。」他把托盤放在我膝上，我嚇得不敢發聲，我是不是忘了什麼重要的日子。「我們已經結婚三個月整了。」他笑著說，害我白擔心了。「正確來講是三個月又兩天，不過星期天比較適合慶祝，不是嗎？」

「我想是啊。」我笑著回，「要上來嗎？」

我穩穩地接過托盤，他爬回床上放鬆背部，靠在枕頭上，那膚色仍是沙灘般的黃色。他很容易變黑，我的膚色經歷完英國的冬天已經褪色，他還仍保持蜜月時的陽光痕跡。最後我們不是去泰國。花了三個星期在馬爾地夫蹦蹦跳跳，那裡根本是赤腳的天堂。我們沒有回到麗貝島，重溫我們剛認識時的吸引力，這也許是件好事，那回憶太珍貴，不能冒險摻入雜質。不過，我說我想去泰國更勝馬爾地夫，這聽起來會不會很可笑？可能並不是單純喜歡那裡，我喜歡的是奧斯卡想過要一起回去，因為他知道那裡是我浪漫之心所屬之地。在希斯洛機場發現我們在排的是去馬爾地夫的隊伍，我有點微微失落，覺得自己是世界上最不知感恩的妻子。奧斯卡替我們的蜜月行程訂了豪華的度假村，這和泰國海灘小屋的簡樸風相差甚遠，我們住在水上別墅，像皇室一樣用餐，還包下了只有我們獨享的海灘，有雙人吊床，而且還附了一位管家……沒錯，一個管家！安排並實現我們各種臨時要求。現在我們回到奧斯卡的──我是說，我們的──公寓，但奧斯卡好像想繼續保持蜜月生活一樣。

「來點咖啡？」

「謝謝。」我放好杯子，往自己的杯裡舀了些糖。奧斯卡不吃糖。他根本不愛甜食，真的，所以我很努力抑制想吃甜食的衝動，不然我一個人大啖蛋糕或布丁會顯得我是貪吃鬼，我相信奧斯卡不會這樣想，但我還是盡量不吃。幾個月前還會和莎拉約喝咖啡，吃點蛋糕盡情享受，但自從吵架後我們再也沒說過話。每次我想起這件事，胸口就十分沉重。在蜜月時，我把這些先丟到腦後，告訴自己不該破壞和奧斯卡的美好旅行，就算是一丁點也不要。回來後，仍保持這樣的做法：日子一天天過去，我愈來愈不想面對。如果要從唯一正面角度來看，至少我不會再被長年以來的秘密所累。因為最壞的情況已經發生，莎拉知道了，但奇怪的是，我反而覺得自己被淨化，愛奧斯卡愛得更純粹。但我這得來不易的清白良心，付出了很高的代價。

「這蛋煮得真好，奧先生！」我用刀尖試探性地戳一下我的蛋，「我從來沒成功過。」

「我打電話給我媽，她教我做的。」

我覺得自己算了不起，因為沒有給他一個「你做了什麼？」的眼神，但我可以想像奧斯卡告訴露西爾我還在睡，而自己卻得起來做早餐時，她臉上會是什麼表情。雖然是假日早上八點，但我想她還是會註記在大腦裡：蘿莉是個懶鬼。她可能很快又會對我增加新的註解，我想婚禮過後我很快就會被貼滿標籤。

「嗯，你做得太棒了。」我滿意地看蛋汁流在英式馬芬上，「我會被你寵壞。」

「我喜歡寵妳。」

「和你結婚真是一種享受。」

他對這句讚美感到高興，微笑地說：「我們會一直這樣嗎？」

「我不知道，如果我們想的話，也許可以？」我說。

「大家都說，結婚幾年後，光環就會消失。」

「是嗎？」當然了，也有人對我說過類似的話，說人的關係就像一陣風，現實會吞噬一切，所有的浪漫都會消失。

他點點頭，我沒問他他口中的「大家」指的是不是露西爾。

「嗯，他們懂什麼。」我吃完後小心地把托盤放在地上，回到奧斯卡臂膀，靠在枕頭上。

「他們才不懂。」他說，把我肩帶扯下露出胸部。

他手指靠近我乳頭，我抬起臉讓他吻我。「我的妻子。」他輕聲說，就像他平常那樣的口吻，我很喜歡，但有時也希望他能像以前那樣叫我海星。

他把我翻過來躺在下面，我緊緊抱住他，我們做愛。之後，被子蓋在肩上，我臉靠在他胸膛睡去。我希望只有我們兩人就好，希望生活一直如此。

晚餐是烤過頭的羊排（我自己做的，不用打電話問媽媽），奧斯卡幫我斟酒時，一直看著我。

「我有個消息要說。」他把酒放回我們新的金屬酒架，酒瓶傾斜的角度剛好，我也不知道那有什麼用。這是蓋瑞和費莉絲蒂送的結婚禮物。

我的動作停了一下，我們整個禮拜都在一起，如果有什麼新的消息要講，一般不會在星期天晚上突然宣布，不是嗎？如果我有什麼事想講，一定會忍不住在第一天就說。奧斯卡能有什麼新消息？還特別選在閒聊時間提起？我微笑，要讓自己看起來心情愉快，但我一直有種感覺：我背脊被冰指甲輕輕劃過。

「銀行讓我升職了。」

我鬆了口氣，「這是個好消息，那新的工作內容是？」我不知道我問這個幹嘛，因為我也不太知道他原來的職務內容。

「卡普爾月底會調到美國，銀行需要有人接管布魯塞爾那裡的帳目。」

我見過卡普爾幾次；他符合我心中典型的銀行家：細條紋西裝、粉色襯衫和一張大嘴。我不太喜歡他。

「這樣算一般升職？」我用問句結尾，微笑著表示自己高興，雖然我完全不了解他們的等級制度。

「升得相當多，」他說：「副總裁。手下會有四個團隊。」奧斯卡不太會自誇，這是他眾多優點之一。「但我想先和妳談談，因為這代表我一個星期會有幾天得在那裡度過。」

「待在布魯塞爾？」

他眼中閃爍著什麼，點點頭。

「每個星期都要去幾天？」我盡量不讓語調出現上揚驚訝語氣，但最後失敗了。

「應該吧，之前卡普爾每週過去三天。」

「哦。」我愣了一下，不想成為掃興的人；這是他贏來的，我想讓他知道我為此驕傲。

「如果妳覺得要離開太多天，我可以拒絕。」他說，我覺得自己像個壞女人。

「天啊，不！」我起身繞過桌子滑到他大腿上，「我聰明的丈夫。」摟著他脖子，「只是我會很想念你，就這樣，沒有比這更讓我驕傲的事了。」我以吻表示真誠，「做得好，我很高興，真的很高興。」

「我保證我不會只當半個丈夫。」他深色的眼睛望著我，彷彿這件事需要再三確認一樣。

「我也不會只當半個妻子。」我也說了，但面對未來的情況，有點擔心這句話要怎麼實現。他的野心愈來愈大，對職業前途感到興奮，我則需要找一些新事物填補我每個禮拜另一半的時間。我忍不住跟自己父母比較，他們總是炫耀他們從沒分開過，除了媽媽在醫院生產，和爸爸身體不好住院。永遠相扶持不是婚姻誓言的一部分嗎？

奧斯卡解開我襯衫最上面的幾顆鈕釦，我把它遮回來，看著他。「我知道你的把戲，先生。」我說：「但桌子頂得我背好痛，而且我還沒吃完晚餐，看來你運氣不太好。」

他看起來有點沮喪，揚起一邊眉毛笑一笑。「這羊排真是美味到不行。」

就這樣，結婚僅僅三個月，此後我們的生活將有一半是各過各的。等我再次拿起餐具，羊排已經走味了。

5月27日

蘿莉

露西爾非常清楚星期二是奧斯卡在布魯塞爾的日子，天曉得她來按我們家電鈴幹嘛？我考慮了一秒，想假裝不在家，但放棄了。說不定她幾分鐘前有看到我進門，也或者家裡有監視用的攝影機在觀看我的一舉一動。

「露西爾，」我開門時掛著笑臉，歡迎她，至少我希望是如此。「請進。」

突然發現我「請她進來」似乎有點不太對。畢竟，這房子的所有人是她。但她維持禮貌沒有表示什麼（即便從我身邊經過時的傲慢神情已充分說明了一切）。我把桌上的空咖啡杯收走，好在今天早上上班前用吸塵器吸過地。奧斯卡一直想讓我請居家清潔人員，但我無法想像跟媽媽說我會花錢請人打掃。露西爾坐下後挑剔地環視四周。天啊，我到底要跟她聊什麼？

「不好意思，今天奧斯卡不在家。」我說，她的臉瞬間垮下來。

「哦。」露西爾撥弄她常戴的超大顆奶油色珍珠項鍊，「我還真是沒注意到。」

最好是。在她的記事本裡，會把奧斯卡的行程專門用綠色筆記錄下來。「來點茶好嗎？」

她點點頭，「大吉嶺，謝謝。這兒有吧？」

一般來講我不會特別準備這些，但有人送了我們各種茶葉作為結婚禮物，所以我只是笑笑請她稍坐，然後我去找找有沒有茶。哈！我有！我對空揮拳，我有大吉嶺。我很清楚她是為了抓我小辮子才提出這要求，不過這時覺得自己贏了，似乎不太好。我希望我們之間的關係不是這樣，也許現在是我能改善關係的好時機。就在我沏茶時，也把結婚時別人送的糖罐和鮮奶一起放在托盤上，上面有兩只茶杯，跟一小盤奶油酥餅。

「來，」我覺得自己真是聰明機警，拿著托盤回去。「奶、糖、餅乾，應該沒少什麼。」

「不不不，但真是謝謝妳費心。」露西爾說，她的眼睛和奧斯卡的深棕色不同，更像琥珀色。也更像蛇。

「太客氣了，」我說完後，便將手塞到臀下，這樣就不會因為坐立不安而動來動去。「有什麼事要找奧斯卡嗎？」

她搖搖頭，「我只是剛好經過。」

我在想，不知道她多久經過一次；我知道她有鑰匙。如果我們剛好都不在家，她要自己進來也不是不可能。這種想法讓我感到不安。她會來尋找其實我是想貪圖他們家財產的證據嗎？翻閱我的郵件，尋找刷爆信用卡的帳單，或是在我抽屜裡找看看有沒有我以前不光彩的紀錄？她一定會很失望，因為我是清白的。

「我想妳這個禮拜一定覺得很寂寞吧？」

我點點頭，「他不在時我很想他。」我有個惡意的衝動，想跟她說，我都瘋狂開派對來填補我的時間。「我就盡量讓自己忙一點。」為了強調剛剛的話，我幫她倒茶，不加牛奶，也沒加糖。

她像淑女一樣啜了一口，然後嫌棄地縮了一下肩，好像我給她喝的是電池裡的硫酸。「我想下次煮的時間要再短一點。」

「對不起。」我小聲說，真正讓我害怕的是她提到了「下次」。

「是行政部門嗎？在雜誌社？抱歉，能不能提醒我一下妳的工作是什麼。」

我在內心對她突然的提問嘆了口氣。她明明就很清楚我的工作和所屬公司。她絕對已經在網路上查過。「並不是耶，我是一家青少年雜誌的專欄記者。」是，我懂，那不是新聞業最熱門的職位。

「今天和奧斯卡通過電話了嗎？」

我搖搖頭，抬頭看了眼時鐘。「他通常會在九點以後打來。」我停一下，本著和平的精神，向她遞出橄欖枝。「如果妳希望的話，要不要我請他明天打給妳？」

「別費心了，親愛的。我相信要他每天記得打電話回家已經夠累的了，不想再增加他的待辦事項。」她講完笑了兩聲，感覺我是個殘酷的妻子，需要學會怎樣拿捏分寸。

「我不覺得打電話回家有什麼好麻煩的，」我按捺著怒氣，「分隔兩地是很辛苦，但我替他感到驕傲。」

「是啊，我想妳一定是。他的工作壓力很大，尤其還要管理海外的團隊。」她笑了笑，「而且克莉西達也跟我說，能在他手下工作真是太棒了。」

克莉西達也在那裡工作？她是想激我問她更多事。雖然問題在我喉嚨裡燃燒，但我仍將它強吞下肚。我拿起茶杯掩飾，啜飲那可悲的茶，味道很像貓尿。我們隔著玻璃咖啡桌相互評估觀察，然後她嘆了口氣看看手錶。

「天啊，已經這麼晚了？」她起身，「我該告辭了。」

我立刻跳起來送她出去。在門邊親吻她粗糙的臉頰時，終於從深淵中找回一些勇氣。「想不到有妳作伴這麼開心，妳應該常來，媽。」

要是我叫她臭婊子她臉色也不會比這更難看，我真的認為她會給我一巴掌。

「蘿蕾爾。」她正式地點頭行禮，走出大門。

確定她真的離開後，我把那像尿一樣的茶倒進水槽，倒一大杯紅酒。這麼討厭的女人居然能養出這麼溫柔的男人，這點我真是百思不得其解。

我一個人孤零零坐在沙發上。我明白露西爾來這裡有一個理由，也只有這一個：確認我知道奧斯卡在布魯塞爾的那半個禮拜，是和跟他更登對的前女友在一起。那個他一直不願提起的克莉西達，竟然在他手下工作。

我唯一想打電話聊聊的人就只有莎拉。差點就真的撥出她號碼，要是她真的接了，我該怎麼說？嗨，莎拉，我需要找人談談，我發現我丈夫和他前女友相處的時間太長了？不知怎地，我覺得她應該沒有辦法同理我。於是，我拿出筆記型電腦，打開臉書網頁。我和克莉西達不是臉書好友，但奧斯卡跟她仍然是，從他的頁面找到克莉西達不費吹灰之力。除了幾篇她想讓全世界人看到的貼文和在布魯塞爾各種五花八門照片外，大部分貼文都設為私人。我點擊瀏覽了一下，直到我看見一張她跟一群人在露天酒吧的合照，奧斯卡跟她同桌，就在她身旁大笑。

噢，奧斯卡。

6月10日

傑克

愛丁堡的陽光真是炙熱。我來這裡一年多了，開始有家的感覺。我對這裡的街道瞭若指掌，雖然只是大部分，而我小腿肌肉也前所未有地發達，這整個地方就像在巨大的山上鋪上草皮。第一次來這裡，不時會看到非常簡樸的花崗岩建築，相較於哥德式的，它更能反映出我內心狀態。現在我眼中的這個城市：充滿活力、忙碌、熱情。但我還是不喜歡風笛。

「你的，傑克。」勞恩說，我那蓄著大鬍子的製作人，舉起一品脫的啤酒，穿過這露天的啤酒花園走來。是的，我們一般都在露天酒吧開團體會議，這是我們的作風。

「維瑞蒂怎麼沒來？」當我跳到桌子旁時，我的助手海莉揚起眉毛看我。

「沒，」我說：「我們友善地分手了。」

我們這桌有六個人，其他人同步發出「喔嗚嗚嗚嗚嗚」的聲音，我對他們比了兩個YA的手勢。

「幼稚。」

海莉一直想表現得成熟，但諷刺的是，她是我們團隊裡年紀最小的。

「抱歉，不是故意要打探你私事。」

我聳聳肩，「沒事。」

「可惡，兄弟，」勞恩難過地說：「抱歉我們提了不開心的事。」

我再度聳肩。事實上，我沒有那麼不開心。這已經有一段時間了；維瑞蒂在各方面的要求愈來愈高。她想要的比我已經付出的都還要多：我的時間、我的精力、我的情感。我不覺得分手後我們之中會有誰覺得難過；況且，維瑞蒂老是按掉莎拉或是蘿莉打來的電話，總是逼著我說她比她們更漂亮、更成功、更有趣。那些競爭讓我厭倦；因為那些是為了讓維瑞蒂覺得自己最棒最好，卻不能讓我成為最好的自己。而且，我對她來講也不是最好的。我們興趣完全不同；我不懂馬球規則，也不太想學。事實上，我現在不想談戀愛，不管是和維瑞蒂或其他人，我知道這樣聽起來可能有點混蛋。

我舉起一品脫的啤酒，「敬自由！」

勞恩在我旁邊，笑著說了些什麼英雄本色之類的東西。

6月25日

蘿莉

「蘿莉……」

我剛剛面試完，現在在波羅市場裡的一家咖啡店戶外座位，在陽光下用一杯咖啡犒賞自己。這時，有人在我桌旁停下。是她。

「莎拉。」我站起來，這預期之外的重逢讓我嚇了一跳，更讓我震驚的是，她居然會開口和我說話。「最近好嗎？」

她點點頭，「嗯，妳知道的，老樣子，妳呢？」

雖然這對話矯揉造作般的生硬，但我已經快哭了。「我剛才去面試新工作。」

「噢。」

我希望她追問我細節，但她沒有。「妳能留下來喝杯咖啡嗎？」

她看看我的杯子，考慮了一下。「不行，我還有地方要去。」

和她說話的喜悅是如此灼熱，如此絕對。我好想抓住她外套邊緣，阻止她離開。我的失望一定都寫在了臉上，因為她嘴角隱約掠過一絲笑意。

「改天再約吧，蘿，好嗎？」

我點頭，「我打給妳可以嗎？」

「或是我打給妳，都行。」

她大步前進，舉手告別，然後消失在熙攘的市場人潮中。幾秒後，我手機響了。

祝妳面試順利，莎X

我忍不住流下眼淚。整個上午，我都在為了一家光鮮亮麗的女性雜誌專欄面試緊張兮兮；現在我已經不在意是否錄取，因為我剛剛得到更寶貴的東西。我想我可能找回了我最好的朋友——至少可以算是有進展。我好想把咖啡倒到旁邊花圃，然後點一杯雞尾酒。

10月12日

蘿莉

「生日快樂，親愛的湯瑪斯，祝你生日快樂。」

大家都在鼓掌，寶寶像傻瓜一樣笑得很開心。

「真不敢相信他已經一歲了。」我抱著他，上下輕輕地晃著，這個週末我看安娜做過很多次。我嫂嫂沉浸在為人父母的氛圍裡，從來沒有人知道她肩上要是沒有塊紗巾、腰間沒有掛著揹巾腰凳會是什麼樣子，腰凳是用來撐住小湯姆那胖嘟嘟的小屁股用。我可以保證：他超級可愛。金黃色的鬈髮，胖嘟嘟，有幾顆小小的白牙，臉頰紅通通。這麼小的小東西，主宰了這個週末；這裡每件事都和他有關，以他為中心展開。

「妳抱著他的樣子很好看，蘿莉。」

「不准多嘴。」我瞪了媽媽一眼。

她笑笑聳聳肩，「我只是在想……」

不管想什麼，別說出口。自從結婚後，大家問我們的第一件事，就是什麼時候能聽到小腳丫啪啪踢地的聲音；當然除了露西爾以外，她可能每晚都跪在床邊祈禱我不孕。另一位同事問我要不要生小孩時，我想大喊一聲，現在是二〇一四，不是一四二〇。如果我想先以工作為重呢？

戴瑞抱了抱我的肩膀表示歡迎，孩子就快哭了，我馬上交還給他爸。「老妹，盡可能晚點生，有了孩子後，現在過的日子就會完全改變了。」

好險奧斯卡已經先離開，不然這話題會沒完沒了。他今晚要飛往布魯塞爾，所以提早離席去準備長達五天的漫長行程；他們正處在一個收購案的談判中，他需要在那裡監督事情。我不讓自己問他克莉西達在這期間是否也參與；他向我保證，不管克莉西達在不在，我都不用擔心，我選擇全心全意相信他。他畢竟是對的——我本就知道克莉西達和他同家公司——但我不知道他們工作上如此密切。而且就在露西爾來找我說三道四的前一週，奧斯卡還曾向我保證過，他們之間沒什麼。好在，我不是那種會嫉妒的人，也找不出他有什麼理由會和克莉西達重燃舊情。他們只是同事，這種事很常見。只是不單是同事，還一起在異國共事，這可能就沒那麼普遍。但我仍相信奧斯卡，僅此而已。所以他去布魯塞爾時，我打算和自己家人待在一起，直到明天下午。我會盡力完成今年寫下的目標，優先達成和露西爾無關的項目。

要是我說揮手和他道別後，我內心反而放鬆了點，這樣是不是很糟糕？我們在一起時，他一直誇我父母，但我還是覺得很尷尬，好像要是我不在，房間裡就都是陌生人。搭火車來的路上，我大部分時間都在裝睡；實際上我在思考各種事情。假日安排、工作（當然是著重於自己的事多過於奧斯卡的，原因很明顯），浴室要粉刷的新顏色，諸如此類的事情。當然，我沒把小湯姆也算進去。有寶寶在場，基本聊天不會有冷場，所以大致上算是一個愉快的家庭週末。

我發現自己明天不太想回倫敦，回到我那孤單、寂靜的公寓。

「把這個拿給妳爸，好嗎，親愛的？」媽翻了個白眼，遞給我一杯茶。「他在房裡看球賽。」

爸爸是阿斯頓維拉球隊的狂熱球迷；只要有轉播，他就會看，就算是孫子生日也一樣。我拿著杯子，沿著大廳蹦蹦跳跳，很高興可以逃離「蘿莉什麼時候生小孩」的談話內容。那個問題的答案就是：當蘿莉準備好要生的時候。

「爸？」我推了推書房門，打不開。我嚇了一跳，這門不可能上鎖，它連鎖頭都沒有。我又推了一下，有什麼東西卡在門後。「爸爸？」我又叫了一聲，他沒有回答，我心臟狂跳。緊張地用肩頂著門，茶水打翻，都濺上了媽媽新的米色地毯。這次門開了一英寸左右，然後，時間像是停止了。我聽到有一個聲音很像我，但不可能是我的人在大叫，她一次又一次地在喊救命。

10月13日

蘿莉

「我開了一些幫助她入睡的東西，她累壞了。」

醫生下樓時，我努力想對他微笑，但臉卻不聽使喚。「謝謝你。」

費里曼醫生就住爸媽家對街，多年來因為社區醫療的原因，時常進出我們家。聖誕派對、骨折……昨天戴瑞一去找他求救，他馬上就來幫忙了。現在他再次來訪，看看我們情況如何。

「非常抱歉，蘿莉。」他捏了捏我肩膀，「如果有什麼能幫上忙的，不管白天晚上，只管打給我。」

戴瑞送他出門，然後我們坐在過度寂靜無聲的爸媽家餐桌旁。安娜已經帶孩子回家，奧斯卡至少在明天下午前都被困在布魯塞爾，他很絕望。但說真的，不管是他或是誰都無能為力，也無話可說。

爸昨天去世了。在這裡待了一分鐘，然後就走了，身邊沒有人牽著他的手和他吻別。一直有種念頭纏著我：要是我們當時和他在一起，事情可能會不一樣。如果戴瑞和我像小時候一樣陪他一起看比賽……雖然我們都不愛足球。如果媽媽早十分鐘幫他沏茶……如果……如果……如果……醫護人員到達現場，宣布他已經斷氣，也一再和我們說了，以他心臟病發的情況，就算我們即刻發現也救不了他。但要是他大聲喊叫卻沒人聽見呢？戴瑞把紙巾推給我，我才發現我又哭了。我想今天大概沒停過。不都說人體百分之七十都是水還是什麼組成的嗎？這一定是真的，因為我淚水像廢棄房屋裡沒關上的水龍頭一樣，流個不停。

「我們需要安排葬禮。」戴瑞聲音聽起來很空洞。

「我不知道要怎麼做。」我回。

他捏著我的手，用力到指尖發白。「我也是，但我們會處理好的，妳和我。媽媽需要我們。」

我點點頭，淚水仍沒停下。是，戴瑞說得對；以媽媽的情況，她什麼事都做不了。這輩子在我有生之年都不會忘了那個情景：媽跪在地上掙扎著要去找爸爸的樣子。當時我一喊，她立刻就飛奔過來，好像有什麼第六感告訴她，她這一生的摯愛出事了。他們從十五歲就在一起。現在耳邊都還聽得到她當初的叫喊：當她無法喚醒他時，高嘯著他名字的尖銳聲音；救護車人員記錄下他死亡時間，輕輕把媽媽移開時，她低沉的嗚咽。之後，就什麼都沒有了。她沒說話，不吃飯也不睡覺。像被關機一樣，好像只要他不在這裡，那她也不在。費里曼醫生說，就先這樣，每個人碰到這事情的反應都不一樣，給她點時間。但我真的不知道她有沒有辦法克服。其實我們也是。

「我們明天就去，」戴瑞說：「安娜會來陪媽媽。」

「好。」

我們在這整潔安靜的屋子裡，再次沉默。我們在這裡長大，總是在這裡一起吃晚飯，圍繞著相同的桌子。金妮去世後，原本的一家五口勉強在一家四口的情況下熬了過來；總是會留著一把空著的椅子。現在我望向爸爸空下來的椅子，又哭了。我無法想像現在成了一家三口該怎麼走下去。太空蕩了。

傑克

「不管是誰，給我滾。」

鈴聲依然響個不停，所以我手臂從床上垂下，在地板摸索我的手機。大家都知道我工作是在晚上，他們可以在廣播聽到我聲音，所以天知道會有誰在接近中午午餐時間打來。我手一握緊手機，它就停了；每次都這麼剛好。我已經躺回枕頭上，將手機靠近臉，瞇著眼看。是蘿莉的未接來電。該死。我看著亞曼達赤裸的背，正對著我轉過來，我權衡著，在我女友睡在身邊的時候回電給蘿莉會不會太愚蠢。思考過後，的確很蠢，所以我按掉電話。不可能是什麼急事。

「是誰？」

亞曼達轉向我，蜂蜜色的皮膚，藍色眼睛和堅挺的乳頭。我們目前正處於「像兔子一樣一天到晚做愛」的階段，在她身上沒有看到比基尼曬出的痕跡，讓我有點不習慣。

「推銷電話。」

我靠在她乳頭上，含住它，身後床櫃的手機又發出新訊息的聲音。蘿莉不常打來，我們像大多數的成年人一樣，利用臉書在上面傳訊聊天。要是她留了訊息，那就一定有什麼特別的事想講。

「幹，抱歉。」我滾下床拿起手機，「我最好先看一下，等等再說。」

我按下收聽留言，她懶懶地看著我，自動語音信箱告訴我有一通沒聽過的語音留言。亞曼達從床單上滑到我肚子下。天啊，她真厲害，我閉上眼睛聽著訊息開始喘息，幾乎忘了剛才是誰打來的。

「嘿，傑克，是我。蘿莉。」我想讓亞曼達停下來，因為在一個女人手握著我老二的情況下，聽著蘿莉平靜的聲音，這感覺實在很怪。「我想和你說說話。聽聽你聲音。」天啊，我好像出現幻象。就算是現在，我仍不時會夢到蘿莉，而且夢裡的情況和現在差不多，她打電話給我，說想要我渴求我，而我下面又硬得可以。

「我很抱歉在你睡覺的時候打給你。只是……我爸爸昨天去世了，我不知道你有沒有空……」

聽到這裡我才意識到她在哭，於是把亞曼達推開，猛然坐直身子。蘿莉的爸爸死了。該死，堅持住，蘿。我跌跌撞撞下床，一邊拖著牛仔褲一邊按手機號碼，向亞曼達說了幾句對不起。然後把自己鎖在浴室，在一個人的廁所裡，就可以和蘿莉說話不被人聽見。電話響了三聲她就接起。

「蘿，我收到妳的留言。」

「傑克。」

她才剛說我的名字，就已經泣不成聲說不出話，所以我只好先開口。

「嘿，嘿，嘿。」我盡量小聲，「我知道，親愛的，我知道。」我真希望能抱住她。「沒關係的，蘿莉，沒事，甜心。」我閉上眼，她的悲傷是這麼強烈，聽到後連我都感到傷心。「我希望能出現在妳身邊。」我低聲說，「緊緊抱住妳，妳能感覺得到我嗎。蘿？」聽到蘿莉哭是世界上最糟糕的事。「我會摸妳的頭髮，抱著妳，跟妳說一切都會沒事的。」我小聲地說，她慢慢抽泣。「我會跟妳說，我找到妳了，我在這裡。」

「我希望你真的在。」過了一會兒她說了幾句，馬上又抽抽噎噎。

「說不定喔，我會趕下一班火車去。」

她吁了口氣，聲音終於穩定下來。「不，我沒事，說真的，我很好。戴瑞在這裡，當然還有媽媽。奧斯卡明天晚上應該會來。」

我想說奧斯卡應該現在就在場，但沒說出口。

「我不知道該做什麼，」她說：「不知道該怎麼辦，傑克。」

「蘿，沒有什麼要做的，相信我，我知道。」

「嗯嗯。」她溫柔地說。

「妳今天不需要急急忙忙找事情做，」我跟她說。我對那黑暗艱辛的日子記憶猶新，「這可能聽起來有點困惑，妳就做妳覺得該做的事，不要太過悲傷，但也不要太壓抑，也不要因為不知道怎麼幫妳媽媽就感到自責。就這樣吧。蘿莉。這些是妳現在能做的。就是挺住，好嗎？等到奧斯卡來，再開始進行後續事宜，讓他幫妳聯絡該聯絡的人。相信我，他會很樂意能幫上忙。」

「好。」她聽起來鬆了口氣，好像她只是需要有人陪她走過這一過程。我多麼希望那個人會是我。

10月27日

蘿莉

「住三號的愛麗絲請我帶過來，她說她稍後會去教堂。」

我媽媽的妹妹，蘇珊阿姨給我一大塊維多利亞蛋糕。她會在這裡待一陣子，她的到來讓人安心，幫助媽媽度過這困難的時期，和擔任司儀的神父談葬禮的事，決定媽媽在那天要穿什麼，並讓她理解這世界就算沒有爸爸也仍會轉動。蘇珊阿姨四年前失去自己的丈夫，也就是我姨父鮑勃；她比我和戴瑞更瞭解媽媽的情緒。我們失去爸爸，而她失去了自己的靈魂伴侶，今天她必須在他的葬禮上面對這個事實。

我手裡拿著蛋糕走進廚房，莎拉出現在窗戶後面，手在半空還沒拍窗就看到她。每次回來都說是回爸媽的家；突然想起以後就只能說回媽媽的家。一想到以後她要一個人在這麼大的屋子裡消磨時間我就感到難過。

「嘿，」我開門後跟莎拉打招呼，然後看著她把食物堆在廚房櫃檯上。「哇。」我懷疑這裡的馬莎百貨是不是庫存都空了。蘇珊阿姨正在上網訂購餐巾和免洗餐具。

「這些用完就直接丟掉，」她邊點擊螢幕邊說：「在葬禮後，沒有人會想收拾清理。」

這裡的食物加上早上鄰居和朋友送來的大約六個蛋糕看來，沒有人會餓著肚子離開。

很高興能有個知道該做什麼的人負責，雖然奧斯卡從布魯塞爾回來後。他、戴瑞和我已聯絡殯儀社做了基本安排。世界上還有什麼比選棺材更糟的事嗎？誰管它是石頭灰還是松木綠？或是把手要黃銅還是銀？我們似懂非懂選好樣式，不管選哪一個，最後都會裝著我敬愛的父親送來這裡。感覺太不真實，太殘酷，不像真的。

莎拉轉過來抱住我肩，「還好嗎？」

我點點頭，眨掉卡在睫毛上的淚水。我沒跟她說事情發生時我先打電話給傑克。我跟我自己說，他是我唯一認識經歷過喪親之痛的人；我需要別人告訴我那是什麼感覺。當天結束後，我一個人坐在小時候的臥室裡，想打電話給自己最好的朋友。從那天在市場巧遇以後，我跟莎拉每隔幾週就傳簡訊，聚在一起喝咖啡吃蛋糕，有時也喝紅酒，慢慢修復我們的友誼。一聽到她熟悉的聲音，我們之間最後的距離也消失了。第二天晚上，她就不請自來地到了門口。雖然她非得回倫敦工作，但她昨天還是及時回來參加葬禮。

「我想是的，」我聳聳肩，無助地看了她一眼。「真的沒什麼可做，就等吧。」

她把外套掛在一張廚房的椅背，再把水壺放在爐子上。「妳母親好嗎？」

我搖頭，拿幾個杯子給莎拉。「我猜還可以。」這是我能想到最積極的詞。她正在克服。一下睡，一下醒，有人跟她說話會回應，但大多數時候她只是坐著，看向遠方。我不知道該對她說什麼；好像我突然成了一家之主，但我不知道該怎麼做，要怎麼安慰她。

「也許今天過後會不一樣。」莎拉不是第一個這麼說的人，葬禮是一個人正式離開的地方。在葬禮後其他人會重新生活，而你也得找到一種新的生活方式。

「也許吧。」我說，不知道這種新的方式該怎麼找。「妳看起來不錯。」

她那低馬尾擺動著，低頭看自己的 Jackie O 連身裙。「公司的津貼。」她笑著說。她現在常出現在新聞快報裡，好像她注定要成為這樣的人。我們在廚房桌子旁坐下喝咖啡，我看著自己杯子裡在轉動的幾顆方糖。

「這讓我想起了德蘭西街。」她說。

我也突然有種渴望和遺憾，「真希望能夠回去。」

「我知道，親愛的。」

「莎拉，我很抱歉……」我急著道歉，想把之前的事翻出來；雖然她人就在這裡，但我們對彼此之間的爭吵沒提過半個字，沒提到傑克。

「現在不是時候，從那之後，過去發生的很多事情都不再重要。」她用力握我的手。

但這事情一直在我們之間，沒有解決。就像用張防塵布罩著，在四周重新刷上油漆。我知道總有一天會把這防塵布拿下，看看底下還剩下些什麼。

「時候總會到的。」我說。

「是啊，」她說：「但不是今天，也許以後。」

傑克

「啤酒？」

奧斯卡過來拿一瓶啤酒給我，我正靜靜坐在一條小溪旁的長凳上，想找個機會安靜個五分鐘，這小溪經過蘿莉父母的花園。

「謝謝。」他坐在我旁邊，手肘撐在膝蓋上，我側身看他一眼。「漫長的一天。」

他點點頭，「妳覺得她會沒事嗎？」

突然沒頭沒尾的問，我得確定一下他指的是誰。「蘿莉？」

「是啊，」他喝著自己杯子裡的東西，看起來應該是威士忌。這麼多年後我們已經確定，我是個喝啤酒的人，他是喝單一純麥的人。「我不知道該跟她說什麼。」

他是在問我的意見嗎？我深思，因為不管過多久，我都不可能和他太親密，唯一有的共同點，就是他仍關心蘿莉。

「就我經驗，她比她看起來的更堅強，只是有時候還是會崩潰。」我想起過去的那一天，我在大雪中吻了她。「問問她的感覺，不要讓她憋著。」

「但我不知道該說什麼。」

「沒有人知道，奧斯卡。說什麼都可以，隨便。比什麼都不說好。」

「你似乎總是知道該怎麼說。」他嘆了口氣搖搖頭，想著。「就像你在我們婚禮上的致詞。」

他停下來看著我。哦，媽的，這不是我跟他該談論的事。

「什麼致詞？」我嚴肅地看他。

他往後靠，手搭在長凳後面。「傑克，我們實話實說吧，有時候我會想，你對蘿莉的感情是不是真的純友誼。」

我笑著把臉轉開，一口氣把啤酒乾了。「有這麼多的機會，結果你選擇在她埋葬父親這天來談？」

「這只是一個簡單的問題，」他說得像很有道理似的，「我只是問你是否對我妻子有特殊的情感？我覺得我耐性已經夠好了。」

簡單的問題？耐性夠好？我想他根本沒意識到他聽起來有多傲慢。如果不是因為這是蘿莉父親的葬禮，那這天就是我和奧斯卡不用再假裝友好的開始。既然如此，那我就用個簡單的答案來回應他那簡單的問題。

「對。」

「啤酒？」

半個小時，我抬頭看到莎拉。「你們是想幹什麼？把我灌醉？先是奧斯卡，現在是妳。」

她有點失望，「對不起，還是現在不適合打擾？我可以離開。」

「不，」我嘆了口氣，接過她手上的啤酒。「對不起，莎拉，我太粗魯了，坐下來聊聊。」

她滑到我身邊，穿著人造皮草，暖呼呼的。「怎麼了？」她啜飲紅酒，「除了那些常規事物外。」

我花了一點時間才聽懂，她指的「常規」是說葬禮守靈的事。

「就很常規。」我說：「這讓我想起自己不想去想的事，妳知道的。」

「我知道。」她說：「你可能是我們中，最知道怎麼和蘿莉談的人。」

我摟著她肩膀，偷一點她的體溫。「我不認為，她知道我每天都在想念我父親能讓她更輕鬆。」

她依靠在我身上，「對不起，我從來沒怎麼問過你父親的事。」

「不用對不起，」我說：「妳一直都很好，是我太混蛋。」

她輕笑著，「嗯，很高興我們終於知道怎麼回事了。」

「妳也太直接了吧。」

我們坐在那裡想事情，身後是屋子裡傳來的喧鬧和餐具碰撞聲，眼前是小溪潺潺流水。

「妳沒有打算跟我說妳和蘿之間發生的事？如果我誤會了可以直說，但我很確定，妳不是因為家裡發生什緊急的事，讓妳無法參加她婚禮。」

她想了一下我的問題，嘴角歪了一下。「我不覺得這事情有什麼好挖的，都過去了。」

我沒有逼問下去，「還和路克在一起？」

她點點頭，雖然想藏起眼裡的光芒，但她失敗了。

「他對妳好嗎？」

她憋著笑聲，「他絕對不是個混蛋。」

「好。」

「我想他可能是我的百分百情人。」

我看著她，開朗有力，我對她只感到愛和喜悅。這證明了當初讓人心碎的決定是正確的。她牽起我手。「他要我和他一起去澳洲。」

「一起生活？」

她嚥了口口水，點點頭又聳聳肩。「這是個重大決定。」

「這當然了。」我無法想像她要放棄這裡的一切，在澳洲重新開始。「他值得妳這麼做嗎？」

「如果我得在這裡和他之間做選擇，我會選他。」

哇！「我真替妳高興，莎。」我真心的，想起我們第一次見面，然後又想起在蘿莉和奧斯卡他們家花園的那寒冷夜晚，還有曾經相處的種種日子。我們互相學習怎麼愛人，一起成長，直到無法前進。「蘿莉告訴我，他是開搜救直升機的。」

她笑了，這是我今天看到最可愛的東西。「是。」

「貨真價實的英雄。」我小聲說，但我是認真的，和她互乾了一杯。

「你和亞曼達呢？」

我想，她應該是從我們偶爾傳的簡訊中記住了亞曼達的名字；我花了一段時間才找到一位可以相處的女人。

「我喜歡她。」

「聽起來不是很強烈的字眼。」

「她人很好。」

「天啊，傑克，很好？不錯？你把她從痛苦中解救出來再甩了她？」

我皺眉，「就因為我一頭熱地衝到她面前說她好棒，那我就得給她滿分？」

「是啊。」她不可置信地看我，「不然這一切是為了什麼？」

這一切是為了什麼？她的問題讓我答不上話。「我想我是試圖弄清楚，人們是否要從百分之百開始，又或是可以從百分之七十再慢慢往上加。」

她搖搖頭嘆了口氣，好像我早就知道答案。

「我問你下一個問題，你能保證會如實回答？」

天啊，這是什麼傑克真心話的挑戰嗎？我感覺她要問一個我不想回答的問題。「問吧。」

她一度張口又閉上，像不知道怎麼說。「如果你當時遇到的是蘿莉而不是我，你會認定她是你的百分百嗎？」

「哇，妳從哪冒出來這問題的？」

「我聽說了，你在她婚禮上的致詞。」

啊哈。又是那該死的致詞，「必須有人站出來，莎拉，我又剛好在那。」

她點頭，好像這答案再合理不過。「就我所知，你讓屋子裡每個女生都想當你致詞裡的對象。」

我輕笑，「妳了解我，我一向口若懸河。」

「那次不是。」她聲音岔開；我沒辦法直視她。「你這個笨蛋、笨蛋。我希望自己能早點發現早點知道。我想我是有一點意識到，只是不願正視。你為什麼不跟我說？」

我可以假裝聽不懂她的意思，但那又有什麼意義？「沒用的，莎拉。她已經結婚了。過得很幸福，幾年前就不再愛我了。」

「那你愛她嗎？」

我不知道該對她說什麼。我們沉默，並肩坐著。「我不知道，也許有一點。可是這不是什麼電影情節，莎。」

她嘆了口氣靠在我身上。

「如果是呢？如果奧斯卡離開，你會怎麼做？」

我在她髮上吻了一下，有些事最好不要說出口。「我們進去吧，外面太冷了。」

我們牽著手回去，然後我找了個藉口離開，往火車站走去。很明顯，我待在這裡只會有壞事發生；我得回去。也許在回愛丁堡的路上，可以計算出百分之七十怎麼加到百分之百。

2015

今年目標

我看了去年的目標，真不敢相信我把回家看爸媽視為這麼理所當然。我多希望今年也能這麼寫；我無法說出自己有多想念我爸。我沒心情替今年訂下任何目標。總之專心在真正重要的事上面，還有我所愛的人。

5月6日

蘿莉

「但，奧斯卡，你知道今晚有多重要。」

我忍不住發出哀號。奧斯卡答應這星期提前一天從布魯塞爾回來參加莎拉的告別派對。我很少影響他的行程計畫；我知道他事情排得很滿，很難重新安排，但只有這一次，我希望他能配合我的要求。

「這我知道，我也希望自己能做些什麼，但我抽不開身。」他說：「布萊曼無預警就飛來；偷偷跟妳說，我覺得前方還有升職加薪的機會。要是我早早躲起來參加派對，那又會是什麼樣子？」

我嘆了口氣，布萊曼是奧斯卡的老闆，是個大人物。「我懂了，沒關係。」我不是真的懂，也不是真的無所謂，但和他爭論沒有好處，我知道他不會改變主意。奧斯卡對銀行的付出，正以各種方式在傷害我們的婚姻，今天的派對不只是一個老式普通派對，是個告別晚會；晚上過後，我不得不和自己世界上最好的朋友擁抱道別，祝她在地球的另一邊，順利展開新生活。

「也許我們可以考慮計劃明年去那裡看她。」雖然我們都知道，他能不能連休幾週假都還是個大問題，尤其以後升職又更難講，但他還是說了些緩和安慰的話。除了我們蜜月，我們的假期更像是圍繞他在比利時的工時在安排：在巴黎待幾天，飛到羅馬看看。那兩次的假期，都是在星期天晚上就要分開，星期一早上飛往不同國家工作。雖然盡了最大努力，但我們的婚姻和當初說的完全不同：非全職夫妻。

「明天晚上見。」我沮喪地說。

「會的。」他輕聲說：「對不起，蘿莉。」

他說了句「我愛妳」後就掛斷電話，我來不及說別的。

「真高興看到妳！」莎拉抱著我轉，笑著往飯店門口看。「奧斯卡呢？」

「他還在布魯塞爾，對不起，莎拉，他抽不開身。」

她皺皺眉，然後突然懂了。「沒關係，重要的是妳在這裡。」

她領著我往酒吧，我們的高跟鞋在大理石地板上發出咔噠咔噠的聲響。她和路克明天會到巴茲，和莎拉的家人共度最後幾天；而今晚是她和朋友的告別晚餐。我還是不敢相信她會跑到澳大利亞生活。我好像又要失去她了。當然我也替她高興，她告訴我時，我忍不住哭了，後來回家跟奧斯卡說的時候又哭了一次。我最近好像哭得有點多。

「這裡不錯。」我試著分散注意力。以前沒來過這家飯店，它有點像走溫馨路線的精品店，都是暖色系的燈光和吊燈，四處都是高大的花瓶。「妳長大了。」

她笑了笑，「有時候不得不長大，蘿。」

「為了和所愛的人一起，跨越整個地球，就我看來當然算是長大。」

她緊握著我的手，「我也有同感，我嚇壞了。」

「不知道為什麼，」我說：「我想澳洲並不知道有個厲害的人物就要過去了。」

如果我可以預言些什麼，那一定就是莎拉會在那裡發光發熱。她已經在那裡的知名電視網找到工作；大家鼓掌歡迎，澳洲娛樂界將迎來人氣特派員。

正要穿過玻璃門進入酒吧時，她拉住我的手。

「聽著，蘿，我有話要說。」她捏了捏我手指，我們站得很近。「我不能就這樣飛到世界另一頭，但卻沒跟妳道歉，是關於……好吧，妳知道我的意思……所有所有事。」

「哦，天啊，莎拉，妳不需要道歉。」我眼眶已經開始蓄淚，我不認為提到過去的事我們都有辦法冷靜，保持平靜。「或許我也該道歉，我真的很恨那天發生的事。」

她點點頭，嘴唇抖著。「我對妳說了很糟糕的話，我不是故意的。錯過妳的婚禮是我最後悔的事。」

「我傷害了妳，但我從來不想這麼做，莎。」

她摀著自己眼睛，「我應該接受妳的手鍊，這是有史以來我收到最可愛的禮物。我就如同親姊妹一樣愛妳，蘿，妳是我在這個世界上最好的朋友。」

那手鍊就在我手上，我很樂意解開它，將手鍊繫在莎拉手腕上。我們一起看著它，莎拉緊握我的手。

「好了，」我聲音也在顫抖，「現在這條手鍊終於找到了真正歸宿。」

「我會永遠珍惜的。」她哽咽著。

我笑著流淚，「我知道妳會，來吧。」我拉她到我懷抱裡，「擦乾眼淚，今晚會是快樂的一晚。」

我們緊緊抱著彼此；這一抱，代表著「對不起」、「我愛妳」，還有「沒有妳我該怎麼辦」。路克在酒吧裡看到我，便跑來像摔角手一樣反勾我的頭。

「現在我們可以開始派對了，」他笑著，「她一直在等妳很久了。」

他很可愛，橄欖球選手的身材，聲音洪亮，滿是陽光，他的眼裡只有莎拉。以前她和傑克在一起的時候，我以為看到了愛情。也許那在某種意義上也是愛，但不是這一種的，也不是這種規模。莎拉和路克的愛會從骨頭裡滲出到皮膚外面。

「蘿莉。」

有人碰了我手臂，我轉過身。

「傑克！莎拉說不知道你能不能來。」看到他突然出現，我既高興又寬慰。

他低頭親吻我臉頰，手在我背上很溫暖。「我不確定我們能不能來，是今天早上才知道，」他說：「見到妳真高興。」

我們？我看著他，有幾秒鐘沒說話。他轉過頭，看到一位身穿櫻桃色洋裝的女人，她手裡拿著兩杯香檳出現在他身邊。傑克微笑著接過一杯，手臂自然地搭在她腰上。

「蘿莉，這位是亞曼達。」

「喔。」我克制自己的反應，但有點克制過度。「嗨！很高興終於見到妳，我聽說很多關於妳的事！」才沒有；傑克在電子郵件中提過她，我在臉書上也看過，但我卻沒做好看到他們站在一起的心理準備。她很漂亮，金髮碧眼的那種。飛來波女郎[37]的髮型長及下巴，看起來出自某位超級酷的知名造型設計師之手，還套了件黑色皮夾克，穿著踝靴。她有種前衛的魅力，藍色的眼睛充滿警惕，和她柔和的聲音不相稱。

「蘿莉。」她微笑著，在我耳邊「啵」了一聲。「我們終於見面了。」

我盡量不過分解讀她的話，終於是什麼意思？她眼睛一直盯著我，好像有話要說。

莎拉拍了拍手，把我們都趕進餐廳，好險，避開一開始就進一步的深談。今晚大約有十五個人，都是莎拉和路克最親的朋友。我看到兩張圓桌上的名牌，奧斯卡坐我旁邊，我另一邊是傑克，再過去是亞曼達。我嘆了口氣，不知道要重新安排座位是不是太晚了，沒有奧斯卡來平衡，今晚會是個考驗。同桌其他人我都不認識。這可真是太好了！

「看來我包攬了屋子裡最好的位置。」傑克揚起笑，他站在一旁在看座位標示。

我笑得很緊繃，不知道我這麼用力，是怎麼沒讓牙齒咬斷。不知道這裡的酒夠不夠讓我撐過今晚。我就要和我最好的朋友告別，我丈夫沒辦法來，現在又要花幾個小時和傑克以及他漂亮的新女友進行社交對話。

我入座，服務生端著紅酒走來走去時，我對上了他的目光，我想今晚會常常叫他。

㊲ 指一九二〇年代西方新一代的女性。她們穿短裙、梳妹妹頭髮型、聽爵士樂，張揚地表達她們對社會舊習俗的蔑視。

傑克

該死的奧斯卡，就這一次我不介意他出現，結果他連移駕到同一個國家都不願意。就我聽說，他現在大概和已經移民沒兩樣。可憐的蘿莉，她一定很寂寞。

「很好。」亞曼達掃視了套餐看板後嘆息道。我內心也在嘆息，帶她出來吃飯是有點冒險。她吃的是海鮮素，而且斷糖。雖然紅酒裡會帶有糖分，但她說會有酒精中和掉所以沒關係。

我很肯定是她自己捏造的，所以我經常拿這個取笑她。但今晚，我希望能給大家留下好印象，但有點棘手，因為前菜是鴨肝醬，主菜是雞肉，而且是我的錯，大家才會不知道我女友不吃這些。莎拉不久前有發電子郵件詢問，有沒有人吃素，我一直沒回。

「我來處理。」我小聲說。

服務生幫她把酒斟滿時她望著我。「別擔心，這裡一定有其他東西。」蘿莉注意到我們的動靜。「我是吃海鮮素，」她不好意思向蘿莉微笑，「不想麻煩大家。」

我想跟蘿莉聊聊，但她又低頭在研究菜單了。

「曼迪，妳是做什麼的？」

身為帶她來飯局的人，我心頭像被針扎了一下；桌子對面是位澳洲人，我猜是路克的朋友，我想他應該不知道的是，要是亞曼達有什麼地雷的話，就是不喜歡別人叫她「曼迪」。

「亞曼達。」她糾正他，微笑著軟化她的語氣。「我是個演員。」

「酷斃！」這傢伙看來已經喝醉，「在哪部片裡可以看到妳？」

這人似乎對別人有哪些地雷的第六感特別靈，亞曼達算小有名氣；她在蘇格蘭當地有幾個節目，在一部肥皂劇裡演一個次要的角色，但那傢伙可能都不知道這些節目。

「亞曼達在蘇格蘭演系列電視連續劇。」我說。

「這只是一小部分。」她笑著糾正。

那個人已對這話題沒興趣了。我靠近她，用只有我跟她聽得到的音量問：「妳還好嗎？抱歉讓妳不自在。」

她笑得很開心，「小事一樁。」

她轉身和另一個人禮貌性交談，留下我和蘿莉兩個人尷尬地用餐。我不確定今天帶她來是否明智；她看起來很能適應，結果尷尬的人是我。

「這個味道不錯。」蘿莉用刀指了指盤子。

我點頭，「工作如何？」

她把沙拉推到盤子邊緣，「工作很有趣，我負責女性健康專題，要學的東西很多。」

「我想也是。」

「那你呢？」

「愛死了，是的，深夜節目，但我很喜歡。」

蘿莉放下餐具，「看你的照片，愛丁堡那裡好漂亮。」

「是啊，妳應該找個時間來，我帶妳參觀。」我感覺身邊的亞曼達有點僵硬，在我另一邊的蘿莉則猶豫不定。「當然了，我是說妳和奧斯卡。」我補充，讓情況軟化，但我又多嘴。「要是他請得到假的話。」又讓情況變糟。我在幹什麼？邀他們兩個來，是我最大的惡夢。

在等服務人員收盤子的時候，蘿莉藉口離席，我鬆了口氣。微笑著請服務生幫我加滿酒。這可是對付這種社交恐懼唯一的方法。

蘿莉

真是個好夜晚啊！

只要一和莎拉待幾分鐘，我們就會讓對方哭出來，奧斯卡又沒出現，傑克女友好到讓人無可挑剔，就算她吃的是海鮮素也不影響。吃完第一道菜色，我就躲到女廁，對著鏡子好好訓誡自己：她是傑克帶來的女伴，傑克是我朋友，所以我也要努力和她當朋友。而且，她來這裡應該也是鼓足了勇氣。我回座位後，問了她很多有關工作和愛丁堡的事，她看起來是個很有趣的人。

「亞曼達，妳是不是倫敦人？」我問，聽到她的倫敦腔，彷彿她常穿著倫敦傳統釘珠外套。

「徹頭徹尾的倫敦人。」她笑了笑，「雖然在片場時妳一定分不出來。我飾演的角色黛西，是個蘇格蘭人，全身上下都有薰衣草和奶油酥餅的氣息。」她不知不覺滑順地切換到了濃濃的蘇格蘭顫音小舌，我不禁佩服地笑了出來。

「哇，好厲害。」我說。

「多練習就會了。」她聳聳肩。接著和我談了一些她最近的試鏡，我從來沒意識到原來演員這麼辛苦。也許傑克跟她在一起也好。她顯然對自己要什麼很有想法，而且不畏懼努力工作，好爭取到手。

之前從沒發現，原來她在傑克的生活中那麼重要。現在見到了她，我發現他們交往得很穩定。我沒有要看衰的意思；而是看到他和這樣的人在一起，讓人震驚。一個可能和他有共同未來的人。只是……我不知道……有種無法用言語形容的感覺；就像我從沒想過他到蘇格蘭後，那裡就成為他此後永遠生活的地方。我希望他開心，當然了，只是有一點小小的驚喜。對了，就是這個詞。她讓我很「驚喜」。

我對出現在面前，臉色紅潤的女服務生微笑，她端來我的主菜。「謝謝，看起來很好吃。」傑克也和服務生說了一樣的話，我們還在等廚房裡臨時幫亞曼達做的鮭魚料理，傑克叫住了正在倒紅酒的服務生，要她過來。

傑克

亞曼達很嚴格在禁糖，這讓我享用甜點時會有罪惡感，但我喝太多酒了，這種狀態下對這種巧克力組合，沒什麼抵抗力。她藉口到外面呼吸點新鮮空氣，留下我和蘿莉瞎聊。

「亞曼達看來很不錯。」她說。

我點頭，「她是個好女孩。」

蘿莉對她的布丁好像沒什麼興趣，她邊吃邊戳布丁。「你們在一起好一陣子了嗎？」

「半年左右。」可能不止，我對蘿莉仍有罪惡感，那天她打來跟我說她父親不幸事情時，亞曼達正在幫我打手槍。我們是因為朋友的訂婚派對而認識，電視和廣播的圈子重疊性大，也出奇得小，尤其是在愛丁堡。那時她看來像跟我一樣要出席訂婚派對，於是就聊了起來，後來就在一起了。本來沒抱什麼期待，只是搭話閒聊，但不知道為什麼，她已經成為我生活的一部分。

「跟她是認真的嗎？」

我停下來，看著蘿莉。「妳聽起來像我媽。」

她翻了個白眼，「只是問問而已。」

「我很喜歡她，她知道自己要什麼，在一起也很開心。」

我們陷入沉默，我配酒吞下布丁。

「婚姻生活如何？」

她把吃一半的甜點推開，去拿酒杯。「很好，奧斯卡經常不在，有時有點沮喪，但整體來講，很好。」她聳聳肩輕笑了一下，「對不起，已婚人士的碎碎唸。」

「下一對就是他們了。」我換個話題，對著莎拉和路克點點頭。蘿莉順著我的目光，若有所思。

「有沒有後悔當初和她分手？」

我想都不用想就說：「天啊，當然不會。看看她，臉上無時無刻掛著笑。她和我在一起時沒有這樣過。」

蘿莉仍盯著莎拉，「我真希望他們能留在這裡，我會非常想念她。」她又乾了一杯，「服務生在哪？我還要一杯。」

我想我可能喝太多了，我沒有醉得不省人事，但也清醒不到哪去。不久後，我們移動到交誼廳；那裡有個樂團，在演奏派對常聽見的熱鬧曲目。我伸手調整一下我的小助聽器，那是我振作起來後，去找專家幫我配的。現在待在蘇格蘭的時間不長，但搬過去是正確的選擇，不管對身體還是對心理都是。

亞曼達去外面接電話，蘿莉和路克在我幾英尺外的地方跳舞，說是跳舞，但比較像雜技；他把她扔來扔去，讓她笑到喘不過氣。

「嘿，超級舞王，」聽到樂團終於改了首比較慢的曲調後，我慢慢走過去。「我終於明白莎拉為何會迷上你了。」

「沒有她我活不下去。」他熱切地表示。

我確定他也喝了不少，但眼睛依然炯炯有神。我和他握手；和他之間有一種奇妙的聯繫。他是第一個出現在我車禍現場的人，雖然我不太記得事情過程，但我知道他蹲在我身旁。現在他和莎拉在一起，這看似奇怪但實則不然，因為他們似乎命中注定是為了對方而生。我不太了解他，但看來是個可靠的人。

「替我們好好照顧她，」我說：「介意換我嗎？」

他最後把蘿莉轉了一圈，扛在肩上。「她是你的了，兄弟。」

她向路克揚眉，「我好像沒有發言權喔？」

他眨了眨眼，親吻她臉頰。「抱歉，蘿莉；但不管怎樣我得去看看我女人了。」他邊走邊笑。

蘿莉站在我面前。眼睛明亮，臉色通紅，好像回到以前那無憂無慮的快樂。

「看在往日時光的分上，蘿，和我共舞一曲？」

蘿莉

我不知道該說什麼，因為我想答應。但只有一小部分的我這樣想，更大一部分，更理智的我知道，我不該靠近傑克。尤其是在我喝了不少酒的時候。

「請？」

我看看四周，「亞曼達在哪？」

他順順頭髮，聳聳肩。「出去打電話了。」他皺眉，「也可能是接電話。她不會介意的。」

「你確定？」

他笑了，好像我問的是個愚蠢的問題。「她沒那麼愛吃醋，蘿，她知道妳是我認識最久的朋友之一。」

我不禁笑了，因為已經很久沒聽過他的笑聲了。夜色昏暗，光線不明，那雙金綠色的眼睛，是我在某個十二月份時，在卡姆登大街的公車上看到的。像是上輩子的事，就算為了那公車上的女孩，那曾經的自己，我不能拒絕。

「好啊。」

他把我拉到身邊，溫暖地摟著我腰，另一手握著我手。

「不敢相信她真的要走了。」我說：「太遠了。」

「沒事的，」他小聲地在我耳邊說：「這年頭，沒有什麼地方是真的算遠的。」

「但我不能每天打去澳洲，她接下來會很忙。」

「那妳也可以偶爾打電話給我作為代替方案。」他下巴放在我頭頂。

這不在我的計畫中。要是今晚他出席，我來這裡就只是想和傑克像有禮的文明人對待彼此，沒有多餘的意思。但不知為何，現在正在和他跳舞，他手在我脊椎上來回輕撫。時間像有魔法，我不是幾個小時前的蘿莉。而是七年前的我。哦，奧斯卡你為什麼不能來？

「我記得妳告訴過我，妳在學校舞廳和一個小男孩跳舞的事。」他低聲笑，「不要用頭撞我。」

我靠在他胸前，「這麼多年，我告訴過你很多事，不是嗎？」

「覺得太多嗎？」

我不能老實回應，因為真的太多了，你佔據我太多的心，這對我丈夫不公平。

「妳告訴莎拉我吻了妳嗎？這就是她在妳婚禮缺席的原因？」

我一直知道他早晚會問的。莎拉幾乎不可能會不出席我的婚禮，他應該猜得出來，她並不是因為家裡有什麼急事。

「是的，但我沒說是你吻我，我只說事情發生了。」我在閃爍的燈光下慢慢轉身，背對背，肩膀到臀部緊緊和他貼在一起。「她問我的時候，我不能當著她面說謊。」

「自從失去妳以後，我迷失了。」他的氣息溫暖我的耳朵，「我討厭那種感覺。」

「我也是。」

他低頭看我，然後額頭靠在我額頭上。房間裡像沒有其他人。他是傑克．歐馬拉，我是蘿莉．詹姆士。我閉上了眼，回想起我們的種種。

「你覺得我們是注定要認識彼此嗎？」我說。

在腦海中，傑克坐在摩天輪頂端，我們一起仰望星星，也許是酒的關係，聽著他在我耳邊的輕笑，我的心慢慢在翻動。

「我不確定有沒有命運這種東西，蘿，但我很高興妳一直在我生命裡。」

他低頭和我對視，唇離我的很近，他的鼻息就呼在我的唇上。我的心好痛。

「我也是，」我低聲說：「就算有時候和你在一起心裡很難受。」

很難看出他眼裡的神情，也許是遺憾？

「不，」他說：「別再說了。」幫我把頭髮撥至耳後，也許想讓我聽清楚他的聲音，但事實上，他唇離我肌膚的距離足以讓我心跳停止。「我們都失去太多。」

「我知道。」我說，我的確知道。除了上天，就只有我能瞭解自己有多孤獨，但奧斯卡沒有來，並不能成為我踰矩的理由，手上還戴著結婚戒指，就不應如此。

「我們不是小孩子了，」傑克的拇指在我背上盤旋，「妳是奧斯卡的妻子，我看著妳嫁給他，蘿莉。」

我試圖重溫自己結婚那天，但我那不忠的心想到的卻是傑克的致詞。

「你有沒有想過，如果……」我停了下來，他低下頭，輕輕發出示意安靜的噓聲，嘴唇輕拂過我耳下的皮膚，對這非預期的發展感到羞愧，慾望刺穿了我，從我耳朵一直到我心窩。讓我無法呼吸；自己對他強烈的渴求嚇壞了我。

「當然，我有想過，」他聲音低沉又親密，話語直接進到了我血管。「但我們都知道這個如果會怎樣，蘿，我們以前試過一次；記得嗎？我們接吻了，讓我們倆都變得很糟。」

「我當然記得。」我喘息著，我到死掉那一天都不會忘記。

他調整我們的手勢，溫暖的手扣著我的手指。

然後低頭看我，眼神代替了言語。我們慢舞其中，目光吸引著我，我在無聲中告訴他，我會永遠把他放在心裡，他也無聲地和我說，在另一個時空裡，我們會非常接近完美。

「值得一提的是……」他手伸進我的髮中，大拇指撫摸我下巴。「因為我們終於不用彼此相瞞，妳是我在這世界上最喜歡的人，那也是我一生中最壯麗的吻。」

我迷失了，迷失在他的言語中，在他的手上，以及和他的可能性。

「我們可以……」我開了口，但沒接下去，因為我們都知道我們不可能。

「不要，」他說：「我們都該在自己應該在的地方。」

我哭了；喝太多酒，太感傷，放飛太多自我。他把我緊緊抱著，嘴貼在我耳邊。

「別哭，」他說：「我愛妳，蘿莉．詹姆士。」

我抬頭一看，不確定他剛才說了什麼，然後他把眼神移開。

「傑克？」

亞曼達穿過跳舞的人走來，我聽到她聲音立刻轉身。

「妳還好嗎？」她揚起眉毛，目光從傑克身上轉向我；我手撫摸著濕潤的臉。

「對不起，情緒崩潰了，」我嚥了口口水，顫抖著。「別理我，是酒的關係。只是對莎拉要離開很感傷。」我飛快瞥了傑克一眼，但沒有和他對看。「對不起，把你襯衫弄濕了，到時候把乾洗的帳單寄給我。」

我疲倦地走進公寓，脫光衣服上床睡覺。在喝了這麼多酒後，我突然清醒得像法官一樣。一遍遍反覆回想今晚說出口的話，對於自己婚姻的基石，這麼容易就在壓力下崩潰感到羞恥。事實是，我已經遊走在傑克愛的邊緣太多年了。這讓我意識到一件避不開的事，它長時間一直都在背後吶喊著：如果沒有彼此，他會過得比我更好。

我需要拔除傑克．歐馬拉在我生命裡扎的根。他是我的一部分，而我也是他的。要把它連根拔起，很可能會殺死這段關係，但我必須冒這個風險。為了我的婚姻，為了所有人好。

9月12日

蘿莉

「你確定這次聚會沒有特別原因？」我問奧斯卡，此時計程車已拐進露西爾家的那條路。奧斯卡皺眉搖頭，沒有回答。我並不驚訝；一個禮拜前我們被他母親邀請到家裡參加「夏日飲品會」後，我就問過他好幾次這問題。露西爾從來沒在喝什麼夏天的特調飲料。我是很高興奧斯卡會為他媽媽空出自己行程，雖然他從來沒為我這麼做過。

「也許她會突然告訴我們原因。」我猜，「像是退休搬到西班牙？」

他翻了個白眼。我是很自私，而且所有人都能理解這一個事實：多陪陪自己父母本來就天經地義，而且說真的，她也沒以前那麼專橫，自從我爸死後，她對我溫柔不少。只是仍覺得我配不上她的小兒子，但我想以她的眼光，這世界上沒有人配得上。

「有誰會來？」我問，他扶著我下車，踩在人行道上，並付錢給司機。

「不知道。」我們走在溫暖的午後陽光下，前往露西爾閃亮的黑色大門，他勾著我手臂。「親戚，幾個朋友。我想自從媽媽手術後，她一直覺得很寂寞。」

露西爾在七月做了一次膝蓋手術，雖然只是例行手術，但這讓奧斯卡變得更常去探望她。我知道這樣想很小心眼，但我覺得她裝得有點太過火，目的是想引起自己兒子的擔心，我的確覺得她是在假裝，但至少我沒把它說出口。

「你該按電鈴了。」我說，低頭看我手上華麗的花和另一隻手上昂貴的紅酒。

他照辦，過了一會兒，蓋瑞把門打開讓我們進去。我很高興看到他，他是我在奧斯卡家中最親密的盟友。

「歡迎！快進來。」他在我經過時親吻我臉，並小聲說：「大家都在花園裡。」

露西爾的房子後面，有一個漂亮的橘子園，裡面擠滿了鄰居、遠房親戚，還有服務餐點的小姐們。

「親愛的，你來了！」露西爾出現了，她剛好進到屋內。奧斯卡擁抱她，她看向我，我送上禮物。接下來的動作我排演了很久，一口氣把「哈囉」、給花、毫不尷尬地在她耳邊「啵」一下，一氣呵成。但露西爾只是看看禮物，禮貌地一笑，把花推回我這邊。

「親愛的，到廚房把花插上，好嗎？」

親愛的？叫我親愛的卻又把我像廚房女傭一樣使喚，但我在意的是，這用詞在我們關係上，已經算是微小的進展。露西爾挽著奧斯卡直接走向花園，留下我一人，站在這裡服從她的要求。

我找了個花瓶把花插好，克莉西達不知何時走進來。真是好棒的安排啊！露西爾。基於某些原因，我從來沒和克莉西達說過一句話；就算是婚禮上，我也只是謝謝她的到來。目前為止，我一直以為她和我一樣努力在避開彼此。

「哈囉，蘿莉，很高興在這裡見到妳。」

「我也很高興又看見妳，克莉西達。」我說謊，「布魯塞爾那裡怎麼樣？」

她臉上如同牙醫海報般的純白笑容僵了一下；我不知道怎麼了，但看起來像她因內心正在激烈討論而呆掉片刻。「太棒了！」她突然大聲，「我是說，大家生活都很忙，認真工作盡情玩樂，可不是嗎？」

「可不是嘛。」為什麼我總是在學上流社會人的口吻？「我可以想像。」

「妳去過布魯塞爾嗎？」

我搖頭。妳大概覺得我在這裡就像個黃臉婆，但奧斯卡其實都說他比較喜歡待在家裡的時候。我轉身環顧廚房，找哪裡可以放花瓶。當我放到餐桌中央時，克莉西達猛地衝過來。

「不能放那，露西爾不喜歡餐桌上放花。」

我微笑著把花往回收，但她已經緊緊抓著，同時也往回拉，兩人的力量讓水濺到她橘紅色的上衣。濕透了的布料貼在她纖瘦的身材上，我們都看著她衣服，她手鬆開我們一起握著的花瓶時，從那神情看得出來，毫無疑問地，那女人討厭我。

「妳是故意的。」

「什麼？不……」我對她這麼放肆的指控，震驚到差點笑出來。

「沒事吧？」奧斯卡出現在門口的時機也太過巧合，他來回看著我們兩個。

「太棒了！」克莉西達說：「你太太把水潑到我身上。」她低頭看著自己濕透的衣服，「當然了，她一定是不小心的。」她對我露出一個「寬宏大量」的微笑，好像她在替我掩飾我卑劣的行為一樣。

「什麼？」他看著她濕透的衣服，又看了我手上的花瓶，不解地問。「妳為什麼要這樣做，蘿莉？」

他絲毫沒懷疑她是否撒謊，這是一個警訊；我先記在腦中，日後再處理。

「我沒有。」我說。她不自覺地哼了一聲，手臂輕輕交疊在胸前。

我試圖回想這過程是怎麼回事，好像有什麼邪惡的東西正從裡面慢慢佔據克莉西達。

「我要去洗手間處理一下。」她轉身，氣噗噗地走出門，留下我們在這裡互看著彼此。

我又想把花放在桌上，但他伸出手把它拿了下來。

「媽不太喜歡桌上放花，我拿去大廳找地方放。」

終於到家，搭車回家的路上我們都沒說話，現在我們躺在床上相隔只有幾英寸，盯著漆黑的天花板。

「很抱歉，我這麼輕易就相信克莉西。」奧斯卡平靜地說，終於打破沉默。「我應該站在妳這邊。」

在黑暗中，我看著他直接暱稱她「克莉西」而不是「克莉西達」。

「我很意外，」我說：「你不是不了解我，我不可能到處向人潑水。」

他停頓一會，「她濕透了。有一瞬間看起來很合理。就只是這樣。」

現在換我停頓了。為什麼他會覺得我向克莉西達潑水是合理的？我是不是漏聽了什麼，「是嗎？」

「什麼是嗎？」

「很合理？你說我向克莉西達潑水合理。你是想說我的成熟度只有十六歲，無法忍受你和前任當朋友，當然，我絕非如此。還是說你有其他依據，覺得我對她潑水是合理的。是哪一個？」

周圍很黑，但我還是聽到他嘆了口氣。

「一週三天很長，蘿莉。」

我吞了口口水，我不知道自己期望他說什麼，但絕對不是這個。

「你是什麼意思？」自從莎拉去了澳洲，我所有精力都放在當個好太太上面，我覺得我都能獲獎了。但現在他說什麼？一直在和自己的前任搞七捻三？

「我在那裡都在想妳，」他說：「克莉西也多次表明，她很樂意替我們安排見面。」

「安排見面？何等傲慢的姿態。」我幾乎快笑了，以近乎尖叫的聲音。「你呢？所以你打算接受她的安排？」

「我什麼都沒說，」他激動地說：「我發誓我沒有，蘿莉。」

「那你想嗎？」

「沒有。」他說：「不完全是。」

「不完全？那又是什麼意思？」我幾乎是用喊的。

他沒有回答，這反應已經是個回答了。沉默一兩分鐘後，我再次開口。我不想睡前一直吵，但我忍不住不說。

「也許該問一下能不能全職調回倫敦了。布魯塞爾那裡只是暫時接替的吧。」

我的話在黑暗中發酵。我知道他並不想調回來，他對那裡的工作很感興趣。但我連提出要求都不行？還是說，他要求我忍受那公然和他眉來眼去的同事就很公平？而且那同事還不是別人，是他的前任。

「還是你寧願我在你出差時躺在床上，想著今晚會不會就是克莉西達對你趁虛而入的時候？」

「這永遠不會發生。」他說得我像在開玩笑一樣。

「你說『不完全』，」我輕蔑地說：「我問你想不想接受，你說『不完全』；『不完全』和『不』可不是同一件事啊，奧斯卡。」

「這離我接受她的安排也差得十萬八千里遠了吧。」他很少這麼大聲說話，在安靜的房間裡聽起來更兇。

我們現在都受傷了，「我們說過，不會讓我們的婚姻因為工作而磨損。」我柔和自己的語氣。

他側身翻過來，不想吵架。「我不要克莉西，或是除了妳以外的任何人，蘿莉。」

我沒有動。下巴僵硬得不知怎麼開口。「我們不能永遠這樣子，奧斯卡。」

「再幾個月，可能有機會可以調回倫敦辦公室，」他說：「我會放出消息，好嗎？相信我，蘿莉，每個星期日晚上和妳吻別是我最難過的時候。」

我翻身轉向他，接受了他遞出的橄欖枝，雖然我不確定自己是否完全相信他。不僅僅是克莉西達；有時他更愛自己的工作，而不是我。就好像他過著兩種生活一樣。一種是當我的丈夫和我在一起，另一種是和我分離，在工作會議裡活躍，穿著時髦的打扮，在商業黑箱中交易，參加熱鬧的晚宴。當然，他也會和我分享其中一些片段和照片，但整體來講，我無法動搖他在工作上「見獵心喜」的態度。他離那悠閒的泰國情人很遠；我們臥室牆上掛著的畫更像是幻想，而不是回憶。我有時候會想，他跟我結婚只是想留住在麗貝島時候的自己，一旦他在布魯塞爾的生活慢慢扎根後，他愈會發現在泰國的自己，只是暫時在逃避。他真正的生活一直在這，等著他回來，推動他生活的齒輪。我不確定我跟他的感情，是否在同一齣戲裡。

「聽著，奧斯卡，雖然我們結婚了，但這並不代表只要隨便按一個開關，就能讓我們所有浪漫的想法和感覺都回到單一的正軌上。不要太天真了，有時候我們會受到考驗。」

我們面對面躺在黑暗裡。

「妳有接受考驗嗎？」

我閉上眼一秒，決定不回答這個問題。「重要的是，我們面臨考驗時做出的選擇。結婚不只是一張具有法律效力的合約，也是一種選擇。這代表我選擇了你。每一天醒來我都選擇了你。我選擇了你，奧斯卡。」

「我也選擇了妳。」他小聲說。雙手環抱著我，我也抱回去，好像在擁抱著我們的婚姻；把那珍貴又脆弱的東西緊擁在我們之間。

這就像一個脆弱的約定，他睡著後，我沒入眠，內心很不安。

11月21日

蘿莉

「蘿莉。」

我模模糊糊地從夢中醒來，奧斯卡緊貼著我背後，我還殘留一點夢的意識。床頭鐘上亮著的紅字告訴我現在是清晨五點半。

「蘿莉，」他吻了我肩膀，在被子底下摟著我。「妳醒著嗎？」

「一點。」我小聲說，仍處在半夢半醒之間。「現在還早。」

「我知道，」他手放在我平坦的肚子上，很溫暖。「我們生個孩子吧？」

他的話讓我睜大了眼睛。「奧斯卡……」我轉過身面對他，他發出呻吟，把我要說出口的話吻了回去，腳勾開我的大腿。我們的性愛，來得突然又急迫，前一晚的爭吵都還沒平息。之後我們又吵架了；或是以奧斯卡的說法，只是在晚餐時充分表達彼此意見。這次是我的錯，我追問他打算全職調回倫敦的事。然後這話題迅速變成我們之間一個禁忌話題。

吵完，我們糾纏在床上，再度交合，隔一天，我們再次選擇了彼此。我不知道他是否真心想要孩子，但至少我知道他是真心想要我。

2016

今年目標

一、生個小孩！是的，奧斯卡和我已經決定今年要試著懷孕。過去幾個月裡，我們陸陸續續有討論到這問題，從一月開始，我已經同意不再服用避孕藥。這感覺像是一個巨大的跳躍，進入一個未知的世界。

我想不需要再訂其他目標。光一個就足以讓今年有翻天覆地的變化，不是嗎？奧斯卡向我保證，他會再和老闆談談回英國的事。要是他多待在家裡，那受孕機率會大很多，等到有小孩後，他也不會那麼不常在家。

二、喔，媽的，我忘了。我很不情願寫這個，但的確還有一點，我正在禁酒，這也是為了增加受孕機率。

1月26日

蘿莉

「妳確定每天早上都有記得服用葉酸嗎？」

我坐在床邊，手機在床頭櫃上，連著揚聲器。

「當然有，」我說：「但我覺得重點不只是我自己有沒有足夠營養，你也知道，更重要的是卵子和精子在什麼時候相遇。」我相信奧斯卡不是故意說得像在指責，他只是感到失望。

他沒有回應。

「很少有夫妻在第一週就成功。」我嚴肅地說，我每天都在寫女性健康專題，已經探討過幾十次和懷孕有關的事。如果要我決定，我會繼續過日子，不會糾結有沒有受孕成功。但奧斯卡看重結果的天性佔了上風，我不知道怎麼叫他冷靜又不傷他感情。另一方面，其實這過程也還滿甜蜜的。

「我知道，我只是想也許我們第一次就可以成功，妳懂嗎？」他嘆了口氣。

「嗯嗯，下次你回來的時候，我們再多努力一次，嗯？」

「妳說得對，我想，這並不是像家庭雜務或什麼的，我們排出一整晚的時間在一起，就妳和我。」

2月23日

蘿莉

「蘿莉，妳已經在裡面待很久了。」

奧斯卡今天推延了去布魯塞爾的時間，為了等看我驗孕的結果。沒有受孕，我坐在廁所裡，看著陰性結果的驗孕測試，想著怎樣說不會讓他一下跌到谷底。

「我馬上出來。」我大叫，沖了馬桶。

打開浴室門，他在走廊徘徊等我。我搖搖頭，他擁抱我時的眼神難掩失望。

「還早。」我說。兩個月過去，想要懷孕的興奮已經退去。誰知道這件事怎麼那麼讓人緊張？要是能放開油門，輕鬆一下，我會很高興，但奧斯卡天性不是那麼放任。他習慣看著事情在計畫內；對他來講，這件事情不在控制範圍內讓他有不少挫折。

「第三次通常會有好運。」他吻了我前額，拿起公事包。「幾天後見，親愛的。」

3月14日

傑克

「冷不冷？」

亞曼達像看個白痴一樣看我，「我們在北極，傑克。」

她說得對，是在北極，但同時也包著好幾層毛皮，縮在底下喝蘭姆酒。我們已經離開挪威好幾天，這裡就像來到仙境。我從沒見過那麼多的雪。現在正躺在舒服的巨大床上，望著透明的玻璃圓屋頂，看著雪花飄下。如果要她來選，我們可能會往熱一點的地方，追逐陽光；但我跟她打了個賭，然後她輸了，我一直很想到北極看極光，於是就出現在這裡。目前為止很不走運；今晚是最後一晚，要就是有看到，要就是全部撲空。

「目前為止，妳最喜歡的是什麼？」我吻著亞曼達的額頭。她一絲不掛依偎在我手臂上的枕頭，她邊思考邊皺鼻。

「可能是馴鹿雪橇，」她說：「難以形容的浪漫。」

「比這更浪漫？」我說，手在她胸前撫摸。「《冰與火之歌：權力遊戲》對我們來講，沒那麼有吸引力？」

「我以為……」她話沒說下去，重重嘆了口氣。

「什麼？」我說，拿走她手上的杯子，翻身把她壓在我身下。

「沒什麼，」她說：「當我沒說。」

「是什麼啊？」

她瞥向側面，吻了我肩膀。「太傻了，」她臉紅，「我以為你帶我來會跟我求婚。」

我希望臉上沒有出現一絲震驚的表情。我以為她今晚態度只是有點奇怪，「是嗎？該死，亞曼達，抱歉，我們從來沒討論過，那個，結婚。」我不知道該說什麼。我們從來沒討論這麼嚴肅的事，婚姻在我腦海裡根本不存在。不管對象是誰，真的。她在我下面和我互望，我知道接下來說的話影響很大。

「妳很可愛。」

她搖搖頭，淡淡一笑。「少來。」

我吻她，這總比我多作解釋愈描愈黑來得安全，然後手輕輕推開她膝蓋，看著她閉上眼，不再多想，屈服自己的感覺。

後來她也抱住我，嘴貼著我的脖子。

「快看，」她小聲說：「看上面，傑克。」

我從她身上滑下來，躺在她身邊喘著粗氣。我們上方，天空泛著綠色、鈷藍、紫色的光，一片片絢麗的色彩。

亞曼達低聲說：「真是太美了。」

我們躺在這壯麗的景色，耗盡力氣赤身裸體，我不知道我等的是什麼。

3月23日

蘿莉

第三次嘗試對我們來講，也沒什麼值得期盼的。我一般作息，得到晚上九點才會精疲力盡地空下來，這時奧斯卡已經打了五通電話給我，而我去廁所也去了五十次。我打給他，互相安慰，然後我打破禁酒的規定，倒了一大杯紅酒給自己。我直覺地想打給我辦公室的朋友，西昂。我們下班後有時會喝一杯，或是奧斯卡去布魯塞爾時，和她去看電影，但我每個月生活的這些細節太過私人了，跟她聊這些，只會增加她心理負擔。我也很常和媽媽聊天，我當然沒告訴她我們正在努力造小孩；如果告訴她，怕最後有可能失望。如果奧斯卡在這裡，就不會這麼沮喪，但他只要一不在，分開的每一分鐘都有著莫名的著急。

真可悲。我筆記型電腦放在床上，半撐半躺，瀏覽臉書上除了我之外其他人的生活。預料之內，莎拉去了澳洲一定會爆發一連串事情。她的英國口音和陽光般的燦笑在當地很受歡迎。我伸手摸了下電腦螢幕，她在自己頁面發布一段影片，那是她和路克不久前接受《英澳夫妻》節目的採訪。她是我的超級莎拉；超愛她，超成功，超棒。天啊，我真希望她在這裡。我們星期一晚上都會用Skype視訊通話，但這和有個具體的肩膀能靠著，仍不一樣。

我覺得自己因此而哭有點傻，我從她頁面點到傑克的。自從莎拉告別派對後，我們的友誼基本上算是結束了。最多就是我在臉書上對他的照片按個讚，他偶爾會在我的照片上發表評論。從他臉書上看來，他好像和亞曼達一起度長假。而我的臉書，看起來像完全沒有社交生活。長長一段的空白頁面。也許我應該和他解除朋友關係，結束這一切。

6月9日

蘿莉

「閉上眼！」

我正在廚房做尼斯鮪魚沙拉當晚餐，奧斯卡結束布魯塞爾三天行程回到家。聽到他興高采烈的聲音，我很寬慰。我們之間的關係愈來愈緊張；目前還沒有奧斯卡承諾會回全職待在倫敦的跡象，我們也試了六個月，都沒受孕。如果考慮到最佳受孕期，我們都在不同的國家來看，這也不算多奇怪的事。是的，我現在是專家了。

「你確定？我手上還拿著廚刀喔。」我笑著，放下刀，聽他話閉上眼。

「現在可以睜開了。」

一睜開眼，看到他站在那裡，手裡拿著一大束花，花束把他人都擋住了。

「我該擔心嗎？」我微笑著接過花。

他搖搖頭，「如果不是因為禁酒的話，我會買香檳。」他在禁酒這件事上做得很好，夫妻同心。

但我心裡總覺得哪裡怪怪的，還有四天才能知道我月經會不會來，現在慶祝好像為時過早。

「快問我吧。」他說，我發現是因為其他事情。我找不到能裝得下這麼大一束花的花瓶，所以直接把它們放下。

「到底是什麼？」我已經在猜他會說什麼了。會是這件事嗎？他要從布魯塞爾調回來？我們終於可以不用做半對夫妻了。

「過來坐下。」他說，一邊拉我的手，帶我到客廳沙發，延遲公布答案。

「你讓我好緊張。」我有點擔心地笑著。

他坐在我旁邊，身體靠過來。「布萊曼今天早上找我開會。」

我就知道！「然後呢？」我笑了。

「現在在妳眼前的，是銀行未來的新董事！」

他臉上洋溢著笑容，像小孩子迎來了聖誕節。我靠過去擁抱他，聞到他身上的酒味，他今天一定是打破了我們的禁酒規定。

「哇，太棒了！」我說：「這是你應得的，你這麼努力幫他們工作。很高興他們有注意到。他們有說你什麼時候可以回到倫敦了嗎？」我緊握他的手。

「嗯，去布魯塞爾的日子沒有減少。」他的微笑有點顫抖，「而且剛好相反。」

我僵住，突然有種不好的預感，覺得會發生很多我不喜歡的事。

「我不會離開布魯塞爾，蘿莉，」他握著我的手，「事實上，我會全職在布魯塞爾工作。」

我看著他，睫毛快速眨著。「什……我不……」

他伸出手，誠懇地看著我。「不要馬上說不。我知道有點意外，但我整天都在想這件事，我相信我們搬到那裡的決定會是對的。很快，妳、我，還有以後的孩子都會在那裡。布魯塞爾是個美麗的城市，蘿莉，我保證妳會喜歡。」

我盯著他嚇一大跳，「但我工作……」

他點頭，「我知道，我知道，但妳要懷孕的話，勢必會放下工作；懷孕後也是會請產假的。」

「我會嗎？要是我決定帶孕工作呢？」我還不知道自己會不會，但他怎麼能幫我做決定？他太傳統了，竟然覺得我會當個全職母親。我現在才發現以前沒和他談過這件事，真是太傻了。

他皺著眉頭，好像我在故意刁難。「嗯，那裡也有很多工作機會。但說實話，蘿莉，我的收入絕對夠用……拜託好好考慮一下。」他沒有給我機會插嘴，接著說下去。「妳可以在廣場上喝咖啡，或是薄荷茶，在河邊散步。我們可以在小孩出生之前，先瞭解這個城市，就像我們第一次見面時一樣。那裡有很多外國人，妳會交到很多朋友。」

我徹底被激怒了，我手上一張能打的牌都沒有，感到十分憤怒。我很清楚，他的收入可以撐起一整個家，我的薪水則連自己都養不活，但他完全不顧我意願就做出所有假設，好像我工作只是出於興趣，而不是職業。我不知道該說什麼或怎麼想。我替奧斯卡感到高興，他漫長時間的辛勤工作得到了認可，但我不想離開我的工作、倫敦和我的生活。他的成功意味著我失去所有我珍視的一切，這不公平。

「你真的以為這樣說我就會答應嗎？」我懷疑地說。他不是個輕率的人，我想他應該過度興奮，才會這麼沒有常識。

「我希望妳能認真考慮一下，」他語氣中帶刺，「妳一定知道，這對我有多重要。」

「我也以為你知道我的工作對我有多重要，我有多想和媽媽在一起。」我回擊，「他們不能讓你全職留在倫敦嗎？為什麼一定要在布魯塞爾？你連問……問我們都不問，太不講理了。」

「我想他們這樣做是一種獎勵，不是懲罰。」他不耐煩地嘆了口氣，搖搖頭語帶憤怒。「妳不會連這都不知道？」

我不去看他，他讓我覺得不講理的人是我，沒有提出正當理由。

「你不覺得我們的家人會想念我們嗎？」我改變策略。「你媽看到你的次數減少，她會不開心的，何況以後要是有了小孩？」我激動地反駁。我愈想愈被他那大束鮮花和大肆慶祝的態度惹惱。我們結婚了，很多決定需要一起做，而非取決於誰是主要收入來源。「奧斯卡，如果我有小孩，我不想和我媽住在不同國家。她喜歡抱孫子，我想讓她也分享那種喜悅。」

我們相互凝視，沒人開口。我們不太爭吵，但現在大戰一觸即發。

「就這樣把它丟給我，然後要我非常興奮地接受，這不公平。」我說：「我需要時間思考。」

他張著下巴，深色眼裡充滿驚恐。「我沒有更多時間，這是銀行業，蘿莉，妳知道事情變化有多快嗎？布萊曼星期一早上就要收到我的回覆，我一定會答應，不然的話，我在那裡工作還有什麼意義？」他舉起雙手做出無助的手勢。「我在銀行的職業生涯就毀了；在這個環境，沒有目標或野心是待不下去的。」

我搖搖頭，不可思議——我居然被塑造成壞人。

「我要去洗澡。」他椅子往後一推。然後他暫停了一下，好像給我機會道歉似的。我嘆了口氣不去看他，直到他離開房間。痛苦愈來愈清楚，顯然，希望奧斯卡能一直是泰國海灘上的那個男人，只是我的一廂情願。也許那時候的他也沒意識到，忙亂的電腦交易、晚宴、會議室，才是他真正的歸宿。當然不只是歸宿，更是他心之所向。

6月13日

蘿莉

半夜一點，這意味著我月經晚了一天。奧斯卡帶著不愉快的心情去了比利時，他整個週末都在逼著我快點決定，這只會讓我更加惱火。

現在星期一正式到來，他也正式成為銀行董事，而我月經也遲了一天。身子蜷縮成一顆球，緊閉雙眼感覺自己好寂寞。

6月16日

蘿莉

「我買了驗孕棒。」

「妳測了嗎？」我這裡是下午五點，伯斯那裡應該是凌晨兩點，但莎拉還醒著。我月經遲了四天，我第一個就告訴莎拉。

我把鑰匙和包包扔在大廳桌上，耳朵聽著手機。「沒有，我太害怕了，不知道測出來結果。」但我沒告訴她：如果測出來是有的話，我會更害怕。

「奧斯卡還沒回來？」

我在空蕩蕩的公寓裡嘆息，「應該還要再幾個小時。」

「等等，」她小聲說，我從電話裡聽到她走動的聲音，然後又恢復通話。「對不起，我剛從床上下來。好了，我現在有酒了，我現在哪也不去，我們來測試吧，蘿。」

「什麼，現在？」我驚呼。

「是，現在。不然妳希望等奧斯卡回家再測嗎？」

她是對的，考慮到現在的處境，要是能在奧斯卡回來前測試，和莎拉先知道結果，不管有沒有懷孕，都會比較好。

「好吧。」我小聲說，從藥店紙袋裡抖出驗孕棒。

把盒子翻到背面，邊看上面的文字邊脫掉鞋子，然後鎖進廁所裡，大聲朗讀上面的說明，別問我家裡明明只有我一個人為什麼還要這樣。「我在浴室了。」

「很好，開始驗。」

那包裝一如既往地難開，好不容易讓那白色的棒子從鋁箔封袋裡抽出來。「好，拿出來了。」

我看著那棒子，又看了看廁所，嘆了口氣繼續。

「我聽到妳尿尿的聲音。」莎拉的聲音從地板上的手機傳來。

「好在我們不是用FaceTime。」我嘟囔著，把棒子放好，小心不要尿到自己手上。「為什麼要把這東西弄得這麼難用？」

「不要都淋濕！」她毫無幫助地在大叫。

拿出棒子我嘆了口氣，不久就能從測試窗看到結果，我飛快地又把蓋子蓋回去，把棒子放在水槽邊。

「開始計時。」我邊洗手邊說。

「好了。」

我背靠牆坐在地上，腳伸在眼前，電話貼在耳上。

閉上眼睛，「告訴我一些妳那裡的事，莎。分散我的注意力。」

「好啊，我現在坐在廚房桌子邊。現在應該是冬天，但我們這裡有熱浪，然後空調一直故障。邊跟妳講電話邊擦汗。」我幾乎能想像出她現在的樣子；他們家在海灘邊，是一棟低矮的華麗房子。他們去看屋子時，有把房子細節拍給我，我需要躺在黑暗房間才能消除我的嫉妒。看起來像是七〇年代的雜誌封面，都是下沉式座位和兩倍挑高天花板。電話中她沉默了一下後又開口，「哦，我向路克求婚了。」

「什麼？天啊！莎拉！」我尖叫，嚇呆了。不愧是莎拉，真像她的作風，對想要的總是主動出擊。「什麼時候，妳怎麼說的？他又怎麼回的？」

「他當然答應了，」她笑著說：「哭得像個小孩。」

我笑了，這我相信，路克是個心地善良的人。

「時間到了，蘿。」她恢復回嚴肅的語氣，「三分鐘了。」

我手裡拿著驗孕棒，蓋子還沒打開。「我很害怕，莎拉。」我低聲說。

「別擔心。不管結果怎樣，我保證妳會沒事的。」

我沒有回應，只是盯著那棒子看，不知道自己有沒有勇氣。

「看在老天的分上，蘿莉，快把蓋子打開！」

於是我照做，飛快把它拔下，屏住呼吸看著它。

「結果？」

「一條藍線。」我大口吁著氣，搖一搖。「只有一條，所以這表示我沒有懷孕，是吧？」

「哦，蘿，對不起。」她溫柔地說：「我相信很快就會有的。」

我手擦過眼睛，把棒子放下。「是，我知道。」

奧斯卡八點剛過就到家，我穿著睡衣在廚房喝紅酒。他看了後揚起眉毛。「這樣好嗎？」

他語氣冷淡，看來心情仍延續星期日離開前的狀態。

我搖搖頭，「我以為自己懷孕了，但沒有。我驗過孕，只是普通的月經晚到。真的。」

他眼睛打量著我，表情變溫柔。「妳還好嗎？」

我不知道怎樣的誠實回答才適合，「我想我不好，不好。」

我等了一會，他也倒了杯酒給自己，坐在桌子旁。他看起來很累，有點想幫他弄吃的，幫他放水洗澡。但坐在地上和莎拉講完電話後，我內心已做出了決定。

「你接受升職了嗎？」

他凝視酒杯，「妳一直都知道我會答應。」

「是。」我慢慢點頭，「這對你來講是好事。」

「但對妳不是？」他問。沒有生氣或冷酷。我想他擔心這場對話可能會毀了我們的關係。

我嘆了口氣，淚水從臉上滑落。「不是。」我嚴重哽咽，討厭這種情況。過去幾天我一直在想自己是不是懷孕，要是真的懷了該怎麼辦。

他默默地看著我。

「然後我驗了，沒有懷孕，我想到的只有感謝上帝，謝謝沒有剝奪我的選擇權。」

我嚇了他一跳，我也不喜歡自己說出來的話，但誠實是我所僅有的。「我不想搬到比利時，奧斯卡。」

他觀察我時的表情，像是在尋找自己所愛的那女人的痕跡。我發現在這次談話之前，他並沒有真正考慮過拒絕升職，賭我最後會配合他。

「我們不能在不同的國家相愛，如果我真的懷孕了會怎樣？我不想一個人在這裡生小孩，一個禮拜只有兩天能見到你。」

「其實可以。」他把椅子拖到我身旁，直到他的膝蓋碰到我的。「我知道這不是很理想，但也不是不行，蘿莉。」

「奧斯卡，這不只是工作的問題，是地理上的距離太遠。」我說，盡可能讓語氣溫柔。我看著他那張可愛的臉，不敢相信我們的感情會這樣就分崩離析。他一直都是我的避風港。「天啊，你真的很可愛。我從來沒遇過像你這樣的人，以後再也不會遇到。」

「我們許下誓言，」他垂頭喪氣，「甘苦共度。我們互相承諾過。」

「我們的生活正往兩個不同的方向發展，」我握住他的手，「奧斯卡，你正踏上一條我無法追隨的道路。這不是你的錯，也不是我的。」

「但我愛妳。」他說，好像這是個能克服一切的咒語。

我不知道自己怎麼表達才能不傷害他，「奧斯卡，你是任誰都想得到的好丈夫。你很善良、有趣。你給我的遠比我能給你的還要多。」

「我從來沒要妳回報什麼。」

「不，你有。你的確希望我搬到比利時，或是讓我大部分時間獨守空閨。」我說。

他驚愕地皺起眉頭，「我本來期待妳能發現這是最好的安排。」他說：「我本希望今晚我回來後，妳能想通然後跟我一起走。」

我嘆了口氣，他沒想過要拒絕這工作，他去布魯塞爾已成定局，剩下只看我怎麼決定了。

「我不會跟你一起走。」我說：「我不是固執，我不想搬到布魯塞爾。」

「但妳也知道，我不打算拒絕這個工作。」他說。我內心有一部分是高興的，這是他贏得的，我不希望他主動放棄。既然他這麼說，升職與否已不重要，如此一來，我接下來要說的事變得比較容易開口。

「直到我看到那條藍線，才意識到我變得多麼不快樂，」我淒涼地說：「我之前從不知道。」

他臉埋在手裡，我覺得自己是世界上最蠢、最卑鄙、最不知感恩的女人。

「就這樣？妳不願跟我走，我又無法留下？」

「或是說，我無法跟你走，你不願留下。」我挑戰他狹隘的觀點，雖然我知道他永遠不會用我的方式看待這事情。他的人生已走上正軌，不管有沒有我，他的路都是通往布魯塞爾。他無法理解我為什麼不跟著他一起邁進，這反而讓我更加確信我們已經走到終點。再也沒有半個婚姻生活；我們的婚姻已經告終。回顧在麗貝島時，我們的愛情，在一串串閃爍的童話燈串下綻放，那些燈串纏繞著海灘小屋的欄杆上。然後在倫敦，在露西爾精緻華麗的檯燈和每個禮拜希斯洛機場那單調的機場跑道指示燈的照耀下，慢慢被扼殺。我現在發現奧斯卡一點都沒變。他一直都是這樣的人，只是在泰國，和我在一起，也許有一段時間他覺得自己可以變成另一種人。他嘗試過不同的生活，結果走了一圈又回到他真正的樣子，因為他目前的生活才是最適合他的。

「我很抱歉，奧斯卡，真的很抱歉。」

「我也是，」他低聲說：「我也很抱歉，海星。」

我心痛地移開目光，我知道這是最後一次聽他這麼叫我。一聲嘆息，也讓他痛苦萬分，那口氣像是從他體內榨出來的一樣。「如果妳有懷孕，就會跟我一起去嗎？」

我不知道怎麼回。也許我會被困住，被逼著不去不行。所以我什麼也沒說，那太悲傷了。

我身體前傾，兩手抱著他頭，嘴貼在他唇上。他也摟著我，那熟悉的氣味讓我無法克制地哭了出來；他常用的古龍水、洗髮精、白天和晚上的氣味，混合著我們的愛。

7月2日

傑克

亞曼達引著我走進她的公寓；我無聲地脫下我的Converse球鞋，這裡嚴禁穿著外出鞋。前門還架了一塊呆板的牌子，免得你忘記。關於這點，我一點都不介意。我介意的，不止一點。它就放在眼前；堅持進來的人非脫鞋不可，我覺得這很做作，自以為高檔。並不是我抱怨亞曼達太自我中心。而是不管是誰提出這樣要求，我都很不爽。

「妳做飯了？」

我走到那光滑白淨的廚房，一般來講，這裡的食物儲備量很少。亞曼達在很多方面都很出色，但絕非廚藝。她也很坦白承認：她是微波爐料理大師，訂壽司外送的高手，愛丁堡餐館的女王……那她為何要自己剁洋蔥？

「是啊，我做了。」她打開冰箱替我倒了一杯白酒。

「我應該害怕嗎？」

她向我皺眉，「傑克，你應該讚美和感激，我為你割傷了手指。」

我看著她在廚房裡來來回回，捏著一包預先準備好的青豆，拉開一隻手臂的距離，看著上面的微波爐使用說明。

「準備了什麼吃的？」

我不知道自己為什麼要多此一問，因為一定是魚。

「鱈魚，」她說：「我用檸檬和荷蘭芹搭配一起烤。」

「妳的烤箱上是不是積了一層灰，有先把它吹掉嗎？」

她對我翻了個白眼，我笑了。

「我是關心妳啊，怕妳引起火災。」

「讚美和感激。」她提醒我，我起身把她手上那包青豆拿走。

「讚美，嗯？」我吻著她裸露出來的肩膀。她身穿肩帶式連衣裙，外面再圍一條圍裙。「妳穿圍裙看起來很性感。」

「是針對食物，傑克。」她把臉轉過來。

「好的，我感激妳替我做飯，」我簡單地親了她一下，「謝謝妳，亞曼達，妳就連幫我做飯都能像個金髮的瑞典公主，我想連妳都吃了，IKEA的亞曼達公主。」

她轉身抱著我，吻了我的嘴一下，舌頭伸進嘴裡。

「這樣就不夠端莊了。」我在她吻完後說，拉著她圍裙的帶子，後來手被她拍開。

「還不來幫忙。」她說：「去把桌子搬到陽台上。」

亞曼達的陽台，根本可以放在假日宣傳廣告上，配上那桌子也是完美的廣告宣傳組合。很符合她的品味風格；她是看上這裡是格拉斯哥廣場最佳的城堡景色，才租這間的。

我正要走回室內，電話響了。瞥了一眼，希望不是勞恩要我臨時幫別人代班。好在，看到上面的名字是莎拉。我靠在陽台的欄杆上，看看她傳了什麼訊息。

你最近有和蘿莉聯絡嗎？

搞什麼神秘。我看了看手錶，她那裡應該是半夜吧？是不是在海灘派對裡吵架了？我回訊：

一陣子沒有了，妳先去睡吧。

星期六的格拉斯哥廣場，下面聚集了人群，搖曳著入夜時的燈火，顯得十分明亮。我手機又響了。

快打給她，傑克，她和奧斯卡幾個禮拜前分手了，我本來不打算告訴你，但她需要朋友，我離她太遠幫不上忙！

我看著螢幕，一遍又一遍讀著莎拉的訊息，不安地坐在亞曼達的戶外餐桌前。

蘿莉和奧斯卡分手了。這怎麼可能？我看著她嫁給他。在教堂裡，她向我以及全世界宣告，奧斯卡就是她想要共度一生的那個人。

發生什麼事？我回訊，不知道晚飯前有沒有時間打電話給莎拉。

說來話長，跟她談談，事情很複雜。

這種情況讓我坐立難安；莎拉什麼也沒告訴我。為什麼說得這麼不清不楚？複雜？我來告訴你什麼是複雜。站在自己女朋友的陽台上，看著前女友的簡訊，訊息裡面談的是另一個和自己接吻過的女人。

「傑克？」亞曼達的聲音嚇了我一跳，「你可以幫我拿一下那個嗎？」

我盯著手機，腦子裡充滿疑問，然後我立刻做出決定，關掉手機。這是我現在的生活，我在這裡有些收穫，節目的粉絲正在增加，我關心和我一起工作的人，而亞曼達……她是所有男人夢想中的女人。

我把手機塞進口袋，走到室內。

7月3日

傑克

現在我回家了，我又盯著手機留言。我現在知道蘿莉有麻煩，但卻一直沒有聯絡。我不知道自己這樣是否就變成了個「爛朋友，好情人」。

我不停翻來覆去，想做出正確的決定。適合我的可能不適合蘿莉，也不適合亞曼達。我不想搞砸。

打開手機，輸入了兩次訊息又刪掉。第一個：嘿，蘿，過得如何啊？太陽光了，又太唐突了，第二次是：如果妳需要我，我會一直在這裡。太熱心了，我手懸停在按鈕上，然後又重新輸入一次：

嘿，蘿，莎拉告訴我妳的事，我可以打給妳嗎？

這次不多作思考便按下傳輸鍵，然後放下手機，從廚房裡拿了瓶啤酒。

過了半小時她才回電。我在手機上看到她名字時，內心就像以前一樣噗通一聲。

你不介意我拒絕吧？我還沒準備好和別人談。

謝謝你。我有空會打給你，很抱歉，X

老天，我已經被貶為一般人了，在她的信任圈之外。我閉上眼睛倒在那，想著，不知道為什麼我的人生都沒感覺它在正確的位置上過。

10月19日

蘿莉

只有單身的旅遊菜鳥才會在學校假期中，預訂馬略卡島的全套行程。我不但沒赤腳踩在沙灘上，還成了一群皮小孩的免費保姆，他們的父母懶到不想看顧自己的孩子。我不敢和任何人對上眼，以免有人又請我幫忙看著他們的小鬼五分鐘，管他是阿斯崔、托比還是伯登。我一點都不想抱他們的小孩。不想聽有關學費或是食物過敏什麼的。我也絕對不想承認：是，我是已婚（嚴格來講是）；沒，他沒和我一起來度假。別人會覺得我是長了第三個眼的怪物還是什麼的。唯一安全的地方，看來只有飯店裡的酒吧。

「介意我坐這裡嗎？」

我看著酒吧裡的那女人往我旁邊空位靠。她比我大，我猜大約四十歲，身上穿搭得很有品味，從珊瑚色的口紅到鑽石手鍊，都點綴得恰到好處。

「請便。」我說，心裡想著晚飯後能回到樓上看自己的書。

她點了一杯酒，又看了我幾乎空了的杯子。

「再一杯？」

飯店的錢已涵蓋了這裡的一切，這項提議不用我額外付錢。我微笑著，「有何不可。我要酒單上最可笑的雞尾酒。」

我旁邊那位以讚賞的眼神看我，「我的紅酒不要了，我要點和她一樣的。」

酒保點點頭，好像這種點餐法是標準常態，也許真是如此。

「凡妮莎。」她自我介紹，雖然我沒問她名字。她的口音讓我想到北方人，可能來自紐卡索。

「蘿莉。」

「這是妳自己的名字？」

我反射性地把手上的結婚戒指轉了一圈，「是的。」

酒保在我們面前擺了兩杯高高的、有點嚇人的藍綠色雞尾酒，我們停下來看了一下，然後失望地搖頭。「好像少了些什麼。」

我頭歪一邊，「我想妳說得沒錯，加點裝飾吧。」

酒保嘆了口氣，轉身拿了雞尾酒傘和鸚鵡造型的吸管回來，很像一些紙做的聖誕節裝飾塞在一起變成鈴鐺，只是現在它們塞成了，嗯……鸚鵡。

「現在好多了。」他一次在我們杯子塞了這麼多東西，幾乎沒有空位可以就口。

「妳覺得這酒應該叫什麼名字？」我的酒友問。

我們一起盯著飲料看。

「在鸚鵡出沒的海灘上做愛？」我建議。

她考慮了一下，皺起鼻子。「還不錯，雖然我更傾向『不要向我求愛，因為我仍記著前夫』。」

然後我仔細地打量她，發現她也有一枚結婚戒指，還不時在轉著。這就像我們之間沒學就懂得的暗語。

「結婚十年了，九個月前離開我，」她鬱悶地說：「那女人就住在我們家附近。」

「就在你們家附近？」我暫時忘了自己的事，有點好奇。

「是的，現在和我丈夫一起住。」

「老天。」

「看來他們是在社區菜園結下不解之緣。」

我們開始嘲笑這奇怪的相遇。

「他說他是在堆肥堆上和她看對眼。」

我們大笑，淚水從眼中被擠出來，她拍了拍我的手。

「妳呢？離開多久？」

我吞了口口水，「五個月，不過是我提出的，我們結婚沒那麼久。」

我沒有提我們有多痛苦，或是我婆婆有多受驚嚇。我和奧斯卡結婚給了她不小打擊，結果離婚讓她打擊更大。我媽媽也不知道該怎麼辦，不停發簡訊給我，問我有沒有吃早餐，每次我想要正面和她談談，她又不知道怎麼開口。

過去幾個月內，我向同事租空餘的房間住，雖然奧斯卡堅持我可以留在他公寓，但我沒辦法。

「不是因為有其他人，」我補充，「只是這樣是行不通的。」

我們拿起飲料，盡可能打起精神，我們一口乾杯。之後她說：「糟透了。」我不確定她指的是我們的情況還是飲料。她左手放在桌上，拿吸管戳著自己的結婚戒指。「真的到了該脫下的時候了。」

我也學她把手放在桌面，和她的手並列。「我也是。」

我們看著手指，然後她轉向我。「準備好了嗎？」

「我不知道。」

「妳會回到他身邊嗎？」

我們分開不久，一天深夜裡，我徬徨地打到布魯塞爾找奧斯卡。我甚至不知道我想說什麼，沒有他在身邊我很難過。克莉西達在一間吵鬧的酒吧接起了電話，我掛上了。事後他也沒回。也許這樣也不錯。我不需要水晶球就知道，遲早她會撿起他破碎的心，重新拼湊起來。這也是很自然的發展；也許她一直保留他的心。在我們婚姻破裂後，我經常在公共場合哭泣，這讓我很尷尬。上班的公車上，我默默地哭了，回家後在空床上又哭了一次。有時我甚至沒意識到淚水正在流淌，直到我在黑暗的車窗中看到自己的倒影。我發現這過程真的很悲傷，對他、對我、對我們，都是。

我沮喪地對著凡妮莎搖頭，不，我再也不會回到奧斯卡身邊。

「那麼妳已經準備好了，我們都準備好了。」她說。

自從奧斯卡把戒指戴在我手上後，它就沒離開我手指。我不知道自己是否準備好摘下戒指，但這一奇怪的時刻就在我面前，我不能永遠戴著戒指。我點點頭，感到反胃。

她伸手要去摘結婚戒指，又停下動作來看我。

我喝了一大口那噁心的雞尾酒，「讓我們結束吧。」

我們互看一眼，動作一致，轉動戒指幾次，把它往外抽。我的比之前任何時候都鬆，最近食慾消失的結果。鑽石從我指尖滑落，慢慢摘下，因為一旦離開，就再也不能戴上。淚水刺痛我眼，身邊的凡妮莎把戒指拔下後，放在吧檯上。

看到勇敢的她，我也受到鼓舞跟著照做。我的嘴在顫抖。忍不住抽泣，我們並肩坐著，盯著兩只婚戒，同為天涯淪落人，她摟住了我肩膀。

過去一年裡，我哭得比我想像的多，是該擦乾眼淚了。

12月17日

傑克

亞曼達想藉著聖誕節從我身上搞到一枚戒指。她在各方面都費盡心思在暗示，翻開的雜誌頁面剛好都是和求婚有關，每個禮拜四都會看實境秀《不要告訴新娘》。現在，是一年中最冷的星期六下午，我們經過小鎮，她停了下來，凝視珠寶櫥窗。

自從她在挪威提出求婚的事情後，這話題已經變得愈來愈棘手，我真的不知道該怎麼解決這問題。

她現在正指著一顆巨大的鑽石。靠，真的是這個價格嗎！這不是珠寶，是軍火吧！

「我們去喝一杯，好嗎？」我對著馬路對面的酒吧問。

她皺著眉頭，「想到要跟我結婚，讓你痛苦到想喝一杯嗎？」

「不，是因為購物。」說完她看起來很受傷，我恨自己，迴避戒指，因為我今天不想談這個。

「好吧。」她嘆了口氣，「啤酒。」

「再一杯？」

我還是拒絕好了。在這裡已經待了三小時，而且兩人都很不爽。

「繼續啊，」亞曼達說：「是你說要喝的。」

也許我年紀已經大到不適合玩這遊戲，我已經喝夠了。

「我們回家吧。」我搖搖晃晃地站起來。

「我們沒有家，」她說：「只有去你的公寓或是我的。」

「妳說這話聽起來格外性感。」

她沒有起身，她將雙臂交叉在銀色金屬套衫上，穿著牛仔褲的雙腿交叉，喝過伏特加後的眼睛燃著不祥的光芒。

「向我求婚。」

我眨眨眼集中意識，「亞曼達……」

「繼續，快啊，我準備好了。」

顯然那鑽石還在她腦中。她笑得像是在開玩笑，但語氣有一絲銳利，警告我麻煩將至。

「走吧，」我哄著她，「我們離開這裡。」我知道旁邊那桌的人不小心聽到她的話，掩飾自己沒在注意。她在電視上也算半個公眾人物，要是被認出來對我們倆都不好。

「那是我們第一次見面時，你對我說的話，」她說：「在派對上，你也是這麼說：『走吧，我們離開這裡。』」

我想起來了，點點頭。「我是這麼說的。」我坐回去，雙肘撐在膝蓋上往她靠近，不讓人聽到我們的談話。但我很難聽到她在說什麼。

「不，我都照辦了……」亞曼達講話開始打結，「你要求我什麼我都做了，從那之後不管你求什麼我都答應，現在換我要你來求我一些事。」她皺著眉，自己也不清楚自己說到哪了。

「這對一個女人來講，也要求太多了。」我一派輕鬆地笑，後來覺得我比較像是做鬼臉而不是在笑。

「現在就跟我求婚，不然我們就玩完了。」她不會放棄這一切，我覺得自己愈來愈難脫身。

「別胡鬧了。」

「我他媽的非常認真，傑克。」她語氣強硬，我靜了下來，看來我沒辦法哄她離開。自動點唱機剛好播放〈去年聖誕〉，在這諷刺的歌曲下，亞曼達的嘴特別扭曲。

「這裡不適合。」我手放在她膝蓋上。

「可能不是這個原因，」她甩開我的手，「應該說，怎麼會有向自己不愛的女人求婚的適合地點，不是嗎？」

該死，「拜託……」我開口阻止，但我根本不知道該說什麼，愈來愈不妙。

「喔，隨便你，你一直都這樣。你知道嗎，傑克？算了吧。」她正在生氣，睫毛上沾著淚水。「忘了這一切狗屁，我已經受夠在那裡等你，要是你真的夠愛我的話。」淚水從臉頰流下，她站了起來。穿著高跟鞋搖搖晃晃。「這會是你最後一次拒絕我。」

我真希望我們沒來喝酒。她一直滔滔不絕，我也一直說個不停，但有些事之所以避開不談是有原因的。我起身，拿起外套。「來吧。」我說，現在只想離開這裡。

「不。」她手平放在我胸口，不是表達情意的手勢，而是一種「待在這裡」的意味。「要走的是我，不是你。我離開是因為你配不上我。因為我不再是你女朋友，因為你不可能心裡已經有別人的情況下還能愛另一個人。」

我們彼此凝視，知道事到如今已無法挽回，我感到喘不過氣，這不就是我造成的嗎？

「對不起，」我說：「我……」我沒再說下去，因為她已經轉身離去，在繁忙的聖誕節人潮中推開一條路。

我又坐了下來，雙手捧頭，幾分鐘後隔壁桌的傢伙在我面前放了一杯威士忌。

我點點頭想說謝謝，但話卡在我喉嚨裡。有人在自動點唱機上點了〈孤獨聖誕〉，我閉上眼，不管從千百萬個不同的角度來看，自己都像是個傻瓜。

2017

今年目標

我的人生和十二個月前根本天壤之別；我幾乎無法忍受自己看到去年充滿希望的目標。如果我們第一或第二次嘗試就成功懷了奧斯卡的孩子，我現在會在哪？在布魯塞爾推著嬰兒車？我會高興嗎？我覺得這離現實太遠，無法想像。

不管怎樣，回顧往事也到此為止，該向前看了。

一、我需要處理一下自己要住哪。今年夏天我就三十，這年紀不適合和人合租多餘的房間。

二、工作，我對工作沒什麼抱怨，就只是感覺很乏味。但它能讓我付帳單，可我又不覺得這樣就夠了。感覺像掙扎地在原地跑步。事實上，這可說是我整個生活的總結。這其實很奇怪，在經歷離婚這種動盪過後，本來有個穩定的工作應該要讓人感到安心。但它實際上起了相反作用；讓我想撒手一切什麼都不管，看看事情會怎麼發展。我在原地停滯，但我想要的是往前。

就這樣，以下就是我今年的目標，只有一個。

向前進。

3月1日

傑克

「生日快樂。」

馬蒂妮（我知道這只是藝名，叫她真名她不會回應，我看過她護照，她本名叫塔拉）穿著一雙後腳跟比某些人小腿都要高的高跟鞋走進我公寓，現在她正解開自己衣服釦子。

「我不知道要買什麼禮物給你，所以我就幫自己買了新的內衣。」

她脫下來的衣服落至腳踝，單膝彎曲，一隻手撐在臀部，她知道自己很性感，讓我想起來年輕的蘇菲亞．羅蘭，不管是她漂亮的曲線還是煙燻妝的眼睛。「嗯？」她噘著嘴，「傑克，你喜歡嗎？」

沒有一個正常男人能抗拒得了，她全身上下充滿誘惑力，就算她不知道從哪掏出來一顆蘋果，要我咬一口，我也不會覺得意外。

「喜歡。」我走過去。

「證明給我看。」

她的香水充滿青樓女子的風塵味，直接對著我褲襠裡精神飽滿的小傢伙傳達明確的訊息，我嘴裡嚐到的唇膏，滿是她每天抽了千萬根香菸的味道。她的牙齒咬著我下唇，手拉下我牛仔褲的拉鍊。我們的床伴關係已經維持了幾個星期。這是一個適合我們的安排。她想力爭上游，就像許多小明星歌手想透過電台出名那樣。我們第一次見面，她就跟我說我是她理想中的男人。我知道她的意思，是說我是她通往明星之路的最佳人選，也是相貌略遜於她的人，可以在沒有任何感情壓力或害怕曝光的前提下，一起上床。

我覺得我們甚至都不太喜歡彼此；我的人生陷入了低谷，就算她把內衣脫下，我腦子裡想的都還是，這應該是最後一次上床。

我們沉沉地坐在沙發上，她跨在我身上，在做愛時，就算她妝花了都能看起來十分性感。她身子前傾，沒有說出半點會破壞氣氛的話，而我則閉上眼睛，試著讓自己好過一點。

「生日快樂。」完事後，她爬下我身子後小聲說，看自己手機前咬了我耳垂。「我得走了，有地方要去。」

我看著她穿好衣服，牛仔褲還在我腳邊。我揉了揉耳朵，並確認我沒被她咬破兩個洞吸血。她要離開，而我完全不覺得有任何遺憾。

後來，在車站，我收到莎拉和路克的訊息，有意思，他們現在成了我最喜歡的澳洲人之一，但我也沒認識多少澳洲人。路克喜歡啤酒，愛莎拉的方式簡單清楚，毫不隱藏地表現出來。他們寄了張照片給我，裡面他們舉著「生日快樂，傑克」的牌子，兩個人都在笑。他們在海灘上，發現寄來的字是反著的，好像又讓他們更開心了些。我也很高興，回給他們簡短的感謝，謝謝，你們這對白痴。

蘿莉也發訊息，但只有生日快樂，X。訊息太短了，看不出什麼。但我還是仔細地研讀了一下，不知道她是否在每條訊息上都會補上一個吻。

就在這個當下，我決定不再和馬蒂妮這一類的人上床，我希望能像莎拉和路克一樣，我可能配不上像蘿莉這樣優秀的人，但我想努力往那方向邁進。

我再讀了一次她的簡訊，然後回她。

謝謝。X

6月5日

蘿莉

「你們生活在天堂裡。」

莎拉和我坐在一家咖啡館外，俯瞰科特索海邊那美得不可思議的白色沙灘。現在這裡是冬天，但這裡的陽光也比我離開的那個地方，熱情一百萬倍。我們花了兩個星期，補上彼此的生活；Skype是不錯的溝通方式，但仍沒辦法讓我們處在同一個房間、在同一片沙灘，或是一起看著電影大笑。幾天前，我們儀式性地做了德蘭西特餐；路克覺得它很噁心，但我們蹺著腳享受這一刻。我不認為我們會在另一方缺席的情況下做這道菜；我覺得光這一點就讓這三明治充滿了意義。我們用新的記憶重新充實我們的友誼，我喜歡待在這裡的每一分鐘。

「搬過來吧，我們可以當鄰居。」

我輕笑了幾聲，自從我來這裡後，她這句話已經說過十幾次了。「好吧，我打電話跟公司說一聲，說我再也不回去了。」

「真想不到我們快三十了。」莎拉說。她在陰涼處喝養生果汁，她已經懷孕四個月了；為了迎接孩子，他們擱置了婚禮。在她和路克之間，一切都那麼容易；生活形影不離，住在他們美麗的海灘小屋，窗戶和大門對著世界展開。

我曾經一直都有點羨慕她，但我知道這些並非上天給她的好運，一切都是她自己爭取來的，她敢於冒險，一直以來都是如此。

「我知道妳覺得我是開玩笑，但到底是什麼讓妳想一直待在英國？」

我啜了口莎拉堅持要我喝的香檳。「今天是她生日，」我們一到餐廳她就跟女服務生這麼說：「帶點好東西給她。」

「妳想想看，要是我跟我媽講我要離開英國，她會怎麼說？」

她點點頭，看向大海。「她會適應的，每個人都會，她還有妳哥和其他家人。」她用吸管喝了更多那綠色黏液，吐了個舌頭。「那裡還有什麼東西妳放不下的？」

「嗯，第一，是我的工作。」我說。

「妳到哪裡都可以有工作。」她反駁。幾個月前，我不再做健康專題；諷刺的是，我重操舊業，又開始回問答信箱。不過這次的族群是生活受到困擾的成年人，不是十幾歲的女孩；顯然，我在這些事情上有資格提出建言。離婚、失親、戀情、失落。我體會過，從我有整個抽屜的勵志T恤，就足以證明這點。結果也證明，我深受讀者歡迎，還有另一家星期日的週刊也找我寫類似的東西。我也很驚訝。我最近開始讀書；修個心理學學位，讓我對人類狀況能有更深一層理解，至少，在我開始工作後不久，我就用這個理由說服老闆資助我學費。我默默地喜歡上這些事物：進修、組織，甚至是文具。從來沒想過會走上這條路，但我無所謂。生活就是這樣，不是嗎？隨時變通。但莎拉說得沒錯，我可以在任何一個地方工作和學習，只要我有筆記型電腦和WiFi，我就沒事。

我能搬來這裡嗎？我看著莎拉戴著紅色的寬簷帽和迷人的太陽眼鏡，看得出來在這裡生活有不少優點。

「這地方很漂亮，但這是妳在這世界的位置，不是我的。」

「那妳的呢？」她說：「我要說的是，並不是什麼地方適合誰。而是因為人。我在這裡，是因為路克在這裡，如果奧斯卡是妳的歸屬，妳就會跟著他去布魯塞爾。」

我點點頭，她推了一下眼鏡。

現在我和奧斯卡已經分開一段時間，我開始明白沒有什麼東西是一輩子的。我們曾經做到過，至少有一段時間；後來他只是我喧鬧波折人生中一段風平浪靜的插曲，最後知道，我們並不會永遠合適。我們太不一樣了。我相信，如果愛夠強烈，這些差異並不重要；人們不也說過，會吸引自己的，是你所沒有的東西。也許我們只是不夠愛對方？但我不喜歡這樣的念頭。我更傾向去覺得，我們曾經有過美好的一段時間，不該為彼此付出的時光感到後悔。

之後我從沒見過他；不會在酒吧裡巧遇，不會在街上和他走路或過馬路擦肩而過，這就是住在不同國家的好處；倒不是說我時常往酒吧裡跑，我反而比較像冬眠般一直窩著。

他在聖誕節期間，把畫寄到我媽媽家裡。附了個紙條，說自己沒辦法把這個留在身邊。我不知道怎麼辦，感覺自己也沒有權力處理它。畫寄來後，我看了很久。我躺在自己小時候睡過的單人床上，腦中想起從以前到現在的所有時刻。童年時和爸爸、媽媽、戴瑞、金妮在一起。學校生活和大學男友。德蘭西街、莎拉、擁擠的公車、大雪中的一吻、泰國的海灘，還有在這幅畫前的求婚、我們美麗的婚禮。

我希望奧斯卡沒事。很奇怪，你永遠不會停止關心某人，就算不再和他在一起也一樣。我想一部分的我會永遠愛著他。雖說最後自己也成了離婚統計數字的一員，很難不感到挫折。

克莉西達遲早會接替我的位置，看來這是無法避免的。我打賭，他那該死的母親從來沒把他們的合照從鋼琴上拿下來過。

「我想妳知道自己的位置在哪，蘿。」

莎拉和我互看了一眼，然後什麼也沒說，因為這時路克從海灘走來，坐在桌子旁的空位上。

「妳們看來心情不錯，」他微笑，「我錯過什麼了嗎？」

8月1日

傑克

勞恩就像浩克他弟，只是個頭小了點，而且皮膚不是綠色的。等到去酒館消費時，他的優勢就派上用場。今晚酒館人山人海，才幾分鐘，就看到他揹著幾品脫的啤酒，咬著一袋洋芋片，用肩膀擠過人群從酒館裡走回來。

「你買好晚餐了。」他回來後，我先偷拿了一些。

「你今晚比較可能會得到的，是一場約會。」他笑著說：「你後面那桌的女人在偷看你，但偽裝得很失敗。」

我打開洋芋片，把袋子放在我們中間，沒有轉頭看。「少來。」

「我說真的，她也很性感。」他對著我身後眨了個眼，我大力拍拍他的腿。

「你在幹什麼，朋友？你家凱瑞正在孕期耶。」勞恩有個非常可愛的妻子，懷孕八個月；我們在這裡也是她堅持的，因為勞恩在家太大驚小怪，快把她逼瘋。

「我說的是你，白痴。」他咕噥著，塞了一把洋芋片到嘴裡。

我嘆了口氣，調整我的助聽器，因為有個揚聲器就在我旁邊。「我跟你說過，我目前對旋轉木馬式上上下下的戀愛遊戲不感興趣。」

「你是說過，」他喝一大口，「但我沒說我相信你。」

他應該信的，自從我和馬蒂妮決定結束關係，已經過了四個月。對我們任何一個人來講，這樣的分手沒什麼意義。正是這樣，這關係在本質上就一定會結束，沒有進一步的可能。對我來講，就是為了上床而上床，但這細節我沒有告訴勞恩。

「我想當和尚。」我開玩笑地說：「我穿橙色衣服很好看。」

他看著我，「你確定？她很漂亮喔。」他對我後面的女人點點頭，「有點像荷莉・威路比[38]。」

過沒多久，我只喝了一品脫，吃完洋芋片就開始坐不住。她也許長得像荷莉・威路比，我也許可以請她喝一杯，推動關係發展，但事實是，我不想要荷莉・威路比、馬蒂妮或其他任何人。

我疲備不堪地走在愛丁堡那迷人、陡峭的街道，沉浸在這特別的城市裡；上星期我甚至買了一輛單車。我來蘇格蘭是為了逃避，結果這效果比我想像中的還要好。

我來到這裡立刻投入工作和女人中，忙得團團轉，現在我終於喘了口氣，把新鮮、甜美的空氣吸進肺裡。一開始很不適應，無法好好呼吸；它灼傷我的肺。但慢慢地，呼吸很輕鬆，可以一覺到天明。

現在，就只有我獨自一人。我處理得很好。

[38] Holly Willoughby，英國電視節目主持人、模特兒、作家。

12月22日

蘿莉

「晚安，我也想妳。」我說完等著媽媽掛上電話。她和蘇珊阿姨在特內里費島；我想她們兩人都還在哀悼，彼此互助度過痛苦。只是這次是用西班牙水果酒和太陽。我沒有說羨慕什麼的；她們有邀請我一起去，我也認真思考過，但最後還是沉悶、寒冷的倫敦聖誕節更吸引我，我無法放棄這裡。開玩笑啦。好啦，只有一半是開玩笑。不過，我至少有幾週的時間，可以獨佔這房子；我室友和她家人都跑到威爾斯了，直到過完年。我打算利用這時間冷靜一下，大吃大喝，到處拜訪朋友。安娜和戴瑞堅持要我去他們家過年，除這時間外，我自由時間很多。我漫步到廚房，開始燒水，盡可能讓自己感覺很酷和都市感，而不是一個人過聖誕節的寂寞倫敦女孩。

一個小時過去，我正在做蛋糕。我知道，這和我的個性不搭，但媽媽送我的那瓶貝禮詩奶酒就放在廚房食譜旁邊，讓我突然很想吃蛋糕。我又續了一大杯貝禮詩，也不管現在已經快晚上十點，我花了一個小時才把青香蕉搗碎。嘴裡居然還在哼著收音機裡的聖誕歌曲。我晚上通常都在收聽傑克的電台，這聽起來會不會很可悲？他是晚間節目主持人之一，開放Call in來談任何他們想說的事，有時快樂，有時悲傷。不過還沒輪到他，但我整個人都已經開始在哼著納金高[39]的曲子。在我記憶中，這是我爸的最愛。我坐在廚房桌子旁，閉上眼。想像這裡是媽媽家的廚房，熟悉的蛋糕奶油、聖誕節歌曲、老式的童話串燈，沿著牆和櫥櫃固定。所有人都在。我大概是五、六歲，戴瑞比我大一歲，金妮大約三歲。爸媽當然也在。大家沒特別在做什麼事，沒有過分傷感的跳舞，也沒什麼有深度的致詞。我們都在那裡，如此溫暖和完美，讓我不想睜開眼看到桌子周圍空蕩蕩的椅子。然後音樂停了，傑克的聲音向我襲來，沒事了，因為他的陪伴讓我不再孤獨。

我按照食譜，秤出其他配料的重量，此時傑克正在接電話，第一個打來的人，說他在自己社區的花園和聖誕老人打了一架，另一通是位女生打來的，她的離婚判決書今天早上寄來；她覺得自己是最幸運的女人，因為她的丈夫根本就是聖誕妖怪「鬼靈精」。一切都讓人放鬆；傑克是個談話老手，把語氣拿捏得恰到好處……

我把蛋糕的麵糊刮到已經排列好的錫質模具裡，他在接下一通電話時，我用手指試了一下味道。

「我想告訴我喜歡的女生，我愛她，但我說不出口。」從他的聲音聽來，可能只是個青少年。

「你說你說不出口，是什麼意思？」傑克說：「你愛她嗎？」

那傢伙半秒都等不住，立刻搶話。「哦，是的。今天放學後我差點就說出口，我盯著她看，她問我為什麼用這麼奇怪的眼神看她，然後那些話就卡在我喉嚨裡，說不出來。」

㊴ Nat King Cole，美國音樂家，以出色的爵士鋼琴演奏而聞名於世。

傑克輕輕笑著，那笑聲如此熟悉，在腦中都能浮現他的影像，眼裡閃著愉快的光芒。「聽好，如果我能給你一點建議，我會說，看在老天的分上，你就說吧。我保證你不會死，最糟的情況會是什麼？」

「她會笑我？」

「不見得，就我看來，你有兩個選擇，冒險告訴她你愛她，或等到時機過後，別人告訴她他愛她，那時你會是什麼感覺？」

「像個傻瓜？」

我手裡拿著蛋糕模具，準備要放進烤箱。

「朋友，你這一輩子都會像傻瓜。相信我，我知道，因為我就發生過這樣的事。今天是聖誕節，冒個險吧，要是你不這麼做，會後悔一輩子。」

我盯著收音機，然後把模具放回桌面，伸手去拿我的手機。

我對節目組的人撒謊，我跟他們說我的名字叫羅娜，下一通電話就是我。

「嗨，羅娜。」傑克說：「妳想談什麼？」

因為有回音的關係，我關掉了收音機，所以聽起來像往常一樣在和傑克打電話聊天。

「嗨傑克，」我說：「我聽了之前的電話，我聽到你給的建議，感覺很真實。」

「是嗎？為什麼？」

我不知道他有沒有發現是我，但我想應該沒有。

「因為我知道，錯過一次機會，那後半輩子會是什麼樣的感覺。」

他停頓一下，「想告訴大家妳的故事嗎，羅娜？」

「它有點長。」我說。

「沒關係，我就在這裡，妳可以慢慢說。」

「好吧，」我說：「嗯，差不多十年前，在十二月下雪的某一天。」

「很應景，」他小聲說：「繼續。」

「我下班，疲累地搭公車回家，那天糟透了。我突然往窗戶外看，看到一位極為英俊的男人，或者說，那時他還是個男孩。我坐在公車上層看他，他也看到我。我這輩子沒有過這樣的感覺，之前沒有，此後也不曾有過。」我急著把一切說出口，「後來我花了整整一年的時間，在酒吧和咖啡廳裡尋找，都沒找到他。」

在我耳邊聽見傑克不規律的呼吸聲，「妳沒找到他嗎？」

「直到我最好的朋友遇到他，並愛上了他。」

「哇……羅娜，」他說得很慢，「那一定……很不好受。」

「根本無法想像。」我說。好了說完了，不知道接下來要幹嘛。

他沉默了一秒，「能跟妳說一些妳可能不知道的事嗎？」他說：「我打賭，他跟妳一樣不好受。」

「哦，我不這麼認為，」我說：「我有次很蠢地問他，是否記得公車站的事，他說他不記得。」

我聽見他吞口水，「他騙了妳，他當然看見妳坐在那裡，頭上纏著金蔥彩帶做成的光環，他跟妳也有同樣的感覺，恨不得能趕上那輛該死的巴士。」

「你真的這麼認為？」我問，閉上眼回憶，自己又變回那個女孩。

「是的，」他喘息地說：「但他不知道該怎麼辦，所以什麼也沒做，像根木頭，然後傻傻地看著妳愛上另一個人，但他仍什麼都沒說，本來有機會，但他讓機會溜走。」

「有時候，你只是在錯誤的時間遇見了對的人。」我輕聲說。

「是的，」他說：「然後妳每一天都希望時間能倒轉。」

我說不出話，淚水塞住了我喉嚨。

「妳有告訴過他妳的感受嗎？」

「沒有。」淚水從臉上滑落，「不久前他說過他愛我，我沒有回應。」

「對，」他低聲挫折地說：「妳沒有。」

「我應該要回的。」

「太晚了嗎？」

我花了一秒重新調整呼吸，希望他的聽眾能忍耐我。

「我不知道。」我低語道。

「我想妳應該告訴他。也許他還在那裡，等著妳回應，有什麼好失去的？」

我在推特形成熱潮，更精確一點來講，是羅娜才對。

#找到羅娜 #羅娜在哪 #傑克與羅娜。

演員大衛．田納特似乎聽到我和傑克的深夜對談，在推特上發起了#找到羅娜的活動，整個國家都被勾起了好奇心。我現在是聖誕節一個未完成的愛情故事，推特上的人決定要讓這故事有個快樂結局。我睜大了眼，看著幾分鐘內就出現的數百條推文。聽著被截錄下來的對話，好在，我用的是假名。

手機響了，我嚇一跳。是莎拉，她也是傑克的聽眾。

「哦，我的天！」她大喊，我聽到背後有嬰兒的哭聲。「妳就是羅娜！」

我把手機放在前面桌上，雙手抱頭。「對不起，莎拉，我不是故意要讓大家知道的。」

「天啊，蘿莉，我沒生氣，我在這裡哭得唏哩嘩啦！妳今天早上就移架妳那可憐的屁股到他那裡，不然我就親自飛來拖著妳去！」

「但要是——」

她打斷我，「快去收妳的信，我寄了份聖誕禮物給妳。」

「等我一下。」我把筆記型電腦拿過來，打開郵件，看到莎拉新寄的信件。

「啊！我得去忙了，蘿，小孩沒穿尿布就尿在我身上。」她笑著說：「我要在推特上看到羅娜的最新動態，別搞砸了！」

我點擊打開她送的禮物：一張去愛丁堡的單程票。

12月23日

傑克

該死。我公寓外的世界都在議論紛紛，自從昨晚回家後，手機也響個不停。所有人都想知道羅娜是誰，從我們的談話中清楚聽得出來，我們對彼此非常瞭解。讓人難以置信的是，電視新聞下的跑馬燈都出現了，他們沒別的新聞可報嗎？如果是這一年的其他日子就不會這樣了。蘇格蘭正式陷入聖誕愛情故事的熱浪，雖然聽起來不太可能，但我現在演的就是休．葛蘭的角色

手機又響了，這是我老闆打的，非接不可。

「歐馬拉！」他咆哮，「搞什麼鬼？」

我很難回答，「這有點瘋狂，艾爾，對不起，夥伴。」

「總機燈比該死的聖誕樹還亮，孩子！這該死的全國都在收聽，想知道羅娜會不會再打來。你最好馬上把你的屁股移到錄音室裡，而且要確保她會在線上。」

就像往常一樣，他不用顧什麼社交禮節，直接就把電話掛了。我站在客廳中間手撸著頭髮，我到底在幹嘛。下一步該怎麼辦？我要怎麼走出家門不被人包圍？我看著手機，鼓起勇氣給我真正需要的人打電話。

「嗨，我是蘿莉，現在不方便接電話，請留下你的號碼，我會盡快回電給您。」

我把手機扔到一邊，坐在遠離窗戶的地方。

我以前從未從工作室的後門進去過，這個門是留給一些明星大咖們參加早餐秀時走的。

「哎喲，現在成了大人物啦。」公司六十多歲的警衛，羅恩邊幫我開門邊調侃我，晚上這時間他通常會在接待處玩填字遊戲。「繼續上樓。」

我搭電梯到了頂樓，出來後受到值班員工們的鼓掌歡迎。

「好好笑。」我聳肩脫掉外套，對著工作室的玻璃比了個大拇指。她是我前一個節目的主持人，像個呆子一樣對我揮手，然後用手比了個愛心。真是太棒了！我想在蘇格蘭沒有一個人不知道我和蘿莉的事。或者該說是羅娜。我已經打給她幾十通電話，但她還是沒接，我想整個推特的情況一定嚇壞她了。昨晚我差點就要去找她媽，但好在我還有常識；就因為她沒回我電話，我就要半夜打給她媽吵她起床？總之，蘿莉在地球上消失了，整個國家都在等我找到她。

蘿莉

我剛才不得不對計程車司機說謊。我只知道傑克工作電台的名字，不知道地址。我和司機說要去哪時，他第一個反應就是：「嘿，妳是不是，那個羅娜，呃？」他應該是在開玩笑，但行駛在繁忙都市的聖誕節街上，他每次從後照鏡看我一眼，我胃就糾結一下。我來了。我真的來了。

今天下午四點搭上火車；我以為這麼長的車程夠時間讓我好好思考。想想我要對傑克說什麼？到了愛丁堡該怎麼辦？結果我只是把頭靠在冰冷的玻璃上，看著風景隨著我往北移動而改變。

這城市比我想像的美，高聳和宏偉的灰色建築。也許是因為街上結霜的反光，半空還飄著雪花，感覺有一點奇幻。再兩天就聖誕節；狂歡的人來回在不同酒吧移動，走在鵝卵石的人行道上。計程車不斷播放著應景的歌曲。

「到了，小姐。」司機把車停在公車站旁讓我下車。「就是那裡。」他對著街道對面一棟玻璃帷幕的建築點點頭。「祝妳好運。」我順著他的視線看過去，外面的石階站滿了媒體和攝影師，我緊張得心都快跳出來了。「多少錢？」我說得很小聲，聲音有點顫抖。

他望著對面街道，搖頭。「妳就是她，是嗎？」

我害怕地點點頭，不知道我能不能信任他，但此時我沒有更好的選擇。「我不知道接下來該怎麼辦。」

他用手指敲擊方向盤，思考著。「妳先待在這兒。」然後他按下雙黃燈，走出計程車，避開車流往廣播電台大樓的方向慢跑。

傑克

目前為止，每通來電都在問羅娜的事，或是給一些我該怎麼把她追回來的建言，我盡可能裝傻，顧左右而言他。晚上節目就要結束了，正準備要介紹接下來的節目《紐約童話》。勞恩從他的小亭子裡對我搖頭，跟我說還有最後一通來電在線上。我按了在閃的紅色按鈕等著。

「嘿，傑克，又是我，羅娜。」

終於。

「嘿，是妳。」我說，好像聽到全國人都鬆了口氣。

「很高興再與妳交談，我不確定妳是否會再打來。」

「我想你。」她說，聲音帶著溫柔的沙啞，我真心希望這聲音只有我聽得到。

「過去九年裡，我一直在想妳。」我也嘶啞地說。現在我不管有誰在聽，我一定要對蘿莉說出真心話。

我聽到她的喘息。辦公室外，我的助手海莉站在玻璃窗前對我微笑，眼中淚水順著臉頰滑下。

「我愛你，傑克。」蘿莉說，我聽到她正在哭。

「別難過，」我溫和地說：「我已經花了近十年的時間，希望當初能趕上那該死的公車。」

我突然好想去她那裡，「我要見妳。」我喃喃地說，海莉緊握拳頭，像對著空氣揮拳。

「我就在這，傑克。」蘿莉聲音聽起來似笑非笑。我不解地轉過頭看勞恩的小亭子，她在那裡。蘿莉真的在那裡，就像我們第一次見面那樣對我微笑。她在那裡微笑著，頭上還戴著金蔥彩帶，勞恩在她身後咧嘴一笑，雙手高舉，謝天謝地，他已經把廣播切換了。

「接下來交給我了，」他小聲地對我說，「進去吧，那女孩千里迢迢跑來看你。」

蘿莉

如果我想知道，來蘇格蘭是否是正確的決定，只要看到傑克見到我時臉上的表情就足以解答。那司機真是我的守護天使，他和警衛串通好，並在傑克助手海莉的協助下，偷偷讓我從後門進去。海莉極度興奮地在樓下等我，走出電梯後她很快地抱了我一下。

「真高興妳來了。」她眼神閃閃發亮。我覺得她快哭了。她又說：「我一直覺得有這樣一個人存在……因為他似乎從沒想安定下來過。」我們經過聖誕樹時，她抓住我的手停了下來。

「等等，」她說：「讓我來……」

她從樹枝上扯下一段金蔥彩帶，繞在我頭上。

「好了，完美。」

現在，終於只剩下我和傑克。他笑著關上百葉窗，擋住在其後歡呼的工作人員，讓我們在玻璃小隔間裡有點隱私。

「妳怎麼會……」

他伸出雙手，捧著我的臉，注視我，好像不敢相信我真的在他眼前。

「有人助我一臂之力，」我笑著，有點暈眩。「計程車司機還有——」

他的吻打斷我，我差點喘不過氣，緊緊攫住我，嘴裡充滿渴望、甜蜜和如釋重負。過了很長一段時間，他終於停住親吻，但雙眼仍盯著我不放。「我們為什麼等了這麼久？」

「我會等你一輩子，」我說：「我愛你，傑克．歐馬拉。」

「我也愛你，蘿莉．詹姆士。」他喘著氣，「妳會留在我身邊？」

「永遠都會。」

他再度吻住我，我融化了，因為這麼長的日子以來，他的吻都是禁果，現在終於不再是了。最後我挽起他手臂抬頭。

「你有沒有想過，如果你趕上那輛公車，情況會是怎樣？」

他微微聳肩，笑著解開我頭上的彩帶。「男孩看到女孩；女孩也看見男孩。男孩上了巴士，吻了女孩，他們從此過著幸福快樂的日子。」

我輕輕一笑，「聽你這樣說，這是個相當乏味的故事啊。」

我抱著他，他也抱著我，這麼多年來第一次，不再有任何遺憾。

致謝

非常感謝凱蒂．羅夫特斯，我那聰明、善良、睿智的編輯。妳的直覺和洞察力，從構思到結尾都指引著我。老實說，沒有妳我真的寫不出來，妳真是天才。

還有要感謝凱倫．維洛克、艾瑪．布朗以及維京出版社裡的每一個人，和你們大家一起工作，真的又快樂又有活力。

非常感謝莎拉．史嘉雷和其他所有出色、驚人又迷人的版權團隊。

致潔西．哈特，妳不知道我有多喜歡這個封面！難以言喻！謝謝，它永遠會掛在我辦公室的牆上。

非常感謝我的經紀人，潔美瑪．福瑞斯特和大衛．海姆公司裡的所有人。

在個人方面，我的愛和感謝要獻給鮑勃夫人和那些女孩們，不管問什麼問題妳們都有辦法幫我解答！妳們是我的秘密武器。

當然還要感謝我可愛的家人和朋友，謝謝你們一直以來的支持和鼓勵。

最後，也是最重要的，感謝我親愛的詹姆士、艾德還有艾歷克斯，你們永遠是我的最愛。

16

愛在十二月某日

One Day in December

愛在十二月某日 / 喬西．希維爾著. – 初版. – 臺北市 : 春天出版國際文化有限公司, 2022.06
面； 公分. – (Lámour Love More ;16)
ISBN 978-957-741-540-0(平裝)

874.57

ISBN 978-957-741-540-0
Printed in Taiwan

作 者　喬西．希維爾
譯 者　牛世竣
總編輯　莊宜勳
主 編　鍾靈

出版者　春天出版國際文化有限公司
地 址　台北市大安區忠孝東路四段303號4樓之1
電 話　02-7733-4070
傳 眞　02-7733-4069
E－mail　frank.spring@msa.hinet.net
網 址　http://www.bookspring.com.tw
部落格　http://blog.pixnet.net/bookspring
郵政帳號　19705538
戶 名　春天出版國際文化有限公司
出版日期　二〇二二年六月初版

定 價　430元

總經銷　楨德圖書事業有限公司
地 址　新北市新店區中興路二段196號8樓
電 話　02-8919-3186
傳 眞　02-8914-5524
香港總代理　一代匯集
地 址　九龍旺角塘尾道64號 龍駒企業大廈10 B&D室
電 話　852-2783-8102
傳 眞　852-2396-0050